Veröffentlicht von
DREAMSPINNER PRESS

5032 Capital Circle SW, Suite 2, PMB# 279, Tallahassee, FL 32305-7886 USA
www.dreamspinnerpress.com

Cowboys im zahmen Osten
Urheberrecht der deutschen Ausgabe © 2017 Dreamspinner Press.
Originaltitel: Eastern Cowboy
Urheberrecht © 2015 Andrew Grey.
Original Erstausgabe. Marz 2015
Übersetzt von Alina Becker.

Umschlagillustration
© 2015 L.C. Chase.
http://www.lcchase.com
Die Illustrationen auf dem Einband bzw. Titelseite werden nur für darstellerische Zwecke genutzt. Jede abgebildete Person ist ein Model.

Deutsche ISBN. 978-1-64080-134-9
Deutsche eBook Ausgabe. 978-1-64080-135-6
Deutsche Erstausgabe. Oktober 2017
v 1.0

Gedruckt in den Vereinigten Staaten von Amerika.

COWBOYS IM ZAHMEN OSTEN

ANDREW GREY

Für Valerie, Laurel und meine wunderbaren Fans.
Und für meine Familie, für ihre Liebe und Unterstützung,
auch wenn sie alle ein wenig verrückt sind.

1

DAS TELEFON klingelte und riss Brighton McKenzie aus seinen Gedanken. Er schnaubte verärgert und wünschte, er hätte daran gedacht, das verflixte Ding abzustellen. Es hatte sich herausgestellt, dass die kurze Zeit, in der sich sein Bein dazu entschied, sich ruhig zu verhalten und ihm das Still sitzen und produktives Arbeiten für mehr als nur eine Stunde zu ermöglichen, genau die Zeit war, in der ihn alle Welt anrief. Brighton griff nach dem Hörer. Er dachte daran, einfach nicht abzunehmen, aber das würde eine Nachricht und einen Vortrag in Sprachmitteilungsform nach sich ziehen. Das war es einfach nicht wert.

„Hallo, Tante Vera", sagte er mit so viel Begeisterung, wie er eben aufbringen konnte, und das war nicht gerade viel.

„Ich habe schlechte Neuigkeiten", setzte sie an, aber er bemerkte einen Hauch von Schadenfreude in ihren Worten. „Dein Grandpa Ed ist gestern gestorben." Das erklärte alles. Ja, sie überbrachte ihm Neuigkeiten, von denen man erwartete, dass sie als schlecht empfunden wurden, und daher vernahm er den entsprechenden Tonfall in ihrer Stimme, aber ihre Aufregung war doch zu groß, als dass sie sie komplett hätte verbergen können.

„Gestern", sagte Brighton leise. „Du hättest anrufen können." Grandpa Ed, sein Großvater väterlicherseits, war sehr alt gewesen und mit seiner Gesundheit war es seit geraumer Zeit bergab gegangen, zumindest Tante Vera zufolge, der Schwester seines Vaters.

„Ich wollte dich nicht stören. Es war schon spät. Anscheinend hatte er sich für ein Nickerchen hingelegt und ist nicht mehr aufgewacht. Das haben uns zumindest die Rettungskräfte und Ärzte gesagt. Er wollte eingeäschert werden, und wir werden seine Asche nach einer kleinen Begräbniszeremonie auf der Farm verstreuen, die er so sehr geliebt hat." Jetzt zog sie wirklich eine Show ab. „Ich werde dich später wegen der Vorbereitungen anrufen."

„Hast du Brianne Bescheid gesagt?" Brianne war Brightons jüngere Schwester.

„Ich habe ihr eine Nachricht mit der Bitte um Rückruf hinterlassen", antwortete Tante Vera und bemühte sich nicht einmal, den höhnischen

Unterton in ihrer Stimme zu verbergen, was bedeutete, dass sie davon ausging, dass Brianne, warum auch immer, absichtlich nicht ans Telefon gegangen war. Tante Vera suchte immer nach Gründen, beleidigt zu sein, und ließ nie eine Gelegenheit dazu aus – ganz gleich, ob berechtigt oder nicht.

„Ich bin mir sicher, dass sie viel zu tun hat. Sie macht dieses Wochenende ihren Abschluss." Brighton beließ es dabei. Seine Schwester war brillant und Brighton platzte fast vor Stolz. Er hatte sie bei ihrem Bachelorabschluss unterstützt, indem er zusätzliche Jobs und Webdesign-Aufträge angenommen hatte, um ihr Studium zu finanzieren. Als sie mit dem Aufbaustudium anfing, hatten Tante Vera und Onkel Raymond das für übertrieben gehalten und gemeint, sie sollte sich lieber einen Job suchen. Brighton hatte ihr geraten, ihren eigenen Weg zu gehen, der sie schließlich zu einem Stipendium an die University of Maryland geführt hatte. Auf dem College hatte sie Chemie im Hauptfach belegt und schon im Grundstudium ein bemerkenswertes Verständnis für ihr Fach bewiesen. Nun bekam sie ihren Masterabschluss mit Auszeichnung als eine der besten ihres Jahrgangs und hatte Angebote von einem halben Dutzend Doktorandenprogrammen, die sie so sehr als Promotionsstudentin gewinnen wollten, dass sie ihr einen Erlass der Studiengebühren und ein Lehrgehalt anboten. Sie hatte sich dafür entschieden, an ihrer Universität in College Park zu bleiben.

„Diese ganze Schulausbildung, nur damit sie einmal etwas Besseres wird als wir", sagte Tante Vera.

„Sie ist intelligent, und ich möchte, dass sie es so weit schafft wie möglich." Brianne verdiente es. Verdammt, sie beide verdienten es, aber Brightons Leben war in eine andere Richtung gelaufen, und seine großen Träume hatten sich verändert und darauf reduziert, einfach ohne Schmerzen oder vollgepumpt mit Medikamenten laufen zu können und sein Leben auf die Reihe zu bekommen. „Bitte ruf mich an, soweit du über die Vorkehrungen Bescheid weißt. Ich rufe dann Brianne an und setze sie in Kenntnis."

„Okay", sagte seine Tante. „Ich muss noch ein paar andere Anrufe erledigen, aber ich melde mich bald wieder." Sie legte auf. Brighton legte sein Telefon mit dem Display nach unten auf die Tischplatte und versuchte, sich erneut an die Arbeit zu machen. Genau in diesem Moment zwickte sein Bein und erinnerte ihn wieder einmal daran, dass es sein Leben kontrollierte. Brighton stand auf, streckte es aus und griff dann nach seinem Stock, um durch das Wohnzimmer seines kleinen Apartments zu laufen.

Die Schmerzen und die Starre klangen ab und Brighton setzte sich wieder hin, streckte sein Bein aus und rief seine Schwester an.

„Was gibt's?", fragte Brianne nur, als sie den Anruf annahm.

„Ich will dich nicht stören. Ich weiß, dass du beschäftigt bist, aber Grandpa ist gestern gestorben."

Brianne wurde ruhig. „Ist es das, was Tante Vera wollte?"

„Ja", antwortete Brighton leise. „Anscheinend ist er friedlich im Schlaf gestorben."

„Das ist alles, was man sich wünschen kann, schätze ich", meinte Brianne mit belegter Stimme. „Ich habe ihn letzte Woche besucht, und er schien mir so aktiv und energiegeladen zu sein wie immer." Sie hielt inne und Brighton hörte, wie sie ihre Nase putzte. „Ich glaube, das war es, was er sich immer gewünscht hat – bis zum Schluss aktiv zu sein und dann abzutreten."

„Genau", sagte Brighton und spürte eine leichte Enge in seiner Kehle. „Erinnerst du dich, wie er immer mit uns über den Hof zum Pony gegangen ist?"

„Diablo? Klar." Sie gluckste. Dieses Pony war das gutmütigste Tier gewesen, das man sich vorstellen konnte, aber aus irgendeinem Grund hatte Grandpa das arme Ding auf den Namen Diablo getauft. Grandpa hatte eindeutig Sinn für Humor, aber manchmal war er der einzige, der ihn verstand. „Und dann saß er nach dem Unfall stundenlang neben dir im Krankenhaus."

„Ich weiß. Und er hielt meine Hand nach der letzten Operation, als sie dachten, sie müssten mein Bein vielleicht abnehmen. Er hat sie alle als Versager beschimpft und von ihnen verlangt, gefälligst keine zu sein, ich wäre schließlich auch kein Versager. Ich schwöre dir, sie haben mein Bein nur seinetwegen gerettet."

„Hast du immer noch starke Schmerzen?", fragte Brianne.

„Es lässt nach. Die Ärzte sagen, sie wissen nicht, warum, aber so ist es. Ich muss nur immer daran denken, nicht zu lange in einer Position sitzen zu bleiben." Er seufzte. „Lass uns über etwas anderes reden. Vielleicht können wir dieses Wochenende, falls du ein paar Stunden Zeit hast, zur Farm hinausfahren, und ihn auf unsere eigene Art verabschieden." Die Worte taten sich schwer dabei, seinen Mund zu verlassen. Brighton wischte sich über die Augen und schluckte.

„Ja, lass uns das tun." Auch Briannes Stimme brach. „Am Sonntag ist die Zeugnisvergabe. Wir könnten am Samstag zur Farm hinausfahren. Ich habe immer noch einen Schlüssel zum Haus." Brianne hielt wieder inne. „Du weißt, dass Tante Vera und Onkel Raymond den Hof so schnell sie können verkaufen werden."

„Ich weiß", sagte Brighton. Onkel und Tante warteten seit Jahren darauf, dass Grandpa Ed abtrat. Die Familienfarm, auf der Grandpa gelebt und in kleinem Umfang gearbeitet hatte, lag in Ellicott City und war mittlerweile von Wohnanlagen und Siedlungen umringt. Großvater hatte nie verkaufen wollen. Die Farm war sein Zuhause – das einzige, das er kannte. Aber seine Tochter Vera und ihr Gatte betrachteten die Immobilie als eine Goldmine und ihr Ticket in den Ruhestand. „Macht nichts, und wennschon." Brighton schluckte, denn es machte schon etwas aus. Er konnte es nur nicht aussprechen, und es fühlte sich für ihn irgendwie … leichter an, wenn er es nicht ausformulierte. Ihm war klar, dass Brianne ihn trotzdem verstand. „Wir können es nicht ändern."

„Nein", sagte Brianne. „Sieh mal, ich habe noch einiges zu tun. Ich rufe dich zurück, sobald ich fertig bin, und wir können unsere Pläne für Samstag machen. Hast du vor, zur Zeugnisverleihung zu kommen? Ich kann verstehen, wenn das lange Sitzen dir zu viel wird."

Brighton lächelte. „Machst du Witze? Ich werde mir stundenlang Pillen einwerfen, nur um zu sehen, wie du deine Abschlussurkunde bekommst. Du hast so hart dafür gearbeitet, und ich bin so stolz auf dich."

„Ich war nicht die einzige, die hart gearbeitet hat, und glaub nicht, dass ich jemals vergesse, was du alles für mich getan hast."

„Das ist es, was Mom und Dad sich gewünscht hätten."

„Nein. Sie hätten gewollt, dass wir beide unseren Masterabschluss bekommen. Sie haben immer an eine gute Bildung geglaubt und hielten viel von der Wissenschaft."

„Dann werde ich dir dabei zusehen, wie du den Abschluss für uns beide bekommst." Brighton lächelte, weil er wirklich sehr stolz auf sie war. „Ich bin zufrieden und auf meine eigene Art glücklich. Du bist diejenige mit den großen Ambitionen. Mir reicht es völlig, zu tun, was ich mag und mich selbst zu versorgen." Das allein war schon ein großer Fortschritt. Nach dem Unfall hatte er nicht nur befürchtet, nie wieder gehen zu können, sondern auch, sein Leben lang von anderen abhängig sein zu müssen. Und der Gedanke an Tante Vera, wie sie sich um ihn kümmerte, klang zu sehr nach *Baby Jane, um* überhaupt daran denken zu können.

„Ich weiß, dass du denkst, dass du es bereits bist, aber du verdienst es, wirklich glücklich zu sein."

Brighton stöhnte.

„Komm schon. Du solltest mehr ausgehen und ein bisschen Spaß haben. Triff dich mit Menschen."

„Das musst du gerade sagen", entgegnete Brighton. „Wenn du dich an deinen eigenen Rat halten und jemanden treffen würdest, könnte ich dich vielleicht unter die Haube bringen."

„Haha", sagte sie. „Ich habe eher daran gedacht, *dich* mit einem starken, gut aussehenden Mann zu verkuppeln, damit ich mir keine Sorgen mehr machen muss, weil du die ganze Zeit allein bist."

„Ja. Ich denke, ich gehe dann wohl am Samstagabend tanzen. Ich werde der absolute Knaller sein, bis ich jemanden mit meinem Stock umniete oder auf die Nase falle. Ich könnte auch nur an der Bar stehen und mich volllaufen lassen. Das wäre bestimmt nett." Als ob irgendeiner der Typen in einem dieser Clubs jemandem wie ihm auch nur mehr als einen Blick zuwerfen würde. Er war nie gut aussehend oder süß gewesen, und das lahme Bein … nun ja, das trug wirklich zu seiner Attraktivität bei. Nicht.

„Sei nicht immer so ein Sauertopf! Ich sage doch nicht, dass du in einen Nachtclub gehen sollst. Das war nie dein Ding, soweit ich weiß. Aber suche dir ein Hobby, ruf deine Freunde an, geh mal essen. Irgendetwas, außer die ganze Zeit in Unterwäsche vor dem Computer in deinem Wohnzimmer zu hocken."

Mist. Brighton sah an sich hinunter und zuckte zusammen, sagte aber nichts. Er würde ihr bestimmt nicht auf die Nase binden, dass sie recht hatte. Hin und wieder sollte er sich wirklich einmal Kleidung anziehen.

„Ich melde mich bald wieder", sagte Brianne.

„Okay. Dann lass ich dich mal irgendjemandem in den Akademikerhintern treten." Brighton legte auf und starrte auf seinen Computerbildschirm. Er hatte wirklich keine Lust, sich wieder an die Arbeit zu begeben, aber er musste seinen Auftrag fertigstellen. Brighton seufzte und zwang sein Gehirn, sich wieder auf die vorliegende Aufgabe zu konzentrieren. In Trauer versinken konnte er auch später noch.

Nach zwei weiteren Stunden Arbeit fügte er das letzte Detail hinzu und schickte seinem, wie er hoffte, zufriedenen Kunden eine Nachricht mit der Bitte, einen Blick auf die Website zu werfen. Brighton stand auf. Sein Bein war unbeweglich, aber die Schmerzen waren erträglich. Er zwang seine Gelenke, sich zu bewegen und machte sich auf den Weg zum Badezimmer, wo er sich entkleidete und unter die Dusche stieg.

Das heiße Wasser fühlte sich wunderbar an, vor allem auf seinem Bein. Brighton wusch sich und stand dann einfach unter dem Strahl, während das Wasser die Schmerzen in Knie und Hüfte linderte, aber irgendwann musste er sich mal überwinden, das Wasser abzudrehen und vorsichtig aus der Dusche zu treten. Zu stürzen und sich zu verletzen war das Letzte, was er jetzt gebrauchen konnte. Das war ihm einmal passiert und – nein, danke – er hatte nicht das Bedürfnis, es zu wiederholen. Er trocknete sich ab und ging in sein Schlafzimmer, um sich anzuziehen. Gerade, als er fertig war und in Erwägung zog, mit einem neuen Projekt zu beginnen, klingelte das Telefon wieder. Brighton war nicht wirklich versessen darauf, mit seiner Tante zu sprechen, aber dennoch nahm er den Telefonhörer in die Hand. Die Nummer auf dem Display kannte er nicht.

„Hallo", sagte er zögernd, in Erwartung irgendeines Telefonverkäufers. Er hasste diese Typen.

„Guten Tag, spreche ich mit Mr. Brighton McKenzie?"

„Ja."

„Ausgezeichnet. Mein Name ist Arthur Granger und ich war der Anwalt Ihres Großvaters. Mir liegt sein Testament vor, und da Sie darin Erwähnung finden, würde ich mich gern mit Ihnen treffen. Edward war ein wenig altmodisch und hat festgelegt, dass sein letzter Wille nach seinem Tod allen Begünstigten verlesen wird. Ich weiß, dass man das heutzutage meistens nicht mehr so macht, aber es war sein Wunsch. Stehen Sie und Ihre Schwester Brianne morgen um diese Zeit für ein Treffen zur Verfügung? Ich habe ihr eine Nachricht hinterlassen, aber bisher keine Antwort bekommen."

„Sie beendet dieses Wochenende ihr Masterstudium, weshalb sie sehr beschäftigt ist. Aber ich werde mich mit ihr besprechen und Sie wissen lassen, falls es ein Problem gibt."

„Das wäre sehr nett", erwiderte Mr. Granger und diktierte Brighton Adresse und Uhrzeit. „Brauchen Sie Hilfe bei der Anreise? Als er sein Testament bei mir hinterlegte, meinte Ihr Großvater, Sie könnten Schwierigkeiten mit der Anreise haben. Ich kann Ihnen einen Wagen schicken."

„Wenn Sie Zeit hat, wird Brianne mich mitnehmen." Brighton fühlte sich hilflos. „Danke sehr." Er blieb höflich und ließ sich seine Frustration nicht anmerken.

„Dann sehe ich Sie morgen um vierzehn Uhr." Der Anwalt legte auf und Brighton rief seine Schwester ein weiteres Mal an. Er fasste alles für sie zusammen und sie meinte, es bis zur Mittagszeit schaffen zu können.

Sie würde vorbeikommen und nach einem schnellen Mittagessen könnte man gemeinsam zur Kanzlei fahren. Keiner von ihnen stellte Vermutungen an, was den Inhalt des Testaments betraf. Dazu gab es keinen Grund. Weder Brighton noch Brianne wollten irgendetwas anderes von ihrem Großvater, als ihn wieder lebendig bei sich zu haben.

AM NÄCHSTEN Nachmittag, einem Mittwoch, rauschte Brianne in seine Wohnung in Laurel. „Ich bin gekommen, so schnell ich konnte."

„Ich habe dich in der nächsten halben Stunde auch gar nicht erwartet. Hast du alles erledigt?", fragte Brighton, als er auf seinen Stock gestützt zu ihr trat, um sie zu begrüßen.

„Ich dachte, du hättest gesagt, dass es langsam besser geht?", erwiderte sie finster dreinblickend, die Hände genauso in ihre Hüfte gestemmt, wie es ihre Mutter früher immer getan hatte, wenn sie ihre beiden Kinder bei einer Lüge erwischte.

„Es tut weniger weh und ich komme besser zurecht. Schau mich nicht so an, kleine Schwester." Brighton steuerte auf die Tür zu. „Lass uns essen gehen und dann herausfinden, was dieser Unsinn mit dem Anwalt zu bedeuten hat."

Sie machten sich auf den Weg und Brianne chauffierte Brighton zu einem nahegelegenen Restaurant, in dem es die weltbeste Steinofenpizza gab. Er liebte dieses Essen und Brianne ließ ihm seinen Willen. Als sie gegessen hatten, reichte er ihr den Zettel mit der Adresse. Sie tippte die Straße in ihr Navigationssystem ein und fuhr los. Es dauerte zwanzig Minuten, bis sie die Anwaltskanzlei gefunden hatten, und als sie aus dem Auto stiegen, trafen auch ihre Tante und ihr Onkel ein.

„Man hat euch also ebenfalls angerufen?", stellte Tante Vera fest. „Es ist nett von Daddy, auch an euch zu denken." Ihr Lächeln wirkte aufrichtig. Sie umarmte sowohl Brighton als auch Brianne, ihr Onkel tat es seiner Frau gleich, und dann betraten sie alle die Anwaltskanzlei.

Tante Vera übernahm das Kommando, und nach kurzer Zeit wurden sie alle in einen einladenden Konferenzraum geführt. Der Anwalt betrat mit einem Ordner auf dem Arm den Saal, gab ein paar Anweisungen und bedeutete ihnen allen, sich zu setzen.

„Ich bin in allen Angelegenheiten an Edward McKenzies Wünsche gebunden. Er hat mich gebeten, Ihnen allen sein Testament zu verlesen. Abgesehen von den rechtlichen Formalitäten hat er sein Testament selbst diktiert, es entspricht daher weitestgehend seinen eigenen Worten. Ich werde den Pflichtteil vorerst überspringen und gleich zum Kern vordringen, wenn Sie alle damit einverstanden sind."

Alle nickten und Brighton rutschte in seinem Stuhl herum. Sein Bein brannte. Er rieb es, um den Schmerz zu lindern.

Mr. Granger öffnete seine Akte. „Letzter Wille und Testament von Edward McKenzie", sagte er feierlich und begann zu lesen.

„Zuerst zu meiner Tochter Vera Westbridge. Vera, Schatz, ich weiß, dass du und der Mann, den du geheiratet hast, für eure Rente auf den Erlös aus dem Verkauf der Farm hofft. Nun, ich muss euch sagen, dass mir auch niemand etwas geschenkt hat. Ich habe mein ganzes Leben lang auf diesem Land gearbeitet, und niemand wird es dazu verwenden, sich in Florida oder irgendwo sonst ein schönes Leben zu machen und sich von der Sonne das Hirn verdampfen zu lassen. Es wird Zeit, dass du für dich selbst sorgst, also hinterlasse ich dir fünfzigtausend Dollar. Das ist nicht genug, um sich zur Ruhe zu setzen, aber so ist das Leben. Du musst auf deinen eigenen Beinen stehen, also gebe ich dir hiermit einen Anstoß."

Tante Vera schnappte nach Luft und schaute zu Onkel Raymond. Mit ihrem weit offenen Mund sah sie aus wie ein erschrockener Fisch. Eine ganze Weile lang saß sie stocksteif da, ohne zu atmen, und dann brach sie in Tränen aus.

Mr. Granger fuhr fort. „Es gibt keinen Grund, zu weinen. Es bringt dir nichts, weil niemand da ist, den es interessiert. Du hast schon immer den Wasserhahn aufgedreht, wenn du etwas wolltest, und meistens haben alle klein beigegeben. Nun, jetzt bin ich tot, also ist es mir egal, wie sehr du heulst." Brighton kam es so vor, als hätte Mr. Granger einen Heidenspaß, aber er war als Anwalt so geübt, dass er weder mit Worten noch mit Gesten erkennen ließ, was ihm durch den Kopf ging.

„Nach allem, was ich für ihn getan habe. Seiner eigenen Tochter tut er so etwas an." Tante Vera schniefte und Onkel Raymond gab sein Bestes, sie zu beruhigen. Allerdings hielt das nur so lange an, bis Tante Vera dämmerte, was jetzt geschehen würde. Ihr Gesichtsausdruck verdüsterte sich und finster blickte sie zu Brianne und Brighton.

„An meine Enkelin, Brianne McKenzie. Liebes, du hast nie irgendjemandes Unterstützung gebraucht. Du hast einen scharfen Verstand, und ich weiß, dass du es weit bringen wirst. Ich hinterlasse dir fünfzigtausend Dollar, die du nach deinem Belieben verwenden sollst. Ich hoffe, dass du dein Studium fortführst und die Welt verändern wirst." Mr. Granger sah von seinen Zetteln auf und schenkte Brianne, die sehr zufrieden und aufgeregt wirkte, ein Lächeln. Das Geld würde lange reichen und ihr einen sicheren Start ins Berufsleben ermöglichen.

Erleichtert seufzte Brighton.

„Meinen anderen Enkeln vermache ich jeweils zehntausend Dollar. Ich möchte sie nicht einzeln benennen, aber damit meine ich Veras und Raymonds Kinder. Mr. Granger wird sich darum kümmern, dass jeder seinen Anteil bekommt. Nun zu meinem Enkel Brighton McKenzie. Brighton, ich vermache dir den Rest meines Vermögens, einschließlich meiner Farm, ihrer Ausstattung und dem restlichen Geld, unter der Bedingung, dass du wenigstens zwei Jahre lang dort wohnst. Erfüllst du diese Bedingung, gehört alles dir. Es steht dir auch frei, die Farm zu verkaufen, aber wenn du das innerhalb der ersten zwei Jahre tust, wird der Erlös zwischen dir, Brianne und meiner Tochter Vera aufgeteilt." Der Anwalt stoppte seinen Vortrag für einen kurzen Moment, und Brighton schnappte angesichts des Gewichts, das plötzlich auf seinen Schultern lastete, nach Luft. Er war so erschrocken, dass er es kaum noch schaffte, gleichmäßig zu atmen. „Nachdem deine Eltern durch einen betrunkenen Autofahrer zu Tode gekommen sind, bist du stark geblieben und hast deine Schwester fast allein großgezogen. Du hattest Hilfe von Tante, Onkel und meiner Wenigkeit, aber im Großen und Ganzen hast du getan, was getan werden musste, und uns manchmal alle in die Schranken gewiesen, um dir dein Recht zu erkämpfen und zu tun, was du für richtig hieltest. Ich weiß, dass wir manchmal laute Auseinandersetzungen hatten, aber ich war dir nie böse. Du hast gegen uns alle aufbegehrt, und das hat dich erwachsen werden lassen. Außerdem hast du dein eigenes Leben auf Eis gelegt und so hart gearbeitet, wie du konntest, damit Brianne ihre Schule beenden konnte."

Brighton schaute zu Brianne. Er hatte nie darüber gesprochen, was er für sie getan hatte. Das war eine Sache, die immer zwischen ihnen gestanden hatte.

„Ihr Großvater wusste sehr viel von Ihnen", sagte Mr. Granger. „Er war sehr intelligent und ein scharfer Beobachter, und er schien immer zu wissen, was in seiner Familie vorging."

„Also bekommt er die Farm? Er kann doch noch nicht einmal richtig laufen. Wie soll er eine Farm führen?", sagte Tante Vera.

Brighton öffnete seinen Mund, um etwas zu erwidern, aber Mr. Granger räusperte sich und widmete sich wieder dem Testament. „Ich weiß sicher, dass meine Tochter Vera versuchen wird, dich zu überzeugen, das

Land einfach zu verkaufen, um das Geld in die Finger zu bekommen, und wenn du möchtest, kannst du das gerne tun, aber ich hoffe dennoch, dass du auf der Farm leben und sie zu einem Teil von dir werden lässt. Dieses Land ist seit der Kolonialzeit im Besitz unserer Familie, länger, als unsere Nation besteht. Höre auf dein Herz und triff deine eigene Entscheidung." Mr. Granger hielt inne. „Der Rest des Testaments enthält Klauseln für den Fall, sollte irgendeiner der Erben ihn nicht überleben und dergleichen. Zum jetzigen Zeitpunkt betreffen Sie diese Klauseln nicht."

Tante Vera sprang auf wie von der Tarantel gestochen. „Ich möchte eine Kopie des Testaments, damit mein Anwalt einen Blick darauf werfen kann. Mein Vater hat mir vor drei Jahren eine Kopie zukommen lassen, und die klingt völlig anders als das hier."

„Dieses Testament wurde vor sechs Monaten hinterlegt und auch zu dieser Zeit gerichtlich beurkundet. Natürlich werde ich Ihnen gerne eine Kopie aushändigen, und Sie können das Testament gerne von jemand anderem begutachten lassen, aber ich kann Ihnen versichern, dass Sie nichts gegen die Auflagen werden unternehmen können. Mr. McKenzie hat seine Pläne und die Gründe, warum sein Vermögen genau so aufgeteilt werden soll, sehr spezifisch ausformuliert. Es gibt nichts, was noch getan werden müsste."

Tante Vera schäumte noch eine Weile vor Wut und stand dann auf, um zu gehen. Sie zerrte Onkel Raymond quasi hinter sich her, offensichtlich fuchsteufelswild, während er geknickt und aufgewühlt wirkte.

„Was tu ich denn jetzt?", fragte Brighton den Anwalt.

„Das Testament wird bestätigt werden und dann wird der Besitz offiziell an Sie übergehen, aber ich schlage vor, dass Sie in der Zwischenzeit schon dort einziehen und Ihren Alltag organisieren. Ihr Großvater war … sehr darauf bedacht, dass die Farm im Familienbesitz bleibt. Seinen Worten zufolge war seine ursprüngliche Absicht, sie an Ihren Vater zu vermachen."

„Aber warum ich?", fragte Brighton und drehte sich zu Brianne um.

„Damit dir auch mal jemand etwas Gutes tut", teilte sie ihm mit. „Du verdienst es, und ich denke, Grandpa wusste das."

„Bist du nicht sauer?"

„Dass Grandpa dir die Farm hinterlassen hat? Wohl kaum. Ich bin nicht daran interessiert, und wenn du etwas aus der Farm machen kannst, bedeutet das mehr Macht für dich. Das Geld, das er mir hinterlassen hat, hilft mir, ohne Unterbrechung an meiner Dissertation zu arbeiten."

Einen Moment. Er hatte gedacht, bei ihr wäre alles geregelt gewesen. „Was sagst du da? Ich dachte …"

„Ich weiß, was du dachtest. Ich habe gelogen. Du hättest Himmel und Hölle in Bewegung gesetzt, um mich zum Studienabschluss zu bringen, aber du hast genug für mich getan. Ich werde jetzt auf meinen eigenen Beinen stehen – solange du dasselbe tust." Sie lächelte, stand auf und umarmte ihn. „Keine Feindseligkeit von meiner Seite, großer Bruder." Brianne schaute zur Tür. „Ich wünschte, das könnte ich auch über andere Verwandte sagen."

„Tante Vera will, was sie will, und sie hat die Männer in ihrem Leben schon immer dazu gebracht, ihr das auch zu verschaffen. Ich schätze, Grandpa war sich darüber im Klaren."

„Also behalten Sie die Farm?", fragte Mr. Granger.

„Ich weiß nicht, was ich tun werde." Brighton stand langsam auf. „Es ist nicht so, als könnte ich mich um eine Farm kümmern. Mir fällt es schwer, manche Tage durchzustehen, also ist es einfach zu viel für mich, mich um Tiere zu kümmern, selbst um die wenigen, die Großvater noch besessen hat." Brighton schluckte schwer. „Und wovon soll ich leben? Die Farm wird mehr verschlingen, als sie abwirft. Das bedeutet viel harte Arbeit."

„Ihr Großvater hat bestimmt, dass Sie den Rest seines Vermögens erhalten sollen. Er hat nach Abzug aller geschätzten Unkosten etwa eine Viertelmillion Dollar in bar hinterlassen. Abzüglich des Erbes Ihrer Verwandten bleibt ein Rest von etwa 130.000 Dollar. Sie werden also das Kapital haben, um die Farm zu verwalten, falls Sie sich dafür entscheiden."

Jesus. Brighton hatte nicht den blassesten Schimmer gehabt. Er hielt sich an der Stuhllehne fest, um sicherer zu stehen. Das war sehr viel Geld, aber ihm war auch klar, dass es von der Farm schnell verschluckt werden würde. Andererseits gewährte es ihm einen gewissen Zeitrahmen und die Möglichkeit, jemanden einzustellen, der ihm zur Hand ging, insbesondere wenn er seine Wohnung aufgab und auf die Farm zog, wodurch er ebenfalls Geld würde einsparen können. Das hoffte er zumindest. „Ich weiß nicht, wo ich anfangen soll. Ich habe Grandpa besucht, so oft ich konnte, aber ich habe nie auf der Farm gelebt. Manchmal habe ich die Tiere gefüttert, und als ich jünger war, bin ich auf dem Pony geritten, aber ich habe keine Ahnung, wie man eine Farm führt." Brighton fühlte sich etwas überwältigt. „Vielleicht sollte ich mir ein wenig Zeit nehmen, um über alles nachzudenken."

„Das halte ich für eine gute Idee. Und wenn ich irgendetwas für Sie tun kann, bitte zögern Sie nicht und rufen Sie mich an." Mr. Granger sammelte seine Papiere ein und steckte sie zurück in den Aktenordner, stand auf und wandte sich zum Gehen. „Ich verstehe, dass Sie jetzt eine wichtige Entscheidung treffen müssen, und ich muss zugeben, dass ich Ihren Großvater nicht allzu gut kannte. Er hat sich jahrelang durch meinen Vater vertreten lassen, und erst nach seinem Tod habe ich seine Mandanten übernommen. Ich habe Ihren Großvater nur ein paar Mal getroffen, um sein Testament zu aktualisieren. Aber ich kann Ihnen versichern, dass er mich sehr beeindruckt hat. Er war ein Mann, der genau wusste, was er wollte und sich aufrichtig um Sie beide sorgte. Er hat auch ..." Mr. Granger brach ab. „Ich verdiene mit dem Reden meinen Lebensunterhalt, aber ich weiß nicht, wie ich das jetzt in Worte fassen soll. Ihr Großvater liebte sein Land. Es war ebenso ein Teil von ihm wie seine Arme und Beine, und er wusste, dass seine Tochter es verkaufen würde. Er sagte, dass sie dort nie glücklich war, auch nicht als Kind."

„Was wollen Sie damit sagen?", fragte Brighton.

„Dass Ihr Großvater einen guten Grund hatte, Ihnen die Farm zu vermachen. Er hat mir den Grund für seine Entscheidung nicht anvertraut, aber ich glaube, es ging ihm um mehr, als die Farm im Familienbesitz zu halten. Vielleicht hat er zu Ihnen einmal etwas gesagt."

Brighton versuchte, sich zu erinnern. Er schüttelte den Kopf. „Herzlichen Dank."

„Gern geschehen." Mr. Granger wartete, bis sie den Konferenzraum verlassen hatten und geleitete sie in den Empfangsbereich. „Ich schätze, Sie werden Hilfe brauchen."

„Ja." Brighton schaute auf sein steifes Bein. „Ich kann höchstens eine Stunde lang stehen, und lange in einer Position zu sitzen, ist auch schmerzhaft. Also werde ich nicht viel auf der Farm tun können." Er war absolut hilflos, was jegliche körperliche Betätigung anging. Sein Gleichgewichtssinn war auch nicht der Beste, was seine Angst vor dem Fallen noch verschlimmerte.

„Ich habe einen Cousin", begann Mr. Granger. „Er ist ... ein eher abenteuerlicher Typ ... nun, sagen wir, die Familie hatte in den letzten Jahren nicht viel mit ihm zu tun. Er ist mit achtzehn von zu Hause ausgezogen und durch das Land gestreift. Zuletzt hat er unseres Wissens auf einer Farm in Montana gearbeitet. Er redet nicht viel, hat er noch nie." Er lehnte sich näher heran und senkte seine Stimme. „Manche Leute denken, dass er ein wenig langsam im Kopf ist, aber ich glaube, er ist einfach nur still und vielleicht ein wenig zurückhaltend. Er braucht einen Job, und ich könnte ihn fragen, ob er daran interessiert wäre, Ihnen auf der Farm zur Hand zu gehen. Ihm ist harte Arbeit nicht fremd, und er hat Erfahrungen in der Landwirtschaft und versteht etwas von diesen Dingen." Mr. Granger schien sich etwas unbehaglich zu fühlen. „Natürlich müssen Sie sich nicht verpflichtet fühlen, ihn auch einzustellen. Ich habe seit Langem keine Zeit mehr mit Tanner verbracht. Aber es würde Ihnen gewiss nicht schaden, sich einmal mit ihm zu unterhalten."

Brighton nickte. „Schicken Sie ihn einfach vorbei, oder sagen Sie ihm, er soll mich anrufen. Ich bin mir nicht sicher, welche Art von Hilfe ich brauche, aber dass ich Hilfe brauche, ist sicher." Er schüttelte Mr. Grangers Hand und folgte Brianne dann aus der Kanzlei heraus zum Auto.

„Wo willst du hin?", fragte Brianne. Sie saß auf dem Fahrersitz, ohne den Motor zu starten.

„Mich zu Hause verkriechen", antwortete Brighton ehrlich. „Aber wenn du schon einmal hier bist, lass uns doch lieber zur Farm hinausfahren und uns ein wenig umsehen." Er machte es sich so bequem wie möglich und befestigte seinen Sicherheitsgurt. Brianne startete den Motor und augenblicklich begann die Klimaanlage, die Saunatemperatur aus dem Auto zu blasen. „Was wirst du mit dem Geld anstellen?"

„Was Grandpa gesagt hat."

Brighton wandte sich seiner Schwester zu. „Was soll das eigentlich – du brauchst dringend Geld und erzählst mir nichts davon?"

„Ich brauche kein Geld. Aber ich habe ein bisschen übertrieben, was die Zuschüsse aus dem Stipendium anbelangt. Sie zahlen das meiste, meine Kurse und die Scheine für die Dissertation, aber das Stipendium reicht nicht, um davon zu leben, auch wenn ich mich nur von Nudeln ernähre. Das Geld kann es mir jetzt ermöglichen, meinen Doktor in den nächsten drei Jahren zu erwerben. Ich will nicht ewig lang daran arbeiten." Sie hielten an einer Ampel. „Ich weiß, dass du dafür sorgen würdest, dass ich alles bekomme, was ich brauche, und du würdest für alles bezahlen, ohne darüber nachzudenken. Aber ich will das nicht mehr. Es wird endlich Zeit, dass du dein eigenes Leben lebst, und das kannst du nicht, wenn du mich immer noch unterstützt. Ich muss es allein schaffen, und du musst mich lassen." Die Ampel sprang auf grün um und Brianne fuhr wieder an.

„Ich habe mein eigenes Leben."

„Du sitzt zu Hause herum, arbeitest, schaust fern, arbeitest, telefonierst mit mir, arbeitest, schläfst, gehst nirgendwohin, arbeitest, betüddelst dein Knie und dein Bein, arbeitest … Ich denke, du weißt, was ich dir damit sagen will."

„Ich arbeite", grummelte Brighton.

„Du arbeitest hart, und alles, was du verdienst, hast du für mich ausgegeben. Ab jetzt kümmere ich mich um mich selbst und du kannst dir ein Leben aufbauen. Du bist jetzt ein Gutsbesitzer. Die Leute werden dir von jetzt an die Bude einrennen."

„Bitte, das klingt ja, als würden wir im elisabethanischen England leben."

„Du musst nur das Land für dich arbeiten lassen. Und das kann es. Das Land ist gut, ist es immer gewesen, und ich glaube nicht, dass Grandpa zuletzt viel daran gearbeitet hat, also wartet es nur darauf, wieder genutzt zu werden. Du musst nur herausfinden, wie."

„Es wäre einfacher, alles zu verkaufen", sagte Brighton und schaute aus dem Fenster auf die vorbeiziehenden Häuser und Einkaufszentren.

„Wage das nicht", schalt Brianne mit kalter Stimme. „Ja, Tante Vera und Onkel Raymond haben uns nach Moms und Dads Tod aufgenommen, aber sie haben es nur aus Pflichtgefühl heraus getan und werden es uns nie vergessen lassen. Sie haben Mick, Tim und Jill behandelt wie Könige und uns wie Bastarde." Brighton schnappte leise nach Luft. „Tu nicht so überrascht. Ich weiß, dass du einen Großteil ihrer Wut und Ablehnung auf dich gezogen hast, um mich zu schützen. Aber ich habe Augen im Kopf und bin nicht blöd." Brianne bremste und nahm die letzte Kurve. „Du bist ein großartiger großer Bruder, und ich möchte, dass du jetzt tust, was dich glücklich macht."

„Danke." Brighton wusste nicht, was er sonst sagen sollte. „Ich bin ein bisschen überwältigt."

Brianne fuhr langsam an der Farm vorbei, bog in die altbekannte Auffahrt ein und fuhr auf das Haus zu. „Was geht denn hier vor sich?"

Tante Veras Auto stand neben dem Haus. „Park direkt hinter ihnen", sagte Brighton.

Brianne drehte sich mit ihrem typischen bösen Grinsen zu ihm. Sie folgte seiner Anweisung und fuhr bis auf zwei Zentimeter an ihre Stoßstange heran. Tante Vera und Onkel Raymond würden nirgendwohin fahren, ohne Briannes Auto zu überfahren oder geradewegs durch die Garage zu brechen. Brighton stieg aus und Brianne tat es ihm nach. Sie staunten nicht schlecht, als Tante Vera und Onkel Raymond um die Ecke bogen, jeder eine Kiste tragend.

„Ich schlage vor, dass ihr euch umdreht und das ganz schnell zurückbringt", fauchte Brianne.

„Aber das hier sind Sachen, die Daddy mir versprochen hat", setzte Tante Vera an.

„Wenn dem so ist, hätte es im Testament gestanden. Die Farm und alles, was dazugehört, hat er Brighton hinterlassen." Brianne stürmte vor Wut rauchend auf ihre Verwandten zu. „Das gehört alles Brighton, und ich kenne meinen Bruder. Wenn du gefragt hättest, hätte er darüber nachgedacht und dir vielleicht überlassen, was du haben willst, aber ich denke, die Chance hast du jetzt vertan."

Tante Vera hob die Kiste und Brighton wurde klar, dass sie kurz davor war, sie fallen zu lassen. „Das werden wir sehen", sagte sie.

„Wage es nicht", drohte Brianne und trat einen Schritt vor. Sie schnappte sich die Kiste, drehte sich um und schob sie zu Brighton hinüber. Er ließ seinen Stock fallen und schaffte es irgendwie, nicht umzufallen, als er sie entgegennahm.

„Nach allem, was wir für euch getan haben", brabbelte Onkel Raymond. Oft fragte sich Brighton, ob er überhaupt sprechen konnte, aber irgendwann hatte er verstanden, dass sein Onkel einfach nur selten zu Wort kam.

„Wie zum Beispiel?", meinte Brianne. „Wir waren Kinder, die ihre Eltern verloren hatten, und ihr habt uns einfach nur wie eine Pflicht behandelt. Wir brauchten Unterstützung, Verständnis und jemanden, der sich um uns kümmert, aber alles, was wir bekamen, waren Forderungen und Sarkasmus. Oder Ignoranz. Solange wir bei euch lebten, habt ihr dafür gesorgt, dass wir uns nicht willkommen fühlen, und während der Zeit habt ihr das, was vom Vermögen unserer Eltern …"

„Wir haben es dafür genutzt, euch zu fördern", sagte Tante Vera.

„Nein, ihr habt es für Ausflüge nach Disney World genutzt und euch dazu herabgelassen, uns mitzunehmen. Ich weiß, was ihr getan habt, und wie wir uns dabei gefühlt haben, aber das ist jetzt vorbei. Jetzt werdet ihr euch umdrehen und alles zurückbringen, einschließlich dem, was ihr schon ins Auto geladen habt, oder ich rufe die Polizei und lasse euch wegen Diebstahls verhaften. Brighton ist vielleicht zu nett, aber ich bin es nicht." Sie funkelte die beiden an, nahm auch Onkel Raymond die Kiste weg und stellte sie auf den Boden neben dem Haus. Dann nahm sie die Box, die Brighton trug. Er atmete erleichtert auf, denn er war kurz davor, entweder die Kiste fallen zu lassen oder die Balance zu verlieren. Brianne hob seinen Stock wieder auf und hielt ihn ihm entgegen. „Geh du schon einmal rein. Ich passe auf diese beiden hier auf."

„In unserem Auto ist nichts mehr", sagte Tante Vera, aber Brighton beachtete sie kaum. Brianne stand so unter Dampf, dass er seine Verwandten getrost ihr überlassen konnte. Es schien, als hätte sich immens viel Groll in ihr aufgestaut, den sie auf einmal ausschütten konnte, wenn sie wollte. Brighton hatte nicht vor, sie davon abzuhalten.

„Ihr verschwindet hier nicht, bevor ich mir dessen sicher bin, und das heißt, dass du erst einmal deinen Schrankkoffer von einer Handtasche ausleerst", hörte Brighton Brianne sagen, als er auf die Veranda trat. Er ging nicht direkt durch die offene Vordertür ins Haus, sondern nahm sich ein paar Sekunden Zeit, um sich umzusehen. Der uralte Schaukelstuhl stand noch immer an seinem Stammplatz auf der Veranda. Großvater hatte viele Stunden Pfeife rauchend in diesem Stuhl verbracht. Allem Anschein nach hatte Grandma ihn nicht im Haus rauchen lassen, und so saß er auch nach ihrem Tod noch in seinem Schaukelstuhl, um seine Pfeife zu genießen. Brighton setzte sich in den Stuhl und legte seine Unterarme auf die Armlehnen. Stimmen drangen an seine Ohren, aber er ignorierte sie, während er einfach vor- und zurückschaukelte. Der Holzstuhl hätte eigentlich unbequem sein sollen, aber das war er mitnichten, im Gegenteil, er fühlte sich an, als passte er genau zu ihm, und als sich die ständig verkrampften Muskeln in seinem Bein entspannten, seufzte Brighton auf.

Irgendwann setzte Brianne ihr Auto zurück und parkte ein Stück weiter entfernt. Das Auto ihrer Verwandten wendete im Hof und fuhr trotzig die Auffahrt hinunter. Brighton war klar, dass er ihr Verhalten nur auf das Auto projizierte, aber genau so sah es für ihn aus. „Du hast sie ziemlich angepisst", stellte er fest, als Brianne mit einer der Kisten auf die Veranda trat.

„Weißt du, was sie in ihrer Handtasche hatte? Grandmas ganzen Schmuck. Alles, was Grandpa ihr über die Jahre hinweg geschenkt hat. Und dann die Kisten …"

„Das hatte ich schon vermutet, als mir klar wurde, dass sie direkt vom Anwalt aus hergefahren sind. Wären wir nur ein paar Minuten später angekommen, wären sie weg gewesen."

„Das hatten sie wohl vor", sagte Brianne und schleppte die Kiste ins Haus. Dann ging sie wieder hinunter zur Auffahrt, kam mit der anderen Kiste wieder die Verandastufen hinauf und trug auch diese hinein. „Sie hatten sich auch die Vasen unter den Nagel gerissen, die Dad Grandma vor Jahren von seinem Englandaufenthalt mitgebracht hat."

„Die Wedgwood-Dinger?", fragte Brighton.

„Die wollte die alte Beißzange fallen lassen. Wenn sie sie nicht bekommt, dann soll sie niemand bekommen. Na ja, ich bin wirklich versucht …"

„Lass es einfach gut sein. Sie werden nichts mehr versuchen. Du hast sie gut abblitzen lassen und vertrieben. Ich bezweifle, dass sie sich noch einmal hier blicken lassen."

„Aber …"

„Sie werden den Rest der Familie gegen uns aufhetzen, aber wen schert das schon. Wir haben keinen unserer entfernten Verwandten in den letzten Jahren zu Gesicht bekommen." Brighton schloss seine Augen.

„Willst du hineingehen?"

„Nein. Ich werde eine Weile hier sitzen bleiben. Geh du schon einmal vor und nimm dir, was du möchtest." Er hatte nicht vor, ihr irgendetwas zu verwehren.

„Da gibt es schon ein paar Dinge, die mir gefallen würden. Ich lege sie auf den Tisch, damit du Bescheid weißt und dein Einverständnis geben kannst." Sie ging ins Haus, schloss leise die Tür hinter sich und ließ ihn allein mit dem Wind und den Erinnerungen an seinen Großvater.

BRIGHTON VERLOR jegliches Zeitgefühl, während er im Schaukelstuhl seines Großvaters saß. Es war warm genug und der Wind fühlte sich perfekt an, aber nach einer Weile drangen emsige Geräusche störend an sein Ohr. Er stand auf und stützte sich auf seinen Stock, während er an die Ecke der Veranda trat. In westlicher Richtung erstreckte sich eine riesige Wohnanlage, soweit das Auge blicken konnte: leuchtend blaue Aluminium-Gebäude mit weißen Wandblenden, die sich bis ins Unendliche zu erstrecken schienen. Auf der anderen Seite erhob sich ein Shoppingcenter an der Grenze zum Land seines Großvaters – was jetzt Brightons Land war. Und er wusste, dass hinter dem Farmhaus eine Trabantenstadt auf briefmarkengroßen Grundstücken aus zusammengepferchten Ein- und Zweifamilienhäusern lag. Mit Sicherheit würde er eine Menge Geld für das Land bekommen, vielleicht in Millionenhöhe, aber das hier war eine grüne Oase in einem Wald geschmackloser, moderner Häuser.

„Du bist ja aufgestanden", sagte Brianne.

„Denke nur nach", antwortete Brighton, ohne sich umzudrehen.

„Das Haus ist schön und praktisch gebaut, das stimmt schon, aber es müsste renoviert werden. Dringend. Die Küche ist noch von Grandma, und nichts hat sich bisher darin geändert. Das sind Dinge, die du schnell und vorrangig angehen solltest. Ich war im Keller, und er ist blitzblank, aber ich habe den Stromzähler gesehen. Ich glaube, den hat Thomas Edison neben seiner Glühbirne erfunden."

„Woher hast du Ahnung von so was?" Brighton selbst hatte absolut keine.

„Ich lese viel und bin ein Wissenschaftsnerd. Ich liebe Dinge wie Elektrizität, Magnetismus und wie das alles funktioniert. Das solltest du aber wissen."

„Schätze schon." Brighton lachte. „Ich kann mich noch daran erinnern, wie Mom und Dad dir ein batteriegesteuertes Barbie-Auto gekauft haben. Du hast ein paar Jahre lang damit gespielt und es dann auseinandergebaut, um herauszufinden, wie es funktioniert." Brighton drehte sich um. „Denkst du, es ist sicher genug, um schon darin zu wohnen?"

„Natürlich. Du solltest nur einen Elektriker rufen und ein paar Sachen richten lassen. Alles ist machbar, aber ich denke, du wirst dir eine Klimaanlage wünschen. Wie Grandpa darauf verzichten konnte, ist mir ein Rätsel, und du wirst dir eine anschaffen müssen, vor allem da Fensterklimageräte wahrscheinlich deine Sicherungen durchbrennen lassen werden. Im Keller ist ein ganzer Kasten voll damit."

Brighton nickte. „Schauen wir uns einmal um." Er drehte sich um und ging ins Haus. Es sah alles so aus wie in seiner Erinnerung, genau so, wie er es erwartet hatte. Im Wohnzimmer standen dasselbe Sofa und dieselben Stühle wie immer. Brighton kam es so vor, als träte er in eine seit fünfzig Jahren verschlossene Zeitkapsel.

„Ich habe die oberen Stockwerke kontrolliert. Dort muss viel sauber gemacht werden. Alles ist staubbedeckt. Es sieht aber nicht so aus, als wäre es in schlechtem Zustand, sondern einfach nur vernachlässigt."

„Na ja, daran wird sich nicht viel ändern, solange nur ich hier wohne." Treppen waren ein Problem für Brighton. Vor allem lange Treppen und Treppenhäuser – die hasste er. Aber andererseits wurde es vielleicht Zeit, dass er endlich herausfand, wie er das Treppensteigen bewältigen sollte, und Fortschritte darin machte.

„Es gibt ein paar große Schlafzimmer und ein riesiges Bad. Schaff ein wenig Ordnung und du wirst es lieben." Brianne grinste. „Das Bad ist himmlisch. Es ist alt, aber verdammt, ist der Raum groß. Da ist Platz für eine ganze Armee. Ich bin fast neidisch. Als Kind kam es mir schon riesig vor, aber manchmal sind Erinnerungen auch verzerrt."

Brighton wanderte durch das Erdgeschoss, hielt am Fuß der Treppe an und spähte hinauf. „Ich frage mich, ob es hier noch Tiere gibt. Die müssten dann doch gefüttert und getränkt werden. Gott weiß, ob Onkel und Tante sie in ihrer Hast, alles zu verkaufen, hätten verhungern lassen." Er drehte der beeindruckenden Treppe den Rücken zu. Später war auch noch Zeit, sich damit zu befassen.

„Ich gehe mal und schaue nach. Aber ich werde keine Ställe ausmisten. Ich hab mich heute Morgen nicht für Hofarbeit gekleidet."

Das traf auch auf Brighton zu. Verdammt, er hatte damit gerechnet, vielleicht ein kleines Erbe zu bekommen, und das war's. „Ich komme mit dir. Zusammen können wir vielleicht verhindern, dass hier alles verhungert." Er hoffte es. Brighton ging langsam und schloss die Vordertür hinter ihnen. Brianne strebte quer über den Hof auf den kleinen Stall zu und öffnete das Tor. Brighton trat hinein. Die Tiere blökten und meckerten. Ein Pony hob den Kopf und starrte ihn mit traurigen Augen an. Er spähte über die Wand der Pferdebox und bemerkte eine leere Futterkrippe und einen trockenen Wassertrog. „Fuck!", fluchte Brighton und schaute sich um. Er entdeckte ein Heubündel und schaffte es, den Zwirnknoten zu lösen und ein wenig Heu in die Futterkrippe zu werfen. „Gibt es hier irgendwo einen Eimer?"

„Ich habe weiter hinten einen gefunden. Keines der Tiere ist mit Wasser versorgt, und fast alle Krippen sind leer", rief Brianne zurück, während sie eine Tür öffnete. „Hier hinten ist Futter. Gott sei Dank, es ist alles beschriftet. Ich weiß nicht, wie viel Futter wir geben müssen, aber lass uns unser Bestes versuchen."

„Ich kümmere mich um das Futter, wenn du Wasser holen gehst. Fang bei dem Pony an."

Brianne stimmte zu und begann, volle Eimer vom Wasserhahn in den Stall zu schleppen. Da sie keinen Schlauch finden konnten, setzte Brighton den Kauf eines solchen auf seine mentale To-do-Liste. Außerdem fügte er einen weiteren Aspekt seiner „Dinge, die mich zu Tode erschrecken"-Liste und seinem „Wie zum Henker soll ich das alles allein schaffen?"-Fragenkatalog hinzu. Wie sein Großvater die Tiere getränkt hatte, überstieg seine Vorstellungskraft, aber schon immer hatte alles nach dessen Sturkopf gehen müssen.

Während Brianne dafür sorgte, dass die Tiere ihr Wasser bekamen, kümmerte Brighton sich um das Futter der vier Ziegen und vier Schafe. „Solange wir hier sind, könnten wir sie auch nach draußen lassen", stellte Brianne fest. Sie öffnete die Türen und nach einer Weile trotteten die Tiere hinaus in den eingezäunten Außenbereich. Brianne begab sich zu ihrem Bruder in die Mitte des Stalls. „Ich kann ein paar Tage bleiben, dir beim Putzen helfen und dafür sorgen, dass die Tiere ihr Futter bekommen. Aber die Farm braucht mehr Hilfe, als ich dir geben kann."

„Ich weiß", seufzte Brighton. „Ich denke immer noch, ich sollte einfach alles verkaufen und alle auszahlen. Ich hasse den Gedanken, aber ich kann mich nicht um so einen Betrieb kümmern. Ich kann mich selbst über Wasser halten, aber das war es auch schon." All dies war äußerst überwältigend.

„Durchatmen, großer Bruder, und dann alles nach und nach. Hier sind nicht so viele Tiere, dass das Ganze eine nicht zu bewältigende Aufgabe wäre. Es sind insgesamt nur neun." Brianne verdrehte die Augen. „Hier gibt es keine riesigen Schaf- und Ziegenherden. Geh ins Internet, finde heraus, wie man sich darum kümmert, kauf einen Schlauch und Futter und leg los. Es wird dir guttun, dich um etwas anderes als dich selbst zu kümmern."

Brighton fühlte, wie es in seiner Brust hämmerte, und er schnappte nach Luft. Er schloss die Augen und verdrängte die aufsteigende Panik. „Es ist zu viel."

„Ist es nicht!", erklärte Brianne bestimmt. „Jetzt finde dich damit ab und höre auf, dich selbst zu bedauern. Du hast heute ein großes Geschenk bekommen, also vergeude es nicht." Sie stemmte ihre Hände in die Hüften und funkelte ihn an. „Wo ist der Mann, der sich gegen Tante Vera gewehrt hat, als wir Kinder waren, und ihr sagte, sie solle zur Hölle fahren, als sie meinte, dass ich nicht aufs College gehen könnte? Soweit ich mich erinnere, sagtest du zu ihr, dass ich auf jeden Fall aufs College gehen würde, um mehr aus mir zu machen als eine dumme Kuh wie sie." Brianne grinste. „Du hattest Mumm und Selbstvertrauen."

„Das ist schon vor einer langen Zeit verschwunden."

„Nun, sieh zu, dass du es zurückbekommst, denn der verhuschte Brighton beginnt mir auf die Nerven zu gehen." In diesem Moment klang sie genau wie ihre Mutter. „Wichtiger, als dich darauf zu konzentrieren, was du nicht kannst, ist es, herauszufinden, was du kannst. Für den Rest kannst du dir Hilfe holen." Brianne trat aus dem Stall heraus ins Sonnenlicht. „Das hier ist ein kleines Stück vom Himmel inmitten der expandierenden Bebauung. Oder das könnte es sein. Es könnte dein Stück vom Himmel sein. Du musst nicht tun, was Grandpa vielleicht getan hätte, oder auf irgendjemanden sonst hören. Mach dein Projekt daraus."

„Wie zum Teufel bist du so klug geworden? Ich bin der große Bruder. Es ist meine Aufgabe, dir Ratschläge zu geben."

„Bitte. Ich war immer die Kluge von uns, und das weißt du", spöttelte Brianne und lächelte ihn an. Dann legte sie ihren Arm um seine Schultern. „Lass uns jetzt ins Haus gehen und schauen, was fürs Erste genügt und was noch getan werden muss." Brighton nickte und folgte Brianne zurück ins Haus. „Ich gehe nach unten und hole den Eimer, den ich dort gesehen habe." Sie verließ ihn und Brighton hörte, wie sie die Treppe hinunterging. Als sie mit dem Eimer zurückkehrte, stellte er fest, dass sie ihn mit jedem einzelnen Reinigungsmittel, das sie hatte finden können, gefüllt hatte. Danach schleppte sie Staubtücher, Besen und den Rest der Putzausrüstung die Treppe hinauf.

Brighton holte sein Handy und die Karte des Anwalts hervor. Er wählte die Nummer und verlangte nach Mr. Granger. Ein paar Sekunden später wurde seiner Bitte nachgekommen. „Mr. Granger, ich glaube, ich werde Hilfe brauchen."

„Bitte nennen Sie mich Arthur, und ich werde sehen, was ich tun kann."

Brighton schilderte ihm den Besuch von seiner Tante und seinem Onkel.

Arthur war alles andere als begeistert. „Falls sie Ärger bereiten sollten, werden wir das zu unserem Vorteil nutzen."

„Gut. Brianne und ich sind auf der Farm, und es ist nicht zu leugnen, dass ich das nicht alleine schaffen werde. Die Tiere hatten weder Futter noch Wasser, als wir hier ankamen."

„Ihre Tante hatte mir versichert, sie würde sich um sie kümmern."

„Nun, ich bezweifle, dass sie das getan haben. Es war nichts da. Wie auch immer, wir haben die Tiere versorgt, und sie werden sich wieder erholen. Wenn Ihr Cousin daran interessiert ist, möchte ich ihn herzlich zu einem Gespräch morgen Nachmittag auf die Farm einladen."

„Sehr gut. Aber ich möchte betonen, dass Sie sich zu nichts verpflichtet zu fühlen brauchen. Wenn Sie ihn nicht beschäftigen möchten, kann ich das verstehen."

„Das weiß ich zu schätzen. Vielen Dank. Wir werden uns unterhalten und schauen, was wir beide denken." Das war alles, was Brighton versprechen konnte, aber ein wenig verzweifelt war er schon.

„Dagegen ist nichts einzuwenden." Arthur hielt inne und Brighton hörte Papierrascheln. „Ihre Tante hat mich vor einer Weile angerufen. Anscheinend ist ihr immer noch daran gelegen, die Organisation der

Bestattung zu übernehmen. Ihr Großvater wurde bereits eingeäschert, und sein Wunsch war es, dass seine Asche auf seiner Farm verstreut wird."

„Brianne und ich werden das nach dem Gottesdienst übernehmen."

„Ihre Tante meinte, sie hätte die Trauerfeier auf Sonntag verschieben müssen."

Brighton fluchte unterdrückt. „Es muss aber am Samstag sein. Am Sonntag ist Briannes Examensfeier, und die wird sie nicht verpassen können. Das ist eine Gemeinheit von Tante Vera." Brighton atmete tief durch. „Wenn ich alles richtig verstanden habe, fungieren Sie doch als Testamentsvollstrecker."

„Ja."

„Gut. Dann regeln Sie das doch bitte rechtlich mit ihr. Wir hatten heute schon das Vergnügen. Jetzt sind Sie dran." Brighton lächelte.

„Ich wollte keinen unangebrachten Familienstreit anzetteln."

„Zu spät", witzelte Brighton.

„Dann werde ich mich von nun an um alles kümmern."

„Danke sehr." Das alles war überaus lächerlich, und Brighton würde sich nicht damit abfinden, dass Tante Vera allen auf die Nerven ging. Wie konnte sie ihrem eigenen Vater das antun? Sollte sie ihn doch in Frieden ruhen und die Familie sich verabschieden lassen. „Ich weiß Ihre Hilfe sehr zu schätzen. Ich kann mich mit den Trivialitäten meiner Tante momentan nicht selbst herumschlagen. Ich könnte ihr Brianne auf den Hals hetzen, aber dann müssen wir vielleicht eine Doppelbeerdigung und eine Mordanklage durchstehen."

Arthur gluckste. „Ich erledige das."

„Danke sehr", sagte Brighton. Er hasste es, der Mittelpunkt einer Familienfehde zu sein, aber seine Tante war rachsüchtig und er hatte im Moment nicht die Kraft, ihr entgegenzutreten.

„Hast du telefoniert?", rief Brianne von oben herunter.

„Ja. Der Anwalt schickt uns diesen Cousin morgen vorbei. Keine Ahnung, ob er uns helfen kann oder überhaupt daran interessiert ist, aber ich muss es versuchen." Brighton hielt inne und überlegte, was er ihr noch erzählen sollte. „Tante Vera führt immer noch etwas im Schilde. Sie hat gesagt, dass sie die Beerdigung auf Sonntag verschieben muss."

„Diese Hexe!"

„Mach dir keine Sorgen. Ich habe den Anwalt auf sie angesetzt. Er kümmert sich darum. Sie hat schon mit den Vorbereitungen angefangen, also ist die alte Fledermaus einfach nur hinterhältig."

Brightons Bein begann zu zittern, weshalb er wieder nach draußen ging und sich in den Stuhl auf der Veranda sinken ließ. Er sollte hinaufgehen und Brianne helfen, aber der Schmerz in seinem Bein signalisierte ihm, dass er für heute sein Limit erreicht hatte. „Ich hasse es", sagte er laut. Die Wahrheit war, dass er sich meistens nutzlos fühlte. Er konnte arbeiten und war gut in seinem Job, aber im richtigen Leben funktionieren zu müssen, war eine absolute Qual. Er konnte nicht fahren. Er hatte nicht genug Kontrolle über die Muskeln in seinem rechten Bein, um Gaspedal und Bremse mit Gefühl bedienen zu können. Drei Monate lang hatte er gehofft, sein Bein würde sich bessern. Die Ärzte waren guter Hoffnung gewesen, aber bis jetzt war noch nichts passiert.

Sein Handy klingelte und Brighton nahm den Anruf an, obwohl er die Nummer nicht kannte.

„Hallo, ist dort Brighton?", fragte eine sehr bedächtige männliche Stimme.

„Ja."

„Ich … bin Tanner. Könnte ich … morgen um … neun … vorbeikommen?"

Nachdem er Brianne gefragt hatte, ob sie ihn am nächsten Morgen zur Farm hinausfahren könne, antwortete Brighton: „Natürlich. Ich erwarte Sie hier auf der Farm. Haben Sie die Adresse?"

„Ja." Brighton wartete darauf, dass der Mann die Anschrift wiederholte, aber nichts geschah.

„Gut. Dann bis morgen." Brighton fragte sich, was los war. Arthur hatte erwähnt, dass sein Cousin nicht viel sprach. Plötzlich hatte er kein gutes Gefühl mehr in dieser Angelegenheit.

Brighton saß noch ein paar Minuten auf der Veranda, bis ihn das Schuldgefühl übermannte, untätig herumzusitzen, während Brianne schuftete. Er stützte sich auf seinen Stock und öffnete die Tür. Sein Großvater musste davon ausgegangen sein, dass er es schaffen konnte, andernfalls hätte er ihm die Farm nicht überlassen, und auch Brianne traute es ihm zu, also musste er sich wappnen und die Sache einfach anpacken.

Brighton trat an den Fuß der Treppe und schaute nach oben. Er nahm die erste Stufe. „Bree", rief er. Seine Schwester erschien am oberen Ende der Treppe. „Komm und nimm meinen Stock." Sie eilte die Treppe hinunter und nahm ihm den Stock aus der Hand. Dann legte er beide Hände auf das Geländer und machte sich auf den Weg die Stufen hinauf.

„Warum tust du das?", fragte Brianne, als er die Hälfte geschafft hatte.

„Weil ich mich in meinem eigenen verdammten Haus bewegen können muss, wenn ich hier wohnen will." Er wollte nicht fauchen, aber leider kam es so heraus. Brighton war schweißüberströmt, als er oben angekommen war. Er nahm seinen Stock aus Briannes Händen. „Also, womit fangen wir an?"

Sie verbrachten einige Zeit damit, ein paar der Räume von Staub und Spinnenweben zu befreien. Brighton kümmerte sich hauptsächlich darum, die Betten abzuziehen und aus den Schubladen die Bettbezüge heraus zu sortieren, die definitiv bessere Zeiten gesehen hatten. Brianne lief gutmütig für ihn die Treppen hinauf und hinunter. „Ich glaube, ich brauche jetzt etwas zu essen, und wir haben genug geschafft", erklärte Brighton schließlich und unterdrückte ein Husten. Der Staub wurde ihnen allmählich zu viel. Sie hatten einige Ventilatoren gefunden und sie in der Nähe der Fenster platziert, um die Luft aus dem Haus hinauszublasen, was zumindest ein wenig geholfen hatte.

„Immerhin bin ich mit einem Raum fertig geworden, den du benutzen kannst, wenn du möchtest." Brianne sammelte die Putzmittel ein und verstaute sie im Bad. „Ich bin dreckig und brauche eine Dusche." Brianne nahm Brightons Stock und seinen Arm und half ihm die Treppe hinunter, was wesentlich leichter ging als in die entgegengesetzte Richtung. „Ich habe nur eine Frage: Wenn ich geduscht und mich umgezogen habe, wohin führst du mich dann zum Abendessen aus?"

Ohne Zwischenfall erreichten sie das Erdgeschoss. „Wohin du möchtest." Brighton nahm seinen Stock und hielt auf die Eingangstür zu. „Aber bevor ich dich füttere, müssen wir sichergehen, dass die Tiere versorgt sind und im Stall stehen, bevor die Nacht beginnt."

„Sklaventreiber", scherzte Brianne und eilte zum Stall. Brighton hörte sie im Inneren rufen und fluchen, aber schließlich kam sie wieder zurück. „Sie sind drin. Keines wollte mir folgen, bis sie die Geräusche vom Futter in den Trögen hörten. Alles ist verschlossen, aber ich fürchte, die Boxen müssen bald gesäubert werden. Beim Scheißeschaufeln hört es für mich auf."

Brighton verdrehte die Augen. „Ich habe dich gewickelt, als du ein Baby warst."

„Fang nicht so an", warnte ihn Brianne. „Das hast du jahrelang immer wieder angebracht, aber jetzt ist Schluss damit, und ich will auch die Geschichte nicht mehr hören, wie ich dich angepinkelt habe. Schuldbewusstsein so viel du willst – ich werde keine Boxen ausmisten. Hast du abgeschlossen?"

„Das werde ich." Brighton drehte sich um, zog die Tür zu und schloss mit dem Schlüssel ab, den der Anwalt ihm ausgehändigt hatte. „Ich denke, ich sollte die Schlösser auswechseln lassen. Wahrscheinlich hätte ich das heute schon tun lassen sollen." Er kaute auf seiner Unterlippe herum. „Ich kümmere mich morgen drum."

„Wenn irgendetwas fehlt, rufen wir die Polizei und erzählen ihnen, was passiert ist. Vera und Raymond wären ziemlich blöd, wenn sie es noch einmal versuchen würden, ihr Haus wäre das erste, das man durchsucht." Sie hielt inne und schüttelte den Kopf. „Willst du lieber hierbleiben?"

„Nein. Ich möchte nach Hause." Es war ein höllischer Tag gewesen und Brighton brauchte ein wenig Zeit zum Nachdenken. „Komm schon. Du kannst meine Bude aufräumen und ich bestelle etwas zu Essen. Wir können uns entspannen und du kannst mir von deinem zukünftigen Studium erzählen." Meistens verstand Brighton nur Bahnhof, wenn sie von ihrer Arbeit sprach, aber er hörte ihr immer zu.

„Nichts da. Ich will Idiotenfernsehen gucken und an gar nichts denken."

„Amen." Das war die beste Idee, die Brighton den ganzen Tag über gehört hatte.

SCHLUSSENDLICH VERBRACHTE Brianne die Nacht auf Brightons Sofa. Sie blieben lange auf und waren zum Ende hin so schläfrig, dass er sie nicht so spät hatte nach Hause fahren lassen. Am Morgen stand Brighton auf und nachdem er seine Beinprobleme so gut wie möglich in den Griff bekommen hatte, bereitete er das Frühstück zu. Es war nicht viel, nur Eier und Speck, aber der Geruch trieb Brianne schnuppernd in die Küche, bevor sie ihre Augen überhaupt komplett öffnen konnte. „Gott …"

„Hinsetzen, essen. Dann müssen wir los."

„Wie spät ist es?" Brianne suchte nach der Uhr.

„Acht. Tanner kommt um neun zur Farm." Brighton schaufelte Eier und Speck auf beide Teller. Dann gab er Brianne noch ein paar Scheiben Speck mehr und reichte ihr ihren Teller. Brighton kannte den Weg zu ihrem Herzen: Schweinefleisch. Über den Tisch gebeugt aß sie noch im Halbschlaf.

25

„Ich kann nicht glauben, dass du mich dazu gebracht hast, noch vor dem verdammten Tagesanbruch aufzustehen." Brianne war kein Morgenmensch.

„Bitte. Wir haben acht Uhr und ich habe Essen gemacht." Brighton kaute auf einem Speckstreifen herum.

„Es sei dir verziehen."

„Gut, wir müssen nämlich in zehn Minuten los." Brighton begab sich aus der Schusslinie und beendete sein Mahl. Dann trug er das Geschirr zur Spüle und wartete darauf, dass Brianne fertig wurde. Er räumte auch ihren Teller ab, sie schlurfte grummelnd davon und kehrte ein paar Minuten später angekleidet aber fürchterlich aussehend zurück.

„Du musst heute allein klarkommen. Ich habe zu tun, aber ich komme heute Abend vor dem Abendessen wieder zur Farm und fahre dich nach Hause. Ich rate dir, etwas zu Essen im Haus zu haben."

„Ich werde was bestellen", bemerkte Brighton. Sie verließen seine Wohnung und Brianne fuhr ihn zur Farm hinaus. Brighton bedankte sich bei ihr und bekam eine unverständliche Antwort. „Bitte hilf mir wenigstens mit den Tieren, bevor du wieder fährst."

Brianne stellte den Motor ab und löste unentwegt grummelnd ihren Sicherheitsgurt. Sie hörte nicht damit auf, während sie zum Stall ging, und ließ auch nicht nach, als sie die Türen öffnete und die „Biester" nach draußen scheuchte. „Sie haben Wasser und Futter. Der Rest ist deine Sache. Bis später."

An der Stalltür traf Brighton wieder mit ihr zusammen und sah, wie sie mit großen Augen erstarrte. „Was ist los?", fragte er und folgte ihrem Blick. „Oh …" Der wohl größte Mann, den Brighton je gesehen hatte, kam die Auffahrt hinauf, einen Cowboyhut auf dem Kopf, enge Jeans um baumstammdicke Schenkel und ein Flanellhemd, das aussah, als müsste es beim nächsten Atemzug des Hünen bersten. „Jesus", flüsterte Brighton, als der Mann sich näherte. Brianne, zuvor noch so bestrebt, möglichst schnell zu verschwinden, stand stocksteif da. Nicht, dass Brighton ihr einen Vorwurf machen konnte. Er blinzelte zweimal und trat aus dem Stall, langsam und auf seinen Stock gestützt. Der Mann war jetzt nahe genug an den Stall herangekommen, dass Brighton blondes Haar unter dem Hut und Augen so blau wie der Sommerhimmel erkennen konnte.

„Hallo", sagte der Riese mit einer tiefen, volltönenden Stimme. „Ich b-bin T-Tanner."

Brighton lehnte sich auf seinem Stock und atmete schwer. Sein Mund war staubtrocken. Verdammt, dieser Mann war hinreißend, auf eine wilde, hatte-ein-hartes-Leben-mäßige Art. Brighton verdrängte diesen Gedanken, wenngleich nur, weil sie in so vielerlei Hinsicht nicht zusammenpassten. Zunächst einmal würde dieser Typ ihn wie einen dürren Zweig zerquetschen können, wenn es ihm in den Sinn kam, und zweitens würde er, verflixt noch mal, nichts mit einem Angestellten anfangen, sollte er diesem Mann den Job geben. *Stopp,* schalt er sich im Stillen selbst. Er verlor ja völlig den Faden.

„Ich bin Brighton, und wie es scheint, habe ich diesen Betrieb hier geerbt, ohne, wie Sie sich vielleicht denken können, allzu fähig zum Arbeiten auf einer Farm zu sein." Brighton bewegte sich auf das Haus zu. „Wie sind Sie hergekommen?"

Tanner zeigte auf ein Motorrad, das an der Straße parkte. Brighton wunderte sich, dass er so weit draußen geparkt hatte, aber er fragte nicht nach. Und Tanner schien nicht allzu versessen auf eine Unterhaltung zu sein.

„Ich bin Brianne, Brightons Schwester." Brianne streckte Tanner ihre Hand entgegen. Es schien dem Hünen unangenehm zu sein, aber er erwiderte den Handschlag.

„Hast du nichts zu tun?", fragte Brighton. Seine Schwester gab ihm einen Klaps auf die Schulter.

„Bis später", sagte sie und lief lachend zu ihrem Auto. Brighton winkte ihr hinterher, als sie einstieg und davonfuhr. Dann drehte er sich wieder zu Tanner. „Können wir uns auf der Veranda unterhalten? Ich muss mich eine Weile hinsetzen. Mein Bein tut weh, weil ich zu lange gestanden habe." Er humpelte über den Hof und kraxelte die zwei Stufen zur Veranda hinauf, bevor er sich in den Schaukelstuhl sinken ließ. Es gab Tage, an denen er sich uralt fühlte. Brighton rückte zum anderen Stuhl herum, auf dessen Kante Tanner kauerte, als wäre er bereit, jeden Moment die Flucht zu ergreifen. „Arthur hat mir erzählt, dass Sie auf einer Ranch in Montana gearbeitet haben."

Tanner nickte und nahm seinen Hut ab. Er legte ihn in seinen Schoß und nickte noch einmal. Mehr Informationen bekam Brighton nicht.

„Welche Art von Arbeit haben Sie dort verrichtet?"

„Ranch … Arbeit."

Brighton wartete vergeblich auf weitere Einzelheiten. „Haben Sie Reparaturen ausgeführt?"

Tanner nickte.

„Sich um Pferde und andere Tiere gekümmert?"

Tanner nickte wieder, ohne ein Wort zu sagen, aber er hörte Brightons Fragen zweifellos aufmerksam zu.

„Ich brauche jemanden zum Füttern und Ausmisten im Stall und Hilfe bei Reparaturen rund ums Haus. Mein Großvater war lange nicht mehr imstande, alles zu erledigen, und es fällt mir nicht leicht, schwer zu heben." Vor allem fiel es Brighton nicht leicht, seinen Standpunkt klarzumachen. Arthur hatte angekündigt, dass sein Cousin kein großer Redner war, allerdings hatte er nicht erwähnt, dass er beinahe stumm war. „Haben Sie alles verstanden?"

Tanner öffnete den Mund, aber zunächst kam kein Ton heraus. „Ja. Ich k-kann … helfen." Tanner stand auf und ohne ein weiteres Wort ging er über den Hof und verschwand im Inneren des Stalls. Brighton saß eine Minute da und war kurz davor, aufzustehen und nachzusehen, was dort vor sich ging, als er sah, wie Tanner eine Schubkarre voll mit schmutzigem Stroh aus dem Stall schob. Er schaute sich um und schien den Misthaufen entdeckt zu haben. Tanner leerte die Schubkarre aus und kehrte ohne ein Wort zu sagen wieder in den Stall zurück.

Brighton war sich nicht vollkommen sicher, was hier vor sich ging, aber es schien, als hätte er soeben eine Hilfskraft eingestellt. Er würde Tanner erklären müssen, was genau er brauchte, aber wie es aussah, wusste Tanner, was er tat und war bereit, sich die Hände schmutzig zu machen. Brighton konnte ein paar Arbeiten selbst erledigen, aber vieles war jenseits seiner Möglichkeiten. Was er dringend erledigen musste, war, Internet im Haus zu installieren und seine Arbeitsmaterialien aufzubauen, wenn er wirklich seine Tage hier auf der Farm verbringen wollte. Aber andererseits war es für gewöhnlich so, dass die Dinge aus dem Ruder liefen, sobald er das Gefühl bekam, das Gröbste erledigt zu haben.

2

TANNER HOUGHTON fuhr mit seiner Arbeit fort. Er stieß einen leisen Seufzer der Erleichterung aus. Alles sah danach aus, dass er auf dem besten Wege war, eine Arbeitsstelle zu bekommen. Schon seit einem Monat war er auf der Suche, und seine mageren Ersparnisse aus Montana schmolzen so schnell in sich zusammen, dass er sich bald kein Essen mehr würde leisten können. Nach dem ... Schlamassel draußen im Westen – nein, daran wollte Tanner nicht einmal mehr denken. Es bereitete ihm immer noch Schmerzen. Er grub seine Schaufel in das schmutzige Stroh der Ziegenbox und schaufelte den schweren, nassen Mist in die Schubkarre. Die anstrengende Arbeit war vertraut und wohltuend. Tanner hatte sein ganzes Leben lang gearbeitet. Seine Mutter hatte ihm beigebracht, immer hart anzupacken, und ihre Worte klangen in seinem Kopf nach, als er den letzten Rest Mist in die Karre hievte. „Sohn, du wirst ..." Seine Mutter hatte es nie gut verstanden, ihm schlechte Nachrichten zu unterbreiten. „Du wirst nie imstande sein, mit anderen Menschen zusammenzuarbeiten, also iss auf, werde groß und stark und arbeite hart." Dann hatte sie ihm einen überladenen Teller vor die Nase gestellt. Tanner hielt einen Moment lang inne, um an sie zu denken, bevor er die Griffe der Schubkarre anhob und sich auf den Weg nach draußen zum Misthaufen machte.

Er wollte Brighton, den Mann mit dem er vorhin gesprochen hatte, gern fragen, ob er den Mist irgendwo verteilen sollte, anstatt ihn hier aufzuhäufen, aber darüber musste er noch einmal nachdenken. Tanner wollte nicht zu viel mit ihm reden. Vielleicht würde ihn Brighton nicht einstellen, wenn er herausfand, dass Tanner das war, was die meisten Leute einen Schwachkopf nannten. Er ging zurück in den Stall und fand ein paar Strohballen. Wenn er mit der letzten Box fertig war, würde er das ganze Stroh aufgebraucht haben, und das musste er Brighton irgendwie wissen lassen.

Als er fertig war, schaute Tanner sich in dem kleinen Stall um, atmete tief ein und lächelte. Seiner Meinung nach kam nichts dem Geruch eines sauberen Stalls gleich, außer vielleicht der Duft des weiten Lands kurz nach einem Frühlingsregen, wenn alles frisch und bereit zum Erblühen war.

„Möchten Sie etwas zu Mittag essen?"

Tanner zuckte leicht zusammen und nickte zur Antwort. Er war so tief in seinen Gedanken versunken gewesen, dass er nicht gehört hatte, wie Brighton hinter ihm aufgetaucht war. Tanner drehte sich um und hielt sich davon ab, dem schlanken Mann mit den großen himmelblauen Augen und kastanienbraunem Haar, das von der gleichen Farbe war wie sein Lieblingspferd auf der Ranch, anzulächeln. Lucy war der größte Schatz gewesen. Für ihn. Alle anderen hatte sie gehasst, gezwickt und mit Zähnen und Hufen bekämpft, aber nicht Tanner. Er hatte sie verstanden und besonders fürsorglich behandelt. Seit er nicht mehr da war, fragte er sich wiederholt, wie es ihr wohl mittlerweile ging.

„Ich habe nur Zutaten für Sandwiches im Haus. Meine Schwester war so zuvorkommend, dafür zu sorgen, dass ich nicht verhungere. Ich hoffe, das ist in Ordnung. Kommen Sie in ein paar Minuten hoch zum Haus." Brightons Mundwinkel wanderten nach unten, als er einen Schritt nach vorn machte. Tanner war sich nicht sicher, ob er unter Schmerzen litt, oder ob dieser Gesichtsausdruck von der Aussicht auf ein Mittagessen mit ihm herrührte. Tanner verdrängte diesen Verdacht. Brighton hatte ihn gerade erst kennengelernt, und Tanner musste sich immer wieder daran erinnern, dass nicht alle so waren wie die anderen Gehilfen auf der Ranch, die lieber gestorben wären, als neben ihm zu sitzen und sich möglicherweise anzustecken, mit was auch immer nicht mit ihm stimmte.

„… danke." Er musste immer konzentriert nachdenken, bevor er einen Satz begann. Brighton drehte sich um und ging langsam zum Haus. Ihm dabei zuzusehen, tat Tanner fast körperlich weh. Er war sich jetzt sicher, dass Brighton unter Schmerzen litt. Die Muskeln in seinem Rücken, Nacken und in den Beinen wirkten so angespannt wie bei einem Pferd, dem man die Lahmheit am ganzen Körper anmerken konnte. Tanner wollte ihm irgendwie helfen, war sich aber sicher, dass das aufdringlich wirken würde. Er sah Brighton nach, bis er fast das Haus erreicht hatte, und machte sich dann wieder an die Arbeit.

Als er fertig war, räumte Tanner alle Arbeitsgeräte und die Schubkarre dahin zurück, wo er sie gefunden hatte, und ging dann über den Hof zum Haus.

Unschlüssig, ob er an die Fliegengittertür klopfen, einfach hineingehen oder draußen auf Brighton warten sollte, stand er auf der Veranda. Schließlich klopfte er an und vernahm kurz darauf schwerfällige Schritte und das Tapp … Tapp … des Gehstocks auf dem Boden. „Ich hätte die Tür nicht abschließen sollen", stellte Brighton fest, entriegelte die Tür und stieß sie auf. „Ich bin so daran gewöhnt, in der Stadt zu leben, dass ich alle Türen hinter mir verriegle."

Tanner nickte. Seit einem Monat wohnte er nicht mehr auf dem offenen Land, und er vermisste es wie verrückt. Diese Farm war nicht gerade die Art weites Land, an die er gewöhnt war, wo man an einem Fleck stehen und, egal in welche Richtung man schaute, nur das Land sehen konnte, das sich von einem Horizont zum anderen erstreckt. Das war hier wirklich nicht möglich, aber immerhin gab es Bäume und Grün zwischen ihnen und den hässlichen, blauen Wohncontainern. Sie sahen aus wie das Puppenhaus, das er und seine Schwester als Kinder besessen hatten – grell und künstlich. Er trat ins Farmhaus, folgte Brighton durch die Küche und setzte sich an ein Ende des alten Resopal-Tisches. Eine Platte mit Sandwiches stand auf der Anrichte. Brighton machte Anstalten, sie zu holen, aber Tanner sprang auf, eilte zur Anrichte und trug die Servierplatte und zwei Gläser hinüber zum Tisch.

„Im Kühlschrank ist Eistee." Brighton zog einen der Stühle zurecht und setzte sich. „Manchmal fühle ich mich wie ein alter Mann." Tanner öffnete die Kühlschranktür und holte einen alten grünen Glaskrug hervor, genau so einen, wie seine Mutter ihn besessen hatte. Er drehte sich um, nickte und schloss die Kühlschranktür. „Ich habe gute und schlechte Tage. Heute ist einer der schlechten", erklärte Brighton. Er lehnte seinen Stock gegen die Wand und verfiel in Schweigen.

Tanner schenkte den Tee aus und nahm Platz, darauf wartend, dass Brighton sich bediente. Sein Magen knurrte, aber er folgte der eisernen Regel seiner Mutter, immer darauf zu warten, bis alle anderen versorgt waren. Brighton nahm die Hälfte von etwas, das aussah wie ein Schinkensandwich, und Tanner griff ebenfalls zu. Kaum hatte er abgebissen, füllte der Geschmack von Mayonnaise und scharfem Senf seinen Mund, und er brummte zufrieden. Nachdem das Eis gebrochen war, langte Tanner kräftig zu. Er war ein großer Kerl mit entsprechendem Appetit, aber er hielt sich zurück, um nicht verfressen zu wirken.

Brighton aß ein Sandwich und lehnte sich dann zurück, um seinen Tee zu trinken. „Essen Sie, soviel Sie wollen", ermutigte er Tanner, der sich über das restliche Essen hermachte. „Das hier ist nicht allzu nobel."

„Hab lange n-nichts so G-G-Gutes gegessen." Tanner errötete leicht und verfiel wieder in Schweigen.

31

„Arthur sagte schon, dass Sie sehr ruhig sind. Ist es wegen Ihres Stotterns?", fragte Brighton.

Tanner nickte. Seit seiner Kindheit machten sich die Leute über ihn lustig, und seine Lehrer hatten es anscheinend als ihre Aufgabe betrachtet, ihn zu „heilen". Alle hatten sie ihre Ideen, aber die meisten hatten ihn nur noch befangener gemacht und sein Stottern verschlimmert. „Yeah."

„Ich habe gestottert, als ich klein war. Meine Mutter hat mich zu einer Sprachtherapeutin geschickt, die mir sehr geholfen hat. Manchmal stolpere ich heute noch über Worte." Brighton lächelte. „Sie müssen sich nicht unwohl fühlen oder glauben, dass ich Sie deswegen verurteile. Ich habe lange gebraucht, bis ich mich bei Gesprächen wohlgefühlt habe."

„V-Viele L-Leute wollten mir helfen. N-N-Nichts ha-hat f-funktioniert." Tanner atmete leise aus, nachdem er den Gedanken ausformuliert hatte.

„Sind Sie an dem Job interessiert?", fragte Brighton und Tanner nickte. „Wir müssen uns über Ihre Arbeitszeit unterhalten. Ich brauche jemanden, der sich jeden Tag um die Tiere kümmern kann." Er nahm an, dass Tanner eine Wohnung hatte.

„O-o-k-kay", stimmte Tanner zu.

„Haben Sie alles im Stall gefunden, was Sie brauchen?", fragte Brighton. Tanner nickte. „Brauchen wir noch etwas?"

„Sch-Sch-Stroh und H-Heu."

„In Ordnung. Bitte machen Sie eine Liste. Ich werde sehen, ob ich herausfinde, wo ich das alles herbekomme." Brighton seufzte. „Ich kann nicht fahren, also … Wir haben einen Lastwagen." Tanner, mit vollem Mund, zeigte auf sich selbst. „Ich hatte gehofft, Sie könnten das Fahren übernehmen, zumindest vorerst. Wahrscheinlich brauchen wir auch Tierfutter. Ich habe die Unterlagen meines Großvaters durchsucht, um herauszufinden, wo er seine Vorräte immer besorgt hat. Ich habe eine Futtermittelrechnung gefunden, also werde ich dort einmal anrufen und sehen, ob sie mir auch in anderer Hinsicht weiterhelfen können."

Das klang vernünftig in Tanners Ohren. „Was noch?", fragte er. Er überlegte, Stift und Papier zu suchen, um seine Frage aufzuschreiben.

„Bitte, was möchten Sie wissen?", fragte Brighton.

Tanner fiel kein Wort ein, das ihm leichtfallen würde. „Re-Reparaturen."

Brighton nickte. „Ja, da gibt es einige. Lassen Sie uns mit den Boxen anfangen. Ich möchte sichergehen, dass es den Tieren gut geht und sie versorgt sind. Dann hatte ich gehofft, dass wir einige Reparaturen im Haus erledigen können. Außerdem habe ich mir sagen lassen, dass es auf dem Anwesen auch einen Obstgarten gibt, also müssen wir uns den Bäumen vielleicht auch widmen."

Tanner schüttelte den Kopf. „Bäume." Er hatte keine Erfahrungen mit Bäumen. Er konnte vieles reparieren, Zäune und was sonst noch anstand. Er war geübt in vielen anderen Arbeiten, aber er hatte keine Ahnung von Bäumen, außer wenn es ums Fällen ging, aber er vermutete, dass Brighton eben das nicht im Sinn hatte.

„Wir werden sehen. Ich habe einen Computer und ich kann im Internet recherchieren, was zu tun ist. So schwer kann das nicht sein."

Tanner war sich dessen nicht so sicher, aber er nickte und trank seinen Tee aus. Als er zu Ende gegessen hatte, trug er das Geschirr zur Spüle und verließ das Haus. Er ging wieder hinüber zum Stall und begutachtete die Boxen. Einige der Pfosten waren morsch und sollten ersetzt werden. Er fand Bleistift und Papier im Stall und fertigte Zeichnungen der einzelnen Boxen an, auf denen er seine Beobachtungen notierte. Als er fertig war, brachte er seine Notizen zur Veranda. Brighton saß in dem alten Schaukelstuhl, den Kopf in den Nacken gelegt, die Augen geschlossen. Brighton sah verflucht gut aus, wenn er schlief. Die Spannung um seine Augen und den Mund war verschwunden. Vielleicht wurden die Schmerzen, unter denen Brighton litt, im Schlaf gelindert. Tanner wollte ihn nicht stören, also verschwand er schnell wieder und kehrte zum Stall zurück. Das Gebäude selbst war in gutem Zustand, aber eine der Türen musste repariert werden, also suchte Tanner Werkzeug zusammen und machte sich an die Arbeit.

Die Sonne schien hell und heiß auf ihn herab. Tanner wurde warm bei der Arbeit und schließlich knöpfte er sein Hemd auf und warf es über einen Lattenzaun. Schon fühlte er sich wohler, und es war angenehm, die Sonne wieder auf der Haut zu fühlen. Auf der Ranch hatte er oft ohne Shirt gearbeitet. Die anderen Männer hatten es genauso gehandhabt – bis der Schlamassel begonnen hatte. Seitdem hatte Tanner ständig das Gefühl gehabt, dass alle Augen auf ihn gerichtet waren, und sich immer häufiger Aufgaben gesucht, die ihn nicht in die Nähe der anderen Arbeiter führten.

Das hatte ihn allerdings nur noch tiefer ins Unglück gestürzt. Die ganze Situation hatte sich schnell zu … ja, einem Schlamassel entwickelt, und Tanner war klar geworden, dass er gehen musste. Das Problem war, dass sich Gerüchte schnell verbreiteten, und er war weiter und weiter gereist, um eine neue Arbeitsstelle zu finden, bis er schließlich mit seinem Cousin gesprochen hatte, seinem Rat gefolgt und in die Stadt gezogen war.

Er fuhr mit seiner Arbeit fort und beendete diese Reparatur und einige weitere. Nachdem er mit der letzten fertig geworden war, stand Tanner auf und streckte seinen Rücken, um die Verspannungen loszuwerden. Er drehte sich um und sah, dass Brighton langsam über den Hof auf ihn zuging. Er fragte sich, ob er sein Shirt wieder anziehen sollte, dachte dann aber, dass sie beide Kerle waren und nichts falsch daran war, mit freiem Oberkörper herumzulaufen, solange er bei der Arbeit war. Es war furchtbar heiß, und er war ins Schwitzen geraten. Tanner griff in seine Hosentasche und zog seine Zeichnungen hervor. Als Brighton zu ihm herangetreten war, reichte er ihm die Notizen, damit er sehen konnte, was noch zu besorgen war.

„Wunderbar", sagte Brighton und wirkte ein wenig erstaunt. „Das sieht ja ganz gut aus, es müssen nur ein paar Pfosten und Latten ersetzt werden. Ist der Draht in gutem Zustand?" Die Boxen waren auf der Innenseite zusätzlich mit Maschendraht eingezäunt, damit die Jungtiere und kleineren Tiere nicht ausbüxen konnten.

Tanner machte eine wellenförmige Bewegung mit seiner Hand und Brighton nickte.

„Ich habe herausgefunden, wo wir die Materialien bekommen. Wir müssen etwa fünfzehn Meilen nach Westen fahren. Großvater hatte ein Kundenkonto dort. Wenn wir den Laster nehmen, können wir ihn vielleicht vollladen und alles, was wir brauchen, schon am Ende des Tages auf der Farm haben."

„Okay", stimmte Tanner zu. Er trat zum Zaun, über dem noch sein Hemd hing. Dann kontrollierte er, ob alle Tiere Futter und Wasser hatten, bevor er Brighton zur Garage folgte. Im Inneren stand ein kleiner und relativ neuer Lastwagen. Brighton reichte Tanner die Schlüssel und kletterte auf den Beifahrersitz.

Als Tanner einstieg, klingelte Brightons Handy. Tanner schloss die Tür und startete den Motor, während Brighton sprach. „Mir geht's gut, Brianne. ... Tanner und ich fahren jetzt Vorräte einkaufen. Hast du den Anwalt angerufen?" Tanner fuhr aus der Garage hinaus und wendete im Hof, bevor er die Auffahrt hinunterfuhr. Er war sich nicht sicher, in welche Richtung er fahren sollte, aber Brighton bedeutete ihm mit einer Handbewegung, nach rechts abzubiegen. „Na ja, sie kann diese Entscheidungen nicht alle allein treffen ... Ich rufe Tante Vera an und kläre das. Ich möchte, dass du deiner Examensfeier beiwohnst, und Grandpa hätte das auch gewollt. Du hast gehört, was er gesagt hat. Er war so stolz auf dich, weil du zur Uni gegangen bist und etwas aus dir gemacht hast." Brightons Stimme klang belegt. „Ich könnte mir vorstellen, dass Grandpa direkt an deiner Seite sein wird."

Brighton legte auf und wandte sich an Tanner. „Fahren Sie im Kreisverkehr dort vorn geradeaus und dann auf den Highway. Später wechseln wir auf die 70 in Richtung Frederick. Nach fünf Meilen fahren wir wieder ab und der Baumarkt sollte irgendwo in der Nähe liegen, zumindest ihren Anfahrtsinformationen zufolge."

Tanner nickte und fuhr weiter. In Städten fand er sich nicht gut zurecht und immer wieder verfuhr er sich fürchterlich. Es machte ihm nicht viel aus, denn er liebte es, Zeit auf seinem Motorrad zu verbringen, obwohl es ihm in Montana besser gefiel, wo er so schnell fahren konnte, wie er wollte, wenn es ihn nach Tempo verlangte.

Brighton tätigte einen weiteren Anruf, während sie sich der Schnellstraße näherten. „Tante Vera, hier ist Brighton." Er verfiel kurz in Schweigen. „Mr. Granger hat mir gesagt, du hättest die Trauerfeier auf Sonntag verschoben."

Tanner fädelte sich in den Verkehr ein. Was immer da vor sich ging, es klang nach einem Familiendrama. Er hasste so etwas. Tanners eigene Familie war ein Paradebeispiel für interne Kriege und dieses Lager gegen jenes Lager. Aber wer auch immer sich gerade mit wem anlegte, seine Mutter und er waren immer äußerst schlecht bei allen angesehen gewesen, oder bei fast allen. Seine Cousins Arthur und Riva waren immer gut zu ihm gewesen.

„Briannes Examensfeier ist am Sonntag, und sie geht dort hin." Eine kurze Pause. „Nein, sie wird nicht darauf verzichten, und das hat nichts damit zu tun, dass sie wichtiger ist als Grandpa, sondern damit, dass du eine unbedeutende alte Fledermaus bist. Grandpa hätte gewollt, dass sie dort hingeht, und ich will es ebenso. Die Beerdigung wird also am Samstagmittag stattfinden, die Kondolenzbesuche vorher. Wenn ich Arthur deswegen anrufen muss …" Eine weitere Pause und Tanner wechselte die Spur, um sich für den Wechsel auf den anderen Highway bereit zu machen. „Ich weiß, dass du wegen der Farm wütend bist, aber so ist es nun einmal. Grandpa hat sich so entschieden, und wenn du unbedingt auf jemanden wütend sein willst, dann sei wütend auf ihn und lass es nicht an uns anderen aus." Brighton hielt noch einmal inne. „Also gut. Hier ist der Deal. Wenn du dieses Spiel weiterspielen willst, dann biete ich dir Folgendes an: Die

Beerdigung wird am Samstag stattfinden, und du wirst dich wie versprochen um die Organisation kümmern. Im Gegenzug werde ich nicht die Polizei rufen und dich wegen versuchten Diebstahls verhaften lassen."

Tanner schielte zu Brighton hinüber – das Feuer, das in seinen Augen loderte, war aufregend. Als er schlief, hatte er gut ausgesehen. Aber verflucht, sein entschlossener Kiefer und die Hitze, die in Brightons Augen brannte, versetzten Tanner einen plötzlichen, verlockenden Stich. Er wandte sich ab und konzentrierte sich wieder auf die Straße. Er musste dringend seine Gedanken ordnen. Genau diese Art von Gedanken hatte ihn schließlich schon einmal in Schwierigkeiten gebracht, und er würde es nicht noch einmal geschehen lassen. Er brauchte diesen Job.

„Fordere mich nicht heraus … ich weiß, wir sind eine Familie, aber du hast eine Grenze überschritten, und du versuchst es schon wieder." Brighton seufzte. „Kümmere dich einfach um die Formalitäten … und keine Spielchen. Niemand braucht das." Brighton hörte zu. „Hier geht es nicht um dich oder um mich oder um Brianne. Hier geht es darum, dass die ganze Familie sich von Grandpa verabschieden können soll." Sein Tonfall war jetzt um einiges sanfter.

Tanner konzentrierte sich auf den Highway, und nach ein paar Minuten legte Brighton auf, lehnte seinen Kopf zurück an den Sitz und sagte: „Manchmal ist Familie wirklich zum Kotzen." Tanner kannte das Gefühl nur allzu gut, aber er blieb still und fuhr, ohne sich zu erlauben, auf die Straße der Erinnerungen abzudriften. Seine war schließlich voller Schlaglöcher. Tanner verließ den Highway, als Brighton es ihm sagte, und folgte seinen Anweisungen.

Er fuhr auf den Parkplatz eines alten Handels für Farmbedarf, der aussah, als stünde er dort schon seit der Depressionszeit und wäre seit mindestens zwanzig Jahren nicht mehr gestrichen worden. Tanner parkte in der Nähe der Tür und stieg aus. Er eilte um den Wagen herum und öffnete Brightons Tür, dann wartete er, bis Brighton ausgestiegen war und folgte ihm zur Tür, die er ebenfalls für ihn öffnete.

„Kann ich Ihnen helfen?", fragte ein Mann, der in etwa so alt sein musste wie der Laden selbst, als sie eintraten.

„Ich bin Brighton McKenzie. Ich habe vorhin angerufen."

„Und Sie sind also der junge Mann, der jetzt seinem Grandpa nacheifert, was? Ich bin Earl, und ich erinnere mich noch daran, als er Sie das erste Mal mit hierher brachte. Sie waren noch ein richtiger kleiner

Wadenbeißer, damals. Haben die ganze Zeit zum Kaugummiautomaten hinaufgestarrt, aber nie um einen gebeten."

„Und trotzdem haben Sie mir immer eines gegeben", sagte Brighton grinsend. Dann drehte er sich zu seinem neuen Gehilfen um. „Das ist Tanner. Er hilft mir auf der Farm." Brighton stützte sich etwas schwerer auf seinen Stock. „Ich selbst kann nicht viel körperliche Arbeit verrichten." Er deutete nach unten. „Wie auch immer, wir haben eine Liste der Dinge, die wir benötigen, und Großvaters Lastwagen, um sie zur Farm zu schaffen."

„Dann versorgen wir Sie mal gründlich. Am Telefon sagten Sie, Sie bräuchten Heu und Stroh. Ich kann Ihnen am Montag eine ganze Fuhre liefern, also nehmen Sie jetzt einfach so viel, wie Sie bis dahin benötigen. Und was den Rest anbelangt, zeigen Sie mal Ihre Liste her. Ich bin mir sicher, ich kann Ihnen damit behilflich sein."

Brighton gab ihm den Zettel. „Vielen Dank, Earl. Ich bin noch ein bisschen verloren, was dieses ganze Geschäft anbelangt." Brighton wirkte etwas kleiner und sah wesentlich müder aus als noch eine Stunde zuvor.

„Sie wissen, dass Sie das Anwesen verkaufen und viel Geld dabei herausschlagen könnten? Es ist erstklassiges Land in einer begehrten Lage", sagte Earl.

„Ja, aber dann wäre es weg, und es war Großvater so wichtig. Andernfalls hätte er es auch selbst verkaufen und das Geld für sich behalten können. Er hätte ein einfacheres Leben führen können, wo auch immer er wollte." Brighton seufzte und schaute dem älteren Mann direkt in die Augen. „Aber er hat das Land behalten und es mir mit Absicht vermacht. Also werde ich versuchen, herauszufinden, was diese Absicht war."

Tanner merkte, wie er lächeln musste. Ihm gefiel, dass Brighton sein Großvater so viel bedeutete, dass er tatsächlich seinem Willen folgte … oder es zumindest versuchte, auch wenn es ihm mit seinem Bein schwerfiel.

„Von hier an übernimmt mein Enkel." Earl drehte sich um. „Johnny", rief er, und ein Bursche, etwa im College-Alter, kam nach vorn in den Verkaufsraum. „Kannst du beim Beladen des Lastwagens helfen? Hier ist eine Liste mit allem, was sie für heute brauchen." Earl reichte sie seinem Enkel.

„Fahrt hinten rum und dann helfe ich beim Aufladen", wies Johnny an. Tanner ging nach draußen und parkte den Laster um. Er entdeckte Johnny bei einem Stapel Holzpfosten und bremste. Danach luden sie beide alles Benötigte auf die Ladefläche. Johnny plapperte immer weiter über seine Pläne mit dem Geschäft und die Ideen, die er dafür hatte. Tanner hörte zu und sagte nichts. Er war daran gewöhnt, dass die Leute mit ihm redeten und redeten. Das passierte ihm immer wieder. Er hatte schnell festgestellt, dass die meisten Leute einfach immer weiterredeten, wenn er nichts erwiderte, ohne dass ihnen etwas auffiel. „Du redest nicht viel, was?", fragte Johnny irgendwann, als sie mit den Pfosten schon fast fertig waren.

Tanner schüttelte den Kopf, während er zuerst einen Ballen Stroh und dann ein Bündel Heu auf die Ladefläche hievte.

„Kannst du reden?", fragte Johnny.

„Ja."

„Also einer dieser seltsamen, stillen Typen." Johnny lächelte. „Das könnte ich nie. Ich rede die ganze Zeit. Grandpa sagt, ich rede viel zu viel. Er behauptet, ich würde die Stille hassen und sie mit Geplapper füllen. Vielleicht hat er recht."

„Vielleicht", stimmte Tanner zu und sagte nichts mehr. Diese kurzen Erwiderungen fielen ihm leichter und ließen ihn nicht wie einen Trottel dastehen.

„Okay, das sollte fürs Erste reichen", sagte Johnny lächelnd. „Lass uns wieder nach vorne gehen. Dann können wir abrechnen und ihr könnt euch auf den Weg machen."

Tanner stieg wieder in den Wagen, startete den Motor und schaltete gleich die Klimaanlage ein, um sich abzukühlen. Er hob die Arme und ließ die kühle Luft über seine Haut strömen, bevor er wieder um das Gebäude herum zum Eingang des Warenhauses fuhr. Brighton öffnete die Tür, kaum dass der Lastwagen zum Stehen gekommen war.

Tanner fragte sich, ob irgendetwas nicht stimmte, aber er sagte nichts, während Brighton sich auf den Beifahrersitz hievte.

„Wir liefern den Rest, den Sie brauchen", sagte Earl, als Brighton bequem saß und das Fenster heruntergekurbelt hatte. „Sehen Sie zu, dass Sie das mit dem Bein loswerden. In Zukunft rufen Sie einfach an und sagen, was Sie brauchen. Johnny wird es Ihnen liefern, wenn Sie möchten. Kein Problem."

„Danke, Earl." Brighton rieb sein Bein und Tanner fragte sich erneut, was wohl vorgefallen sein mochte. „Es geht mir wirklich gut. War nicht Ihre Schuld, und ich hab mich nicht verletzt. Bin nur ein wenig erschrocken." Brighton lächelte und schüttelte Earls Hand. Der alte Mann trat ein Stück zurück und Brighton kurbelte das Fenster wieder hoch. Tanner fuhr los und bog nach links ab, um wieder auf den Highway zu gelangen.

Diese Aura eines lahmen Pferdes war wieder da. Brightons ganzer Körper verströmte Schmerz. Schließlich holte er sein Handy heraus und drückte einige Tasten. „Brianne. Wir sind jetzt wieder auf dem Weg zur Farm. Ja, ich bin im Warenhaus gestürzt … Nein, es war nicht deren schuld … Mein Bein tut weh und ich habe mir vielleicht etwas geprellt. Nein. Ich denke, ich werde auf der Farm übernachten. Könntest du mir meinen Laptop aus meiner Wohnung bringen? Die Typen von der Kabelgesellschaft wollen am Nachmittag kommen und alles einrichten, also kann ich von hier aus arbeiten und du musst mich nicht immer hin und her fahren."

Tanner meinte, Gelächter aus dem Telefon zu hören, aber er war sich nicht sicher. Er erinnerte sich an die hübsche junge Frau, die bei Brighton gewesen war, als er am Morgen angekommen war. Sie hatte nett gewirkt, und ihm war der Blick nicht entgangen, mit dem sie ihn gemustert hatte. Er hatte in ihm den Wunsch geweckt, die Beine in die Hand zu nehmen. Es war nicht zu leugnen, dass sie ihn mochte, oder zumindest seine äußere Erscheinung. Aber Tanner hatte schon vor langer Zeit gelernt, dass Frauen nur Ärger bedeuteten – zumindest für ihn.

„Mir geht's gut. Du hast einen Raum für mich hergerichtet und ich komme jetzt allein die Treppen hinauf. Zeit wird's. … Okay, ich sehe dich dann bald." Brighton legte auf und lehnte seinen Kopf wieder gegen den Sitz. Tanner wusste, wie er wieder zur Farm zurückkam, also fuhr er einfach, und als er merkte, dass Brighton seine Augen geschlossen hatte, schielte er immer wieder zu ihm hinüber.

Das war nicht gut. Er wünschte, er wüsste, was sein Interesse an Brighton so sehr geweckt hatte, um es verdrängen zu können. Diese Art von Gefühlen bereitete ihm nichts als Ärger. Tanner zwang seine Aufmerksamkeit wieder auf die Straße. Autos überholten ihn, aber er fuhr nicht schneller. Er hatte schon die erlaubte Höchstgeschwindigkeit erreicht, und mit seiner schweren Fracht fuhr er schnell genug. Er wechselte auf den anderen Highway und fuhr dann in der Nähe der Auffahrt, die er zuvor genommen hatte, ab und steuerte auf die Farm zu. Als er auf das Gelände bog, öffnete Brighton die Augen und stöhnte. „Wer ist das?" Ein Auto parkte neben dem Haus. „Übrigens, Sie brauchen Ihr Motorrad nicht hier unten zu parken. Dann fährt womöglich noch jemand dagegen. Sie können gerne oben beim Haus parken."

„Der Lärm?" Auf der Ranch hatte man ihm nicht erlaubt, das Motorrad in die Nähe des Hauses zu fahren. Der Krach hatte die Hausherrin gestört.

Tanner war nicht einmal aufgefallen, wie sehr ihm das zur Gewohnheit geworden war.

„Machen Sie sich darüber keine Gedanken." Brighton gähnte und Tanner parkte neben dem anderen Auto, dessen Tür sich soeben öffnete. Ein Mann stieg aus. Brighton stöhnte erneut und Tanner fragte sich, was hier vor sich ging. „Lassen Sie mich eben aussteigen, dann können Sie die Vorräte zum Stall hinüberschaffen."

Tanner nickte und wartete auf Brighton. Er wollte unbedingt wissen, was sich jetzt abspielen mochte, aber stattdessen lenkte er den Lastwagen über den Hof zum Stall, stieg aus und begann mit dem Abladen.

Eine laute Stimme drang an sein Ohr. „Mom und Dad waren gut zu euch!" Tanner hörte auf, die Pfosten von der Ladefläche zu heben und verharrte. „Du warst immer schon ein kleines Stück Scheiße, das sich für was Besseres gehalten hat." Der Mann trat näher an Brighton heran. Mit einer Hand auf den Pfosten schaute Tanner wachsam zum Haus hinüber.

„Und du warst ein Rüpel." Jetzt drang auch Brightons Stimme an sein Ohr. Tanner musste Brighton Anerkennung zollen – er wich nicht einen Schritt zurück. Die zwei Männer starrten einander an.

„Diese Farm ist doch viel zu viel für dich." Der andere Mann wedelte mit den Armen. „Du kannst doch nicht einmal gehen. Wie willst du dann das hier bitte zum Laufen bringen?" Er brüllte jetzt beinahe. Tanner streifte seine Handschuhe ab und warf sie auf die Ladefläche. Dann marschierte er hinüber zum Haus. Weder Brighton noch der andere Mann sahen ihn sofort kommen. Aber dann schielte der Fremde in seine Richtung und verstummte mit offenem Mund mitten im Gebrüll.

„Das ist Tanner", sagte Brighton. „Er hilft mir hier draußen. Tanner, das ist mein Cousin Mick. Er ist hergekommen, um mir seine Meinung darüber kundzutun, was ich hier unternehmen sollte."

Mick sagte eine Weile lang nichts mehr und wandte sich dann wieder an Brighton. „Diese Farm ist überhaupt nicht groß genug, um finanziell etwas abzuwerfen. Grandpa hat schon seit Jahren vom Verkaufen geredet. Genau das solltest du auch tun."

„Warum kümmert sich plötzlich jeder um das, was ich tue? Grandpa hat mir die Farm hinterlassen, und ich werde hierbleiben und sehen, was ich tun kann. Das ist es, was er von mir erwartet hat. Ich weiß, dass deine Eltern enttäuscht sind, dass sie sich das Geld aus dem Verkauf nicht unter den Nagel reißen können, aber Grandpa hat auch ihnen etwas hinterlassen, ebenso wie dir. Also solltet ihr vielleicht alle einfach zufrieden sein mit dem, was ihr habt." Brighton seufzte erneut. „Ich gehe jetzt hinein. Ich bin müde und dieses Gespräch führt uns nirgendwo hin." Brighton drehte sich um und Tanner sah, wie sich Micks Fäuste ballten.

„Du scheinheiliges kleines Stück Scheiße. Wir sollen zufrieden sein? Wir haben den Abfall bekommen und du hast alles gekriegt, und wir sollen alle damit zufrieden sein?" Mick eilte hinüber zu Brighton, der sich gerade die Verandastufen hinaufquälte. Ohne lange nachzudenken sprang Tanner vor und griff nach Micks Arm. Mick versuchte, sich loszureißen, aber Tanner hielt ihn mit eisernem Griff fest.

„Das reicht jetzt, Mick. Wir sind keine Kinder mehr, und du kannst nicht länger deinen Willen durchsetzen, indem du uns trittst und prügelst. Du musst endlich erwachsen werden." Brightons Augen blitzten von seinem Standort auf der Veranda hinunter. „Sie können ihn jetzt loslassen", sagte er zu Tanner. „Er wird nichts anstellen. Wie die meisten Schläger ist Mick eigentlich ein Feigling. Wenn er glaubt, dass sich jemand gegen ihn wehrt, fällt er zusammen wie ein Kartenhaus. Du machst mir keine Angst mehr. Als wir Kinder waren, wollte ich dein Freund werden. Ich habe dich damals gebraucht." Brighton hob seinen Stock von den Terrassendielen. „Ich hatte gerade meine Eltern verloren und du und der Rest von diesem Misthaufen, den du deine Geschwister nennst, habt Briannes und mein Leben der puren Hölle so nah gebracht, wie ihr es nur eben konntet. Also denk darüber nach, bevor du noch einmal herkommst und uns sagst, was wir tun oder lassen sollten." Brighton trat zurück und ließ sich in den Stuhl sinken. „Jetzt verschwinde. Und richte den anderen aus, sie sollen mich in Ruhe lassen."

Ein Auto näherte sich. Es war der Wagen, den Tanner am Morgen schon gesehen hatte. Das Auto bremste und die Lady von vorher, Brightons Schwester, näherte sich ihnen eilig. Tanner ließ Micks Arm los und trat zur Seite.

„Was tust du hier?", fragte Brianne. Sie war ein Hitzkopf und stürzte sich gleich auf Mick.

„Ich wollte mich vernünftig mit deinem Bruder unterhalten."

„Seit wann bist du denn vernünftig?", gab Brianne zurück und Tanner bedeckte seinen Mund mit einer Hand, um nicht laut loszulachen. „Was mit der Farm passiert, ist Brightons Entscheidung, und ihr alle solltet das akzeptieren und ihn in Ruhe lassen." Sie trat einen Schritt vor. „Es sei denn, ihr seid scharf darauf, euch eine Schaufel zu greifen und mit anzupacken."

Mick zog beleidigt ab und ging zu seinem Auto. Tanner schaute ihm mit den anderen hinterher und wandte sich dann wieder dem Stall zu. „Danke, dass Sie ihm geholfen haben", sagte Brianne und Tanner brauchte ein paar Sekunden, bis er bemerkte, dass sie mit ihm sprach. Er blieb stehen und nickte, bevor er sich wieder an die Arbeit machte. „Ich wusste, das würde ihn vertreiben. Wenn ihm Arbeit droht, zieht er Leine." Ihre Stimmen wurden leiser und Tanner machte sich wieder daran, den Lastwagen abzuladen. Er war sich nicht sicher, wie lange sein Arbeitstag dauern sollte. Auf der Ranch ging er oft von Sonnenaufgang bis Sonnenuntergang. Es gab so viel zu tun und der Tag hatte nie genügend Stunden. Hier gab es auch einiges zu tun, aber es gab lange nicht so viele Anforderungen.

Tanner lud die Pfosten ab, stapelte Heu und Stroh im Stall und räumte dann alle Werkzeuge sorgfältig aus dem Weg. Alles musste an seinem Platz sein – Unordnung ging ihm auf die Nerven. Als alles zu seiner Zufriedenheit erledigt war, versicherte er sich, dass das Vieh Futter und Wasser hatte und verschloss den Stall.

Brighton saß allein mit einem Laptop auf dem Schoß auf der Veranda. Er wirkte zufrieden. Ein Lieferwagen mit der Aufschrift einer Kabelgesellschaft parkte in der Auffahrt. „Möchten Sie etwas Tee?", fragte Brighton. „Ich kann welchen machen. Sie müssen durstig sein." Er stand auf und ging ins Haus.

Tanner stand ein paar Minuten lang auf der Veranda und setzte sich dann in einen der anderen Schaukelstühle. Brighton kehrte zurück und reichte ihm ein Glas. „Danke." Tanner trank einen großen Teil des Tees mit zwei Schlucken aus. Ihm war nicht klar gewesen, wie durstig er war, bevor die Flüssigkeit durch seine Kehle rann. „Gut."

„Haben Sie alles geschafft?"

Tanner nickte.

„Wohin haben Sie die Pfosten gelegt?"

Tanner überlegte, wie er ohne zu sprechen antworten konnte. „U-um die E-Ecke."

„Gut." Brighton lächelte und Tanner blickte finster drein, als ihm klar wurde, dass Brighton mit Absicht versucht hatte, ihn zum Reden zu bringen. „Sie haben eine angenehme Stimme. Ich höre sie gern." Tanner verdrehte die Augen. „Wirklich."

Tanner nickte und trank seinen Tee aus. „Ich g-g-gehe jetzt."

„Bis morgen", sagte Brighton gut gelaunt. Tanner wollte fragen, ob er sein Glas ins Haus bringen sollte, aber Brighton streckte bereits seine Hand aus und Tanner reichte es ihm hinüber, bevor er sich auf den Weg machte. Er ging die Einfahrt hinunter zur Straße, wo er sein Motorrad in der Nähe eines Baumes geparkt hatte. Während er seinen Hut vorsichtig in einer der Seitentaschen verstaute, schaute er zum Haus hinauf und bemerkte, dass Brighton ihn beobachtete. Tanner war sich nicht sicher, was das zu bedeuten hatte. Brighton schaute ihn weiterhin an, und selbst auf die große Entfernung spürte Tanner die Hitze in Brightons Blick. Diese Hitze ergriff Tanners ganzen Körper, und er wandte seinen Blick ab. Er hatte wirklich nicht vor, mit einer Latte nach Hause zu fahren. Das konnte unangenehm werden.

Tanner startete die Maschine, lenkte das Motorrad auf die Straße und fädelte sich in den Verkehr ein. Der Wind, der durch seine Kleidung und sein Haar wehte, fühlte sich großartig an. Er wusste, dass er einen Helm und Sicherheitskleidung tragen sollte, aber es war so heiß und er brauchte das Gefühl von Luft und Freiheit. Die ganze Stadt, von der Farm selbst einmal abgesehen, fühlte sich eng und erdrückend an. Während er sich weiter entfernte, wurden die Häuser und Grundstücke größer. Schließlich bog er in eine Auffahrt ein und parkte neben dem Lexus, den Arthurs Frau Alicia fuhr. Arthur war einverstanden gewesen, ihm das Zimmer über seiner Garage zu überlassen.

Als das Haus gebaut worden war, hatte Arthur gesagt, er beabsichtige, den Raum über der Garage als Büro zu nutzen, aber er war nie dazu gekommen, es einzurichten. Er war mit einem Badezimmer ausgestattet, also war Tanner eingezogen und hatte mit einer Mikrowelle und einem Minikühlschrank seine Grundbedürfnisse gestillt. Wenn er zu Hause war, aß er mit Arthur, Alicia und den Jungs. Heute Abend war er fast verhungert und hundemüde. Er war ans Arbeiten gewöhnt und es war nicht so, als wäre dieser Tag ungewöhnlich hart gewesen. Er zog den Schluss, dass er wohl allmählich verweichlichte.

„Onkel Tanner", rief Marky, während er auf Socken aus dem Haus gerannt kam. „Kann ich eine Runde mitfahren?" Er war fünf und ein reines Energiebündel. Mit seinem schwarzen Haar und den dunklen Augen kam er ganz nach seiner kubanischen Mutter.

„Belästige deinen Onkel jetzt nicht", sagte Alicia von der Tür aus. „Er ist bestimmt müde und du solltest ihn etwas essen lassen."

„Später", flüsterte Tanner, dankbar, dass er das Wort ohne zu stocken herausbrachte. Manchmal war es leichter, wenn er seine Gesprächspartner gut kannte und nicht so nervös und befangen über seine Aussprache nachdachte. Er öffnete die Seitentasche und zog seinen Hut hervor.

Marky hastete zum Haus zurück. Sein jüngerer Bruder, Josh, stand neben seiner Mutter und hielt ihre Hand. Er war schüchtern und stand immer ein wenig im Hintergrund. Tanner hob ihn hoch und wirbelte ihn herum. Josh lächelte und lachte schließlich auf Tanners Versuch hin, ihn glücklich zu machen. Zufrieden stellte Tanner ihn wieder zurück auf seine Füße und beide Jungen rannten ins Innere des Hauses.

„Arthur ist noch bei der Arbeit, aber das Abendessen ist fertig. Die Jungs haben schon gegessen." Alicia führte ihn ins Haus und schloss die Tür. Tanner war sich nicht allzu sicher, ob sie ihn besonders gut leiden konnte. Manchmal fiel es ihm schwer, das zu erkennen. Es machte ihr nichts aus, wenn er mit den Jungs spielte, aber die meiste Zeit hielt sie sich von ihm fern. Er ging davon aus, dass Arthur ihr erzählt hatte, was passiert und wieso er hier war. Tanner konnte wohl nicht von ihm erwarten, dass er das vor seiner Frau geheim hielt.

„D-danke." Im Gegensatz zu den Jungs machte sie ihn nervös. Es gab keinen bestimmten Grund, aber es war so. Tanner setzte sich auf den Platz, den sie ihm zuwies und nahm seinen Hut ab. Er legte ihn zur Seite und Alicia brachte ihm einen Teller. Sie sprachen nicht miteinander, während er aß. Sie ging weiter ihren Beschäftigungen nach und ließ ihn ein paar Mal allein, um nach den Jungs zu sehen. Als er aufgegessen hatte, bedankte sich Tanner und sagte den Jungs gute Nacht, bevor er sich in sein Zimmer über der Garage begab.

Für einen ruhigen Mann, der wenig sagte, fiel es Tanner manchmal schwer, sich an seine eigene Gesellschaft zu gewöhnen. Natürlich war es auch auf der Ranch manchmal ruhig gewesen, aber meistens waren dort andere Leute, und wenn er gearbeitet hatte, dann in der Regel gemeinsam mit seinen Kollegen. Er liebte Ruhe und Frieden, aber stundenlang in nur einem Raum zu sitzen, in die Glotze zu starren oder nur zu schlafen … Er war einsam, und das wusste er. Verflucht, einmal hatte er gedacht, er hätte jemanden gefunden, der ihn nicht für dumm hielt, der ihn um seinetwegen mochte. Und vielleicht *hatte* Royce ihn sogar gemocht, aber er hatte seine Wahl getroffen und Tanner hatte gehen müssen.

Tanner ging direkt ins Badezimmer und streifte seine verschwitzte Arbeitskleidung ab. Dann drehte er das Wasser auf und trat unter die Dusche. Verflucht, fühlte sich das gut an. Das Wasser lief grau an seinem Körper hinunter, während der Dreck sich von seiner Haut löste, und er begann, sich einzuseifen. Er hatte einen Job und er mochte den Mann, für den er arbeitete. Brighton wirkte wirklich nett. Zum millionsten Mal fragte Tanner sich, was ihm wohl zugestoßen war. Aus seinen Augen sprühte so viel Leben und Energie, und doch wirkte er manchmal so geschlagen. Tanner wusste nur zu gut, wie sich das anfühlte. Er wusch seine untere Hälfte. Er war müde, aber einzelne Teile von ihm waren äußerst aufgeweckt und betriebsbereit. Die letzte Zeit hatte er in solchen Momenten immer an Royce und seinen kräftigen, schlanken Körper gedacht, den einzigen Körper, den er, abgesehen von seinem eigenen, so intensiv hatte kennenlernen können. Wenn ihn also das Bedürfnis überkam, rief er sich wieder diese Bilder ins Gedächtnis.

Er umschloss sein Glied mit den Fingern, rieb es langsam und kraftvoll, genau wie er es mochte. Verdammt, fühlte sich das gut an. Er dachte an Royce und war kurz davor, wie immer einen guten Start hinzulegen. Aber dann entglitt ihm der Gedanke, als hätte seine Platte einen Kratzer. Royce war fort. Warum zum Teufel dachte er an jemanden, der ihn nicht wollte? Tanners Hand hielt inne und sein Glied erschlaffte, als hätte jemand einen Eimer kaltes Wasser über ihm ausgeleert. Er seufzte und spülte sich den Schaum vom Körper. Dann drehte er das Wasser ab und trat aus der Duschwanne. Er griff nach einem Handtuch und trocknete sich ab, hängte das Handtuch wieder ordentlich auf und kehrte in sein kleines Zimmer zurück, um sich anzuziehen.

Als Tanner in ein Shirt schlüpfte, bog ein Auto in die Einfahrt. Vorsichtig teilte er die Vorhänge und spähte nach draußen. Seine jungen Cousins hatten sich um Arthurs Auto gerottet und sprangen auf und ab, während er ausstieg. Er herzte beide und scheuchte die Jungen dann zurück zur Haustür. Keiner von ihnen schaute hinauf zu seinem Fenster, und Tanner hätte darauf wetten können, dass während des fröhlichen Familienabends niemand noch einen Gedanken an ihn verschwenden würde. Er wusste, dass sie ihr Leben hatten, ebenso, wie er seines hatte. Ihn zu unterhalten und sich um ihn zu kümmern gehörte nicht zu ihrem Alltag, und es war auch nicht das, was er sich wünschte. Tanner war ein Mann, und er wusste, dass er sein eigenes Leben aufbauen musste. Das war der Grund gewesen, warum er überhaupt in den Westen gezogen war. Im Endeffekt war alles zu einem höllischen Schlamassel geworden. Das war alles. Tanner ließ die Vorhänge wieder nach unten fallen. Er legte sich auf das Bett und schaute fern, bis er schließlich einschlief.

AM NÄCHSTEN Tag erschien er gut gelaunt und früh auf der Farm. Er bog von der Straße ab und hielt etwas weiter entfernt vom Haus, das abgesperrt aussah. Tanner hatte nicht vor, Brighton zu stören, falls er schlief. Irgendetwas sagte ihm, dass Brighton nicht viel Schlaf bekam, gemessen daran, wie oft er einfach wegnickte. Er schob das Motorrad den letzten Rest des Weges und parkte es in der Garage. Dann ging er zum Stall und ließ die Tiere in ihre Außengehege. Alle bis auf die Ziegen. Die schienen nicht allzu begeistert, aber er wollte erst mit den Reparaturen in ihrem Gehege fertig werden.

Er sammelte die Pfosten und Querbalken ein und begann, den kritischen Bereich des Geheges auseinanderzunehmen. Er musste eine ganze Weile schaufeln, aber schließlich hatte er die morschen Pfosten aus dem Boden gelöst und die neuen fest verankert. Dann reparierte er die Querstreben und befestigte den Maschendraht. Als er die Ziegen aus ihren Boxen ließ, erkundeten sie ihr Gehege, als wäre es brandneu, und richteten sich dann langsam umherwandernd häuslich ein. Tanner streichelte ein paar von ihnen und stellte fest, dass sie äußerst sanftmütig waren. Keine von ihnen versuchte, ihn zu beißen.

Ein leises, schlurfendes Geräusch kündigte ihm an, dass Brighton hinter ihm aufgetaucht war. „Meine Großmutter war es, die die Ziegen liebte. Sie sagte immer, dass sie sie an Großvater erinnerten. Ich schätze, Großvater hat sie ihretwegen behalten." Brighton stützte sich schwer auf seinen Stock und sah aus, als würde er jeden Augenblick umfallen. „Sieht gut aus."

Tanner lächelte und nickte dankend.

„Sie sollten wirklich mit mir reden. Bitte."

„Okay", erwiderte Tanner, hob seine Hand um sich am Kopf zu kratzen und ließ sie dann wieder sinken. „I-Ich habe n-nicht viel zu s-sagen."

Brighton lächelte. „Ich wette, Sie haben sehr viel zu sagen. Sie haben sich nur daran gewöhnt, zu schweigen und allen anderen das Reden zu überlassen." Brighton schwankte leicht und Tanner sprang auf, um ihn zu stützen. „Ist schon gut. Ich habe mich an die Schwäche in meinem Bein gewöhnt." Tanner verschwand im Stall und holte einen Strohballen. Er legte ihn auf den Boden und bedeutete Brighton, sich hinzusetzen. Wenn er vorhatte, zu bleiben, dann wollte Tanner sich nicht die ganze Zeit während seiner Arbeit Sorgen machen müssen, dass Brighton umfallen könnte. „Das piekst."

Tanner nickte, und der Gedanke daran, wo es Brighton pikste, ließ ihn grinsen.

„Sind Sie hier aufgewachsen? Ich weiß, dass Arthur Ihr Cousin ist, von daher …"

Tanner schüttelte den Kopf. „W-West Virginia. Ich wuchs in der N-Nähe von Wheeling auf." Er schnappte sich einige Pfosten und schichtete sie neben dem Schafgehege auf, das in einem noch schlechteren Zustand war als der Ziegenauslauf. Es war ein Segen, dass die Schafe nicht über den Zaun herfielen. Andernfalls würden sie nun über das ganze Anwesen wandern. „Meine Mutter war anders." Tanner sprach monoton und dachte über jedes Wort nach, bevor er es aussprach. „Sie war nicht … Sie kam nicht mit dem Rest der Familie aus. Arthur und seine Schwester Riva waren meine Freunde, wenn ich sie besuchte. Aber sie kamen nie nach Wheeling."

„Warum nicht?"

„Mom gab ihr Bestes, aber wir hatten nie viel." Tanner wandte sich ab. „Wir ernährten uns fast nur von E-Essensmarken. Dann fand Mom einen Job – einen guten Job – und es wurde besser. Wir zogen weiter fort. Am Ende arbeitete sie in einer der Minen. Sie war knallhart und wollte unbedingt ein besseres Leben für uns." Er begann, schneller zu sprechen, stolperte über Worte, aber er musste es jetzt herausbringen, oder er würde es nie sagen. „Sie hat zu viel von der Minenluft eingeatmet und ihre Lungen versagten, als ich achtzehn war." Tanner hob einen der Pfosten auf und stellte ihn an seinen Platz. Er sprach nie mit irgendjemandem über sich selbst und er war sich nicht sicher, warum er das jetzt mit Brighton tat, abgesehen davon, dass dieser nachgefragt hatte und bereit schien, zuzuhören. „Ich habe davon geträumt, mein Glück und Geld zu machen, und stattdessen stehe ich jetzt mit nichts da." Tanner öffnete das Tor und begann, die Schafe in den Stall zu treiben. Sie meckerten, zockelten aber schließlich hinein. Tanner schloss die Tür und begann, den alten Zaun auszuheben, um ihn zu ersetzen.

„Sie stehen doch gar nicht mit nichts da", begann Brighton. „Ich wollte Sie fragen, was eigentlich passiert ist, aber ich glaube, Sie möchten nicht darüber reden." Er stand auf und balancierte auf seinem Stock. „Ich muss wieder zum Haus hinübergehen." Tanner wollte den Strohballen zurück in den Stall bringen, aber Brighton hielt ihn davon ab. „Ich bin gleich wieder zurück. Sie können ihn liegen lassen." Langsam ging er Richtung Haus. Tanner blickte ihm nach, bis er die Veranda erreicht hatte, und begab sich dann wieder an seine Arbeit.

Die Sonne knallte vom Himmel und Tanner nahm seinen Hut ab und wischte sich über die Augenbrauen. Er musste die Hitze dringend umwandeln, aber es funktionierte nicht. Nachdem er seinen Hut an einen der Pfosten gehängt hatte, zog er sein verschwitztes Shirt aus und hängte es über einen der Querbalken, bevor er sich den Hut wieder aufsetzte. Dann ging er wieder an die Arbeit.

„Ich habe Ihnen etwas zu trinken gebracht", sagte Brighton. Tanner schaute auf. Brighton hielt seinen Stock in der einen und eine kleine Kühlbox in der anderen Hand, und sah ihn an. Tanner griff nach seinem Shirt, hielt dann aber inne. Er war schließlich keine errötende Jungfrau, und es war nicht so, als würde ihm der Blick, mit dem Brighton ihn ansah, nicht gefallen.

„Danke." Das war nicht nötig gewesen. Aber es war verdammt nett. Tanner war tierisch ins Schwitzen geraten. Brighton setzte sich wieder auf den Ballen und öffnete die Kühlbox. Er reichte Tanner eine Flasche mit Saft und nahm selbst auch eine. Tanner öffnete seine Flasche, trank sie fast leer und arbeitete dann weiter. Er musste in Bewegung bleiben. Obwohl die Sonne immer noch schien, fühlte sich die Luft plötzlich anders an. Weit draußen im Westen hatte er ein Gefühl für die Natur entwickelt. Dort gab es keine im Abstand von fünf Minuten aktualisierten Wetterberichte, also musste man sich auf seine Nase und den Geruch der Luft verlassen. Tanner bewegte sich schneller und ersetzte die Pfosten, während sich über ihnen Wolken zusammenballten. Zuerst verdunkelte sich die Sonne ein wenig, und dann der ganze Himmel.

Tanner beendete seine Arbeit und scheuchte auch die Ziegen in den Stall. Das war nicht weiter schwer. Sie wussten, dass sich etwas zusammenbraute. „Sie sollten ins Haus gehen", sagte er zu Brighton und schaute in den Himmel hinauf, wo sich die Wolken verdichteten. „Ich mache hier alles fertig."

Brighton stand auf und griff nach der Kühlbox. Er trug sie zum Haus, während Tanner auf Hochtouren lief und die Tiere mit frischem Stroh versorgte. Als er die Stalltür hinter sich schloss, hörte er einen entfernten Donnerschlag, und der Wind frischte auf. Tanner schnappte sich sein Shirt und versicherte sich, dass alles an Ort und Stelle war, bevor er zur Veranda ging. Er beschloss, den Sturm abzuwarten und danach weiterzuarbeiten.

„Das sieht übel aus. Aber ich habe das Essen fertig", sagte Brighton aus dem Flur und hielt die Fliegengittertür offen.

Tanner nahm seinen Hut ab, zog sein Shirt an und ging ins Haus.

Brighton ging zu dem Tisch, an dem sie schon am Vortag gegessen hatten. „Ich denke, wir essen lieber jetzt, bevor uns noch der Strom ausgeht." Draußen rumpelte der Donner, gefolgt von einem Blitz und weiteren Donnern. Tanner spähte durch das Küchenfenster. Dicke Wolken türmten sich auf. Blitze zuckten über den Himmel und in Sekundenbruchteilen öffnete der Himmel seine Schleusen. Der Regen prasselte so hart zu Boden, dass Tanner kaum den Stall erkennen konnte.

„Setzen Sie sich und lassen Sie es sich schmecken. Großvater sagte, dass ihm immer bei einer steifen Brise der Strom ausging, also wer weiß, wie lange wir noch Licht haben." Tanner nahm Platz und Brighton trug eine Platte Sandwiches zum Tisch. „Tut mir leid. Ich bin kein talentierter Koch. Mom hat mir nie etwas beigebracht, also lebe ich die meiste Zeit von Zeug wie diesem hier." Ein lauter Donnerschlag ließ sie beide zusammenzucken. „Ich sollte bald mal zum Supermarkt fahren." Ein weiterer Donner durchschlug die Luft und Brighton ließ sich in einen Stuhl fallen.

Die Luft knisterte – das Gewitter war ihnen so nah! Tanner hasste Unwetter wie dieses hier. Er hatte genug von ihnen in Montana erlebt und während eines Jobs in Wyoming. Sie schafften es immer, ihn zu erwischen. Er richtete sich gerade auf und schaute weiter aus dem Fenster, leicht auf seiner Unterlippe kauend. Es regnete noch immer heftig. Blitze zuckten über den Himmel, während er zusah, und Tanner sprang vom Fenster zurück. Es flackerte in seinen Augen. Der Knall, der auf den Blitz folgte, schmerzte in seinen Ohren und Tanner fand sich plötzlich auf dem Boden wieder, den Kopf mit den Händen festhaltend.

„Geht es Ihnen gut?" Brighton eilte herbei und Tanner spürte, wie er sich zu ihm auf den Boden sinken ließ. Er hatte keine Vorstellung davon, wie er das geschafft hatte, er wusste nur, dass er da war. „Können Sie noch sehen?"

„Es flackert", sagte Tanner. Er hielt die Augen geschlossen und die Ränder seiner Vision verschwammen allmählich.

„Können Sie mich hören?" Brighton legte eine Hand auf seine Schulter. „Bleiben Sie einfach, wo Sie sind."

„Wurde irgendetwas getroffen?", fragte Tanner. „Wenn es der Stall war, dann müssen wir den Tieren helfen." Tanner versuchte aufzustehen, wagte aber noch nicht, die Augen zu öffnen. Brighton stützte ihn.

„Ich glaube, der Stall steht noch. Ich kann ihn durch das Fenster erkennen." Brighton lehnte sich etwas stärker auf ihn und versuchte, wieder auf die Füße zu kommen. „Ja, von hier aus sieht das in Ordnung aus. Was auch immer der Blitz getroffen hat, der Stall war es nicht, und es scheint auch nicht das Haus gewesen zu sein, Gott sei Dank. Können Sie stehen?"

Tanner nickte und versuchte, die Augen zu öffnen. Der dunkle Raum war ein paar Sekunden lang verschwommen, aber dann schärfte sich sein Blick. Er konnte sehen. Er war nicht überrascht, dass das Licht ausgegangen war. Langsam stand Tanner auf. Brighton stand an die Anrichte gelehnt und Tanner spähte über seine Schulter. Er atmete tief ein und nahm Brightons männlichen, aber dennoch süßen Geruch wahr. Tanner wich ein kleines Stück zurück. Es waren Situationen wie diese, die ihm in der Vergangenheit Ärger bereitet hatten. „Der Stall ist in Ordnung", stimmte er zu und deutete ein Stück weiter nach vorn. „Der Baum." Er war in der Mitte gespalten. Vielleicht waren einige der Äste auf den Stall gefallen, aber der größte Teil des Stamms schien auf freier Fläche gelandet zu sein.

„Essen wir doch einfach auf." Brighton drehte sich um und Tanner schaute ihm direkt in die Augen. Keiner von ihnen rührte sich, und Tanner unterdrückte das Keuchen, das sich aus seiner Kehle lösen wollte. Er fragte sich, wie Brighton wohl schmecken mochte. Als Brightons Lippen sich leicht öffneten, trat er einen Schritt näher heran. Der Sturm tobte immer noch ums Haus, aber er schien etwas nachgelassen zu haben, und, was Tanner anbelangte, vom Schlagen seines eigenen Herzens und dem Blut, das durch seine Adern rauschte, verdrängt worden zu sein.

Brighton blinzelte, aber er wandte den Blick nicht ab. Tanner bewegte sich noch näher auf ihn zu. Er wollte ihn berühren, ihn kosten, aber seine Arme hingen weiter einfach an seiner Seite herunter, und er trat einfach nur nah an ihn heran. Brighton musste ihm etwas entgegenkommen. Er konnte es nicht riskieren, die Signale falsch zu deuten. Jetzt standen beide still da. Ein weiterer Blitz zuckte vom Himmel und die Fenster klapperten unter dem darauffolgenden Donner. Tanner rührte sich nicht und hielt mit leicht geöffneten Lippen den Atem an. Dann blinzelte er ein paar Mal, wurde sich bewusst, was er da gerade tat, und wich zurück. Das hier war keine gute Idee.

„Warum?", flüsterte Brighton, als er zurückwich. „Du willst das doch gar nicht." Brighton ging zum Tisch. Er setzte sich und starrte das halb aufgegessene Sandwich auf seinem Teller an und schaute eine ganze Weile nicht mehr auf. Als er es doch tat, nahm er das Sandwich in die Hand, biss einmal ab und legte es dann wieder zurück. „Das war nett von dir, Tanner, aber du willst mich doch gar nicht küssen."

Er verstand es nicht. Vielleicht würde er es nie verstehen. Seit Tanner erkannt hatte, dass er Männer den Frauen vorzog, hatte es ihm nichts als Ärger bereitet. Er hatte seiner Mutter nie davon erzählt, und ihm gefiel die Vorstellung, dass sie es verstanden hätte und ihn nicht dafür verurteilte, aber alle anderen schienen genau das zu tun. Immerhin hatte Brighton ihn nicht abartig genannt und von der Farm gejagt. „Was stimmt nicht mit dir?", flüsterte Tanner ohne nachzudenken und bemerkte erst danach, dass ihm die Worte sanft wie Seide über die Lippen gekommen waren, ohne den Anflug eines Stockens oder Stotterns. „Ich meine, was … g-g-glaubst du, das hier ist falsch?"

Brighton schaute von seinem Teller auf. „Du hast mich doch gesehen, Tanner. Ich kann kaum laufen und selbst länger als ein paar Minuten zu stehen, ist fast unmöglich. Auch über ein Jahr nach dem Unfall ist es nicht besser geworden, selbst die zusätzliche Operation vor ein paar Monaten hat nichts gebracht. Oh, der Schmerz hat etwas nachgelassen, aber mein Bein ist nicht kräftiger geworden, wie es mir jeder versichert hat." Brighton sah elend aus. Er sackte in sich zusammen, die Mundwinkel nach unten gebogen, den Blick auf den Fußboden gerichtet. „Ich hatte die Hoffnung, irgendwann wieder ganz normal laufen zu können. Aber ich glaube nicht mehr, dass das passieren wird."

Tanner fand keine tröstenden Worte. Er wusste, wie Brighton sich fühlte. Er erinnerte sich daran, wie er in seinem Bett in seinem winzigen Zimmer lag, während seine Mutter im anderen Raum saß und auf alle mögliche Art und Weise versuchte, Geld zu verdienen. Sie verkaufte Schmuck, strickte, nähte Puppenkleider – sie tat, was immer sie konnte. Und er lag dort und betete zum Jesuskind, es möge ihm helfen, richtig zu sprechen. Er war acht Jahre alt und seine Sprache hatte sich immer weiter verschlechtert. Seine Lehrer hatten versucht, ihm zu helfen, aber je mehr Hilfe er bekam, je mehr er selbst es versuchte, desto schwieriger wurde es für ihn. Abend für Abend betete er, wie alle anderen zu sein, aber nichts geschah. Nichts hatte sich jemals geändert.

„Tut mir leid", sagte Tanner, kaum lauter als ein Flüstern. Seine Kehle schmerzte, aber nicht auf die übliche Art. Ein Knoten hatte sich gebildet, und er versuchte, ihn herunterzuschlucken. „Ich h-h-hatte einen Lehrer, der sagte, ich k-k-könnte alles schaffen, wenn ich mich k-k-konzentriere. Er hat auf meinen Tisch geschlagen, w-wenn ich st-stotterte. Er sagte, ich würde es n-nicht hart genug v-versuchen, wenn ich meine W-W-Worte nicht fand." Tanner hielt kurz inne. „Er hat nur Sch-Sch-Scheiße gelabert."

„Das hat er", stimmte Brighton zu.

„G-genau wie du, w-w-wenn du nicht glaubst, dass dein B-B-Bein besser wird." Tanner wollte Brighton nicht verärgern. „Es gibt Therapie."

„Die hatte ich, aber es hat nichts gebracht. Mein Bein hat die ganze Zeit geschmerzt und es wurde nicht besser. Es hat einfach nur wehgetan." Brighton drehte sich auf seinem Stuhl herum. Der Sturm schien vorübergezogen zu sein. Die Blitze zuckten noch immer, aber der Donner folgte nicht mehr unmittelbar darauf. Tanner bewegte sich nicht von seinem Standort neben der Spüle fort. Er hatte ein wenig Angst.

„Mein Kopf tat weh, nachdem einer meiner L-L-Lehrer dachte, Sch-Schläge würden helfen."

Brightons Kopf ruckte nach oben. „Sie haben dich geschlagen?"

Tanner nickte. „Das war besser, als zu h-hören, ich wäre d-dumm." Er hasste dieses Wort so sehr. So viele Leute hatten es ihm ins Gesicht gesagt, dass er irgendwann begonnen hatte, zu glauben, sie hätten recht. Er war ein Dummkopf, der nicht richtig sprechen konnte.

„Die haben gelogen. Alle haben sie gelogen. Du bist nicht dumm. Stottern ist ein Sprachfehler, mehr nicht. Das hat nichts mit Intelligenz oder Charakter zu tun. Es bedeutet nicht, dass du nicht alles erreichen könntest, was du willst, oder dass du weniger klug und witzig als alle anderen bist."

„Mit deinem B-Bein ist es dasselbe", konterte Tanner. „Es hält dich nicht davon ab, d-d-du selbst zu sein."

Der schlimmste Teil des Sturms war vorbei und vor dem Küchenfenster wurde es langsam wieder hell. Der Regen dauerte weiter an und Tanner fragte sich, was er tun sollte. Er konnte zum Stall gehen, aber dort hatte er nicht mehr viel zu tun. Die übrige Arbeit war draußen. „Ich könnte hier d-d-drin ein paar Sachen erledigen, wenn du willst", bot er an. Er musste irgendetwas tun, denn der Blick, mit dem Brighton ihn anschaute, ließ ihn nervös von einem Fuß auf den anderen treten.

„Setz dich, wenn du magst. Es regnet immer noch und wir haben keinen Strom. Die Werkzeuge sind im Keller und du würdest dir den Hals brechen, wenn du versuchst, sie in der Dunkelheit zu finden. Es sollte bald vorbei sein."

„Okay", stimmte Tanner zu. „Tee?", fragte er und zeigte auf den Kühlschrank.

„Danke."

Tanner stand auf und holte den Krug, ohne die Tür allzu lange offenstehen zu lassen. Er goss den Tee in zwei Gläser und setzte sich wieder. Während er trank, schaute er abwechselnd aus dem Fenster und zu Brighton. Er stellte fest, dass ihn jetzt Brightons Lippen und die kleine Kerbe in seiner Oberlippe faszinierten. Wieder fragte er sich, wie es wohl schmecken musste und sein würde, ihn zu küssen. Aber natürlich war Brighton sein Chef, und er brauchte den Job.

Brightons Worte klangen noch in seinen Ohren nach. *Du willst mich doch gar nicht küssen.* Er hatte nicht gesagt, dass *er* Tanner nicht küssen wollte. Nicht, dass es etwas bedeutete. Egal, was Brighton tatsächlich gesagt hatte, Tanner vermutete, dass es seine Art war, ihm klarzumachen, dass er nicht an einem Dummkopf interessiert war.

DER REGEN dauerte noch eine ganze Weile an. Tanner konnte nicht einfach nur herumsitzen, und als er einigermaßen nachgelassen hatte, stand er auf und eilte zum Stall. Es war wirklich nichts passiert und den Tieren ging es, von der Aufregung einmal abgesehen, gut. Er gab ihnen etwas Futter, und das beruhigte sie. Ein wenig. Da es ihm nicht möglich war, draußen zu arbeiten, begann Tanner, im Stall Ordnung zu schaffen. In einer Ecke herrschte ein heilloses Durcheinander. Es wirkte wie die Stallversion einer Rumpelkammer. Tanner begann, Sachen herauszuräumen. Er fand zerbrochene Stühle, ein altes Fahrrad, das schon bessere Zeiten gesehen hatte, aber noch intakt schien, und einige Eimer mit Löchern und Rissen. Was offensichtlich Müll war, legte er an die Seite, um es zu entsorgen, aber die anderen Sachen ordnete er und legte sie zurück. Vielleicht wollte Brighton sie sehen.

Bis auf das Scharren der Tiere in ihren Boxen war es still. Erst, als er zu schwitzen begann, bemerkte Tanner, dass die Sonne wieder schien. Die Luft im Stall wurde schnell stickig und drückend. Trotzdem wollte er die Tiere nicht herauslassen. Die Weiden waren das reinste Schlammbad, weshalb er lediglich die Fenster und Türen öffnete, um Luft hereinzulassen.

Als er mit seiner Arbeit fertig war, war Tanner schweißgebadet, obwohl er nicht wirklich hart geschuftet hatte. Die Feuchtigkeit war erdrückend. Einmal fragte er sich, ob Brighton noch im Haus war, und schielte aus der Stalltür. Im selben Moment trat dieser aus dem Haus und setzte sich mit seinem Laptop auf dem Schoß auf die Veranda. Tanner schaute ihn ein paar Minuten an. Er fragte sich immer noch, was ihn so sehr an dem Mann faszinierte. Dabei wünschte er sich zutiefst, er könnte sich einfach auf seine Arbeit konzentrieren und müsste sich nicht immer von dem Gedanken an Brighton ablenken lassen.

Er würde es nie lernen. Er war ebenso an Royce interessiert gewesen, obwohl Royce zuerst distanziert und unnahbar gewesen war. Es hatte gedauert, bis Royce auch ihm Aufmerksamkeit geschenkt hatte. Brighton war nett und er hörte Tanner zu. Es gab nur wenige Leute, die sich um ihn kümmerten oder sich mit ihm unterhielten. Brighton war dazu bereit. Er hörte zu. Aber es würde nichts zwischen ihnen passieren. Brighton war nicht einmal interessiert daran, ihn zu küssen, wenn sie nur Zentimeter voneinander entfernt standen.

Tanner wich von der Tür zurück und räumte weiter im Stall auf. Dann ging er nach draußen und kontrollierte, ob nichts beschädigt worden war. Gott sei Dank hatte der umgekippte Baum nicht allzu nah beim Stall gestanden. Aber es sah näher aus, als vom Haus aus betrachtet, und Tanner setzte es auf seine Liste, das Chaos zu beseitigen. Immerhin gingen ihm die Aufgaben nicht aus. Jetzt stellte sich nur die Frage, wie lange Brighton ihn behalten wollte. Die Farm brachte kein Geld ein, also ging er davon aus, dass er sich schon bald einen neuen Job würde suchen müssen. Er ging wieder zurück zum Stall und beschloss, dass es für heute genug war. Schon wieder türmten sich Wolken auf, und es sah nach mehr Regen aus.

„Bis morgen", sagte Tanner, als er die Verandastufen hinaufstieg.

Brighton schaute von seinem Computer auf. Er war vollkommen in seine Arbeit vertieft gewesen. „Ja. Vielen Dank für deine Hilfe." Brighton stellte den Laptop an die Seite und stand auf seinen Stock gestützt auf. „Du bist ein guter Arbeiter …"

Und da war es. Tanner blickte zu Boden. Er kannte diesen Blick. Er hatte den gleichen bei einem der Vorarbeiter gesehen, bevor man ihn von der Ranch gejagt hatte. Tanner wartete, aber es kam nichts mehr. Er blickte wieder auf, um zu sehen, was los war und was das Unvermeidliche gestoppt hatte. Brighton starrte ihn an, den Mund geöffnet, mitten im Satz erstarrt. „Ist schon okay. Ich w-weiß, dass ich ein D-Dummkopf bin und …"

Brightons Stock fiel klappernd auf den Boden und das Geräusch ließ ihn aufschrecken. Brighton trat näher an ihn heran und Tanner sah, wie er hart schluckte. Wollte Brighton ihn küssen? Sein Herz raste bei dem Gedanken.

„Du bist kein Dummkopf", flüsterte Brighton. „Und ich will nicht, dass du so etwas sagst. Ich sehe dich dann morgen."

Tanner trat einen Schritt zurück. „Okay." Er bückte sich, hob Brightons Stock auf und reichte ihn seinem Besitzer. Dabei fiel ihm sein Hut vom Kopf und er setzte ihn wieder auf, heftiger, als es notwendig gewesen wäre. Dann drehte er sich um und lief zu seinem Motorrad, das er in der Garage geparkt hatte. Er verstand Brighton nicht. Es war offensichtlich, dass sie kurz davor gewesen waren, sich zu küssen – zweimal! – und dass Brighton es beide Male abgebrochen hatte. Tanner wünschte sich jemanden zum Reden. Aber da hatte er leider keine große Auswahl. Vielleicht würde er es selbst irgendwann herausfinden. Oder vielleicht sollte er einfach nur seine Arbeit erledigen, so gut er konnte, weil er den Job dringend brauchte, und sich von allen weiteren Verstrickungen fernhalten, egal wie sehr der Gedanke an Brighton, mit leuchtenden und ausnahmsweise nicht schmerzerfüllten Augen unter ihm liegend, sein Blut zum Kochen brachte und seine Jeans so verdammt eng werden ließ.

Tanner startete die Maschine und fuhr nach Hause, immer ein wenig dem Regen voraus. Er stellte sein Motorrad in die Garage und schloss das Tor, als es wieder zu regnen begann. Anstatt ins Haus zu gehen, ging er direkt in sein Zimmer und begann aufzuräumen. Was er brauchte, war Zeit zum Nachdenken. Aber er fand keine Antworten. Als er mit dem Aufräumen fertig war, beschloss er, sich Abendessen zu holen. Das kleine Unwetter war bereits vorbeigezogen, aber gerade als er zu seinem Motorrad gehen wollte, rief ihn Alicia zum Essen ins Haus. Tanner folgte ihrer Einladung. Im Haus war es still.

„Die Jungs sind über Nacht bei meiner Mutter", erklärte sie. „Arthur sollte gleich nach Hause kommen." Sie machte ihm einen Teller fertig.

„Hasst du mich?", fragte Tanner. Manchmal konnte die Direktheit, die er bei den anderen Männern im Westen beobachtet hatte, ganz hilfreich sein. Er war sich nicht sicher, aber ihre andauernde Unnahbarkeit störte ihn.

Sie hielt inne. „Nein." Dann stellte sie ihm den Teller vor die Nase. „Ich kenne dich einfach kaum. Die Jungs finden dich toll, weil du mit ihnen spielst, aber du sagst nie etwas und ... ich dachte, dass du mich nicht leiden kannst."

Tanner rieb sich nervös den Nacken. „Ich rede n-n-nie viel."

„Mir ist dein Stottern aufgefallen." Sie holte ein Bier und stellte es ihm hin. „Du weißt, dass das nichts ausmacht. Die Jungs lieben dich, aber sie fragen immer, warum Onkel Tanner nicht redet." Sie setzte sich ihm gegenüber. „Ihnen macht es auch nichts aus."

„Mir macht es etwas aus", sagte er.

„Aber das sollte es nicht." Sie lächelte. „Arthur hat mir erzählt, was in Montana passiert ist, und ich wollte dir nur sagen, dass du bei uns willkommen bist. Du gehörst zur Familie und du solltest glücklich sein. Das waren Idioten und sie sollten dich nicht so behandeln, nur weil du schwul bist."

„Ich d-dachte … du wärest vielleicht wie sie."

„Ich weiß, dass es ein Teil deiner Persönlichkeit ist. Du kannst es nicht ändern. Liebe ist Liebe, das ist es, was ich denke." Sie lächelte, und die Unsicherheit, die seit Monaten Tanners Begleiter war, begann, sich etwas zu legen. „Gibt es jemanden in deinem Leben?"

„Denke schon. A-A-Aber … er mag mich nicht. Ich g-g-glaube nicht." Es war schwer, darüber zu sprechen. Sein Stottern wurde schlimmer und die Worte blieben ihm in der Kehle stecken.

„Hast du mit ihm geredet?", fragte Alicia und verdrehte dann die Augen. „Natürlich nicht. Du bist ein Mann und sprichst nicht über solche Dinge."

„Ich hab' ihn erst g-g-gestern kennengelernt."

„Dein Boss? Der Typ auf der Farm?"

Tanner nickte. „Er ist sehr nett, und er h-h-hätte mich beinahe ge-k-küsst, aber ich glaube nicht, d-d-dass er mich so mag." Die Worte waren aus seinem Mund, bevor er sie aufhalten konnte.

Sie drehte ihr Glas in den Händen. „Oder vielleicht ist er sich nur nicht sicher, ob du *ihn* auf diese Weise magst."

Tanner öffnete überrascht den Mund und klappte ihn dann wieder zu. „Vielleicht ist er nicht interessiert, oder vielleicht ist er nicht sicher, ob du interessiert bist. Benutzt er nicht einen Stock?"

Tanner nickte. „Er hat oft Schmerzen. Er hat heute bei mir gesessen und mit mir g-g-geredet, als ich gearbeitet habe."

Alicia schüttelte den Kopf. „Ihr Männer. Ihr kriegt weder eine Frau *noch* einander."

„Was soll ich tun?", fragte Tanner.

„Magst du ihn? Ich meine, so richtig?" Tanner nickte. „Dann tu, was Männer schon seit Jahrhunderten tun. Bitte ihn um ein Date."

Tanner gefiel die Vorstellung. Er würde bis nach der Beerdigung warten, aber zu wissen, was er tun wollte, gab ihm ein gutes Gefühl. „Danke", sagte er und lächelte beim Essen. „Du bist sehr nett." Er bekam ein Lächeln zurück.

3

BRIGHTON BEREITETE sich auf die Beerdigung seines Großvaters vor. Er hatte sich schnell daran gewöhnt, sich in vielen Dingen auf Tanner zu verlassen, und das machte ihm Angst. Es nervte ihn höllisch, nicht selbst fahren zu können, und dass Brianne sehr beschäftigt war, machte es nicht einfacher. Gott sei Dank hatte er den Lieferwagen. Mit Tanners Hilfe hatte Brighton einige Sachen aus seiner Wohnung auf die Farm geschafft und bei seinem Vermieter gekündigt. Das würde wenigstens seine Ausgaben verringern, und was er vorher für seine Miete gezahlt hatte, konnte er jetzt für die Farm verwenden. Aber er musste herausfinden, wie er auch etwas aus der Farm herausholen konnte, wenn er sie erhalten wollte, insbesondere nachdem er den Steuerbescheid auf dem Schreibtisch seines Großvaters gefunden hatte. Er hatte genügend Geld, um alle offenen Rechnungen zu begleichen, so viel hatte sein Großvater ihm hinterlassen, aber diese Rechnung würde ein großes Loch in sein Vermögen reißen. Noch verdrängte Brighton den Gedanken daran. Brianne würde ihn bald abholen, und er musste fertig werden.

„Brighton", rief Tanner von unten hinauf.

Er warf seine Krawatte und sein Jackett über die Schulter, nahm seinen Stock und ging zur Treppe. „Hey, Tanner." Er fühlte sich elend und wusste, dass er noch mieser aussah. „Was brauchst du?"

„Ich w-w-wollte nur mal s-s-sehen." Tanner wandte sich ab.

Brighton seufzte. Tanner war riesengroß, aber er fasste jede Frage als Vorwurf auf und stotterte dann seine Antworten heraus. Manchmal allerdings war seine Sprache so klar und deutlich, wie sie nur sein konnte. „Mir geht's gut." Er musste nur die Treppen heil herunterkommen und diese Gedenkfeier hinter sich bringen, die Beerdigung, wie auch immer man es nennen wollte. Tanner eilte die Stufen hinauf, nahm seinen Arm und half ihm hinunter. Er war diese Woche schon einmal gefallen und froh, dass das einzige, was er sich verletzt hatte, sein Stolz und sein Hintern waren. Als er unten angekommen war, klingelte sein Telefon. Es war Brianne.

„Brighton, mein Auto ist abgesoffen. Ich sitze drin und es will nicht anspringen. Ich weiß nicht, was ich tun soll."

Er seufzte und schaute zu Tanner. „Eine Sekunde." Er deckte das Telefon mit der Hand ab. „Briannes Auto ist kaputt und sie muss abgeholt werden. Ich kann nicht fahren, also hab' ich mich gefragt, ob …" Brighton hielt inne. „Nein. Ich bestelle einfach ein Taxi. Das …"

„Ich fahre euch", sagte Tanner. „Macht es dir etwas aus, wenn ich zur Trauerfeier bleibe? Ich könnte wieder hierherkommen, aber dann müsste ich direkt wieder los."

„Tanner fährt uns", sagte Brighton zu Brianne. „Wir müssen kurz bei ihm vorbei, damit er sich umziehen kann, und dann holen wir dich ab. Die Kapelle ist eh in deiner Nähe." Er schaute auf die Uhr, froh darüber, dass sie nicht zu spät dran waren.

„Okay. Ich warte auf euch." Sie legte auf und Brighton suchte seine restlichen Sachen zusammen.

„Danke, Tanner." Und schon wieder war Tanner da gewesen, um ihm zu helfen. „Ich hasse es, nicht selbst fahren zu können. Ich fühle mich dadurch so hilflos." Tanner wartete, bis er fertig war, und nachdem sie die Tür abgeschlossen hatten, stiegen sie in den Lieferwagen.

Brighton versuchte, sich bequem hinzusetzen. Sein Bein schmerzte stark. Er wusste, dass es an der Anspannung lag, denn er war sich sicher, dass seine Tante irgendeine Szene machen würde. Ein Zusammentreffen der ganzen Familie war eine Gelegenheit, die sie sich sicher nicht entgehen ließ. Tanner fuhr zügig, aber sicher und ein paar Minuten später fuhren sie in die Auffahrt eines sehr eleganten Hauses. Eine Frau trat heraus.

Tanner stieg aus dem Wagen. „Ich erkläre alles", sagte Brighton und kurbelte sein Fenster hinunter. Tanner eilte ins Haus und die Frau trat zu ihm. „Hi. Ich bin Brighton."

„Alicia Granger."

„Arthurs Frau", sagte Brighton mit einem Lächeln und streckte seine Hand durch das offene Fenster.

„Ja."

„Das Auto meiner Schwester ist kaputt, deswegen springt Tanner als Fahrer ein. Wir müssen zur Beerdigung meines Großvaters, und ich kann nicht fahren." Er fühlte sich wie ein Trottel.

„Tanner ist ein guter Kerl", sagte sie lächelnd. „Läuft bei Ihnen alles gut?"

„Ja. Wir kriegen die Farm auf die Beine, denke ich. Am schwierigsten wird es, zu überlegen, was damit passieren soll." Er lächelte und versuchte, nicht erkennen zu lassen, dass das seine größte Sorge war.

Zwei kleine Jungen kamen durch die Eingangstür und eilten zu ihrer Mutter. „Das hier sind Marky und Josh. Sagt ihr Hallo zu Brighton? Onkel Tanner arbeitet auf seiner Farm."

„Hallo", sagte Marky etwas schüchtern. „Hast du Pferde und Faasche auf deiner Farm?" Er vertauschte die Buchstaben genau wie Brighton es früher getan hatte.

„Ich habe einige Ziegen da, aber ja, auch Schafe und ein Pony. Sie sind alle sehr lieb. Früher hatten wir auch Hühner, aber die gibt es nicht mehr." Gott sei Dank. Als Kind hatte er die Biester gehasst.

„Können wir sie streicheln?", fragte Marky mit einem breiten Lächeln, herumhopsend, während Josh nickte, aber nichts sagte.

„Na klar." Brighton hob seinen Blick. „Vielleicht kann eure Mom euch einmal zu uns bringen. Ihr könnt die Ziegen und Schafe streicheln und auf dem Pony reiten." Er lächelte Alicia zu.

„Wir wollen uns nicht aufdrängen."

„Das wäre großartig. Als ich in Markys Alter war, hatte ich ein Lamm, das mir überall hin gefolgt ist, wenn ich zu Besuch war. Dass ich Leckereien für es hatte und es nach Strich und Faden verwöhnt habe, hat ihm nicht geschadet. Sie sind sehr brav und die Jungs wären mir willkommen. Und Sie natürlich auch."

Tanner kam in einer Anzughose und einem weißen Hemd wieder heraus. Er sah gut aus. Alicia scheuchte die Jungen vom Lieferwagen weg und erklärte, dass sie jetzt gehen müssten. Tanner rief den beiden Jungs Grüße zu und winkte zum Abschied.

FÜNF MINUTEN vor der Zeit schafften sie es zur Kapelle. Tanner setzte Brighton und Brianne vor der Tür ab und parkte dann das Auto. Die Kapelle war hübsch dekoriert, einige Blumen und die sterblichen Überreste in einer bronzefarbenen Urne standen von Kränzen umringt auf einem kleinen Podest. Alles war elegant und hübsch. „Danke. Das sieht sehr nett aus", sagte Brighton zu seiner Tante, während er sich umschaute.

Sie lächelte leicht. „Man tut nur seine Pflicht." Tante Vera wischte ihre Augen und schaute leise schniefend nach vorn.

Brighton hielt das für eine äußerst seltsame Antwort, aber andererseits traute er ihr alles zu. Er hoffte aufrichtig, dass sie wirklich erschüttert vom Ableben ihres Vaters war. Brianne umarmte sie und dann tat Brighton das Gleiche, während er sich im Stillen dafür schalt, selbst in einem Moment wie diesem einen Hintergedanken zu vermuten. „Ich weiß das sehr zu schätzen und es sieht toll aus. Die Farben sind perfekt."

Sie nickte und Brighton trat einen Schritt zur Seite. Tanner kam herein und gesellte sich zu ihnen. Brighton sah, wie Tante Vera ihm einen Blick zuwarf, sich vielleicht fragte, wer er war, aber in dem Moment kamen weitere Neuankömmlinge und sie ging davon, um sie zu begrüßen, ein Taschentuch in der Hand. Onkel Raymond stand an der Seite und sprach mit seinen Söhnen Mick und Tim und seiner Tochter Jill. Brightons Cousins schauten finster zu ihm herüber. Onkel Raymond war der einzige, der ihnen ein leichtes Lächeln schenkte und herüberkam, um sie zu begrüßen. „Was auf der Farm passiert ist, tut mir leid", sagte er sanft. Brighton hatte schon längst vermutet, dass Tante Vera hinter allem steckte. „Wenn eure Tante sich einmal etwas in den Kopf gesetzt hat …"

Brighton nickte. Wenn es eine Person in der Familie gab, für die er Gefühle hegte, dann war es sein Onkel. Er steckte viel Energie darein, Tante Vera glücklich zu machen – eine monumentale Aufgabe. „Ist schon in Ordnung. Die Gefühle sind hochgekocht und ich bin mir sicher, das Ganze wird sich wieder legen."

Seine Tante gab ihm ein Zeichen und Onkel Raymond seufzte leise, bevor er sich entfernte. „Verlass dich nicht darauf."

Brighton drehte sich zu Brianne um und fragte sich, was das zu bedeuten hatte. Seine Cousins hatten die Köpfe zusammengesteckt – das war nie ein gutes Zeichen gewesen, schon damals nicht, als er und Brianne bei ihnen gewohnt hatten. Gott sei Dank war das nur eine kurze Zeit ihres Lebens gewesen. „Lass nicht zu, dass sie dir auf die Nerven gehen", sagte Brianne. „Wir sind nur hier, um uns von Grandpa zu verabschieden."

Brighton nickte und ging langsam nach vorn, wo alles aufgebahrt war, was von seinem Großvater noch übrig war. Die einzige Person außer Brianne, die ihn jemals aufrichtig geliebt hatte, wurde jetzt in einem kleinen Bronzekästchen aufbewahrt.

Tanner berührte sanft seinen Arm, und als Brighton sich zu ihm umdrehte, lächelte er und tätschelte seinen Arm. „Es ist gut", sagte er schlicht.

Brighton ging weiter nach vorn, Brianne auf der einen, Tanner auf der anderen Seite. Seine Beine waren schwer wie Blei und er musste sie zwingen, sich zu bewegen. Um ehrlich zu sein, hasste er es, dass sein Großvater eingeäschert worden war, aber dagegen konnte er jetzt nichts mehr unternehmen, und es war Grandpas eigener Wunsch gewesen. Brighton hätte nur gern die Gelegenheit gehabt, ihn noch einmal zu sehen.

Brianne trat zuerst vor und Brighton lehnte sich an Tanner, um nicht umzufallen. Er war so fest und stark. Verdammt, er kannte Tanner nicht einmal eine Woche, und jetzt stand er neben ihm auf der Beerdigung seines Großvaters. Brighton erinnerte sich an die letzte Beerdigung, auf der er gewesen war. Es war die Beerdigung ihrer Eltern gewesen. Gott, diese Angst, die an diesem Tag in ihm gelodert hatte, diese Ungewissheit, was aus ihm und Brianne werden würde, dieses Gefühl, die Menschen zu verlieren, die immer da gewesen waren und sich um sie gekümmert hatten. Seine Eltern waren die Besten gewesen. Sie hatten immer zugehört, niemals gebrüllt, selbst wenn es Ärger gab. Brighton atmete tief durch, um die Traurigkeit von damals zu verdrängen. Es war lange her. Er hatte nicht erwartet, dass die Gefühle wieder hochkochen würden, aber sie vermischten sich mit dem gegenwärtigen Verlust und ließen Brighton das Gewicht der Welt schwer auf seinen Schultern spüren. Brianne trat zurück und Brighton streckte seine Hand aus. Sie nahm sie und drückte sie sanft.

„Geh und begrüß die Leute", sagte Brighton. „Ich brauche nur eine Minute."

„Bist du sicher?", fragte Brianne.

„Ja", sagte er. Brianne drückte seine Hand noch einmal und ließ sie dann los. „Vielleicht kannst du ja herausfinden, ob der Rest der Familie mich auch für den Grinch hält."

Brianne ließ seine Hand los und umarmte ihn. „Den meisten ist es egal und die anderen können Vera auch nicht leiden." Brighton erwiderte die Umarmung, bevor sie ihn losließ. Sie lächelte und ging davon. Brighton trat einen Schritt näher heran und starrte auf die Urne.

Tanner ließ seinen Arm los und trat einen Schritt zurück, aber nicht zu weit.

„Sind Sie sein Pfleger?", hörte Brighton Tim kichern.

„Nein", sagte Tanner dunkel und ein wenig bedrohlich. Er mochte kein Mann vieler Worte sein, aber die wenigen, die er sprach, fielen ins Gewicht.

Brighton nutzte seinen Stock, um die Balance zu halten und trat näher an die Urne heran. „Fühlt sich dumm an, mit einer Kiste zu reden und nicht mit dir selbst", flüsterte er. Er wollte nicht, dass ihn jemand hörte. „Ich wünschte, du wärest hier, um mir zu sagen, was ich tun soll. Ich habe das Gefühl, als hättest du mich gebeten, in deine Fußstapfen zu treten, und ich gebe mein Bestes, aber ich fühle mich verloren." Brighton schluckte. Ein grapefruitgroßer Klumpen schwoll in seiner Kehle. „Die ganze Zeit spüre ich deine Gegenwart im Haus und erwarte, dich in deinem Stuhl auf der Veranda oder durch den Stall spazieren zu sehen." Brighton holte tief Luft. „Die Tiere vermissen dich. Verdammt ..." Er wischte mit dem Handrücken die Tränen aus den Augen. „Ich vermisse dich." Brighton versuchte, die Einsamkeit zu verdrängen, die ihn übermannte.

Tanner berührte sanft seinen Arm und Brighton erwiderte die Berührung instinktiv. Es war so zuvorkommend und nett. „Es wird alles gut", flüsterte Tanner.

Brighton war sich nicht sicher, ob er ihm glaubte. „Ich wünschte, ich wäre dich häufiger besuchen gekommen, vor allem in den letzten Jahren. Ich wünschte, ich hätte dich als Erwachsener kennengelernt, nicht nur als dein Enkel." Er bedauerte so vieles, was seinen Großvater anging. Brighton schniefte und stand so aufrecht wie er konnte. „Ich werde mein Bestes geben, um dich stolz zu machen."

Brighton drehte sich um und Tanner half ihm auf seinem Weg fort von der Bronzeurne. Brighton ließ sich von Tanner zu einem Stuhl führen. Er war froh, dass Tanner ihn begleitet hatte. „Danke sehr. Es tut mir leid, dass ich deine Zeit verschwende."

Tanner schüttelte den Kopf und schaute sich um. Brighton wünschte, der offizielle Teil würde endlich beginnen.

„Hast du dich jetzt entschieden, was du machen willst?", fragte Jill, als sie sich neben Tanner setzte. „Die Farm macht verdammt viel Arbeit, das hat selbst Grandpa gesagt."

„Ich weiß. Aber es war sein Wunsch, dass jemand die Farm weiterführt, und er hat mich dafür ausgewählt. Ich wünschte, ich wüsste, was er sich dabei gedacht hat", sagte Brighton.

„Vielleicht hat er sich gar nichts dabei gedacht. Zum Ende hin war er manchmal nicht mehr ganz klar. Vielleicht war er verwirrt, oder ..."

„Lass es gut sein, Jill. Er war nicht verwirrt. Grandpa wusste, was er wollte, das hat er immer. Du weißt es ganz genau." Er durchschaute Jills Spielchen. Schon früher hatte sie ihn getriezt und getriezt, bis Brighton genug hatte. Dann war sie zu ihrer Mutter gerannt und hatte behauptet, Brighton wäre gemein zu ihr. „Und er hat deine Spielchen immer durchschaut." Brighton lächelte, als ihr falsches Lächeln verblasste und sich zu der finsteren Miene verzog, die sie üblicherweise aufsetzte. „Ich habe mir immer schon gedacht, dass du glücklicher sein könntest, wenn du einfach schätzen würdest, was du hast, anstatt immer neidisch auf andere zu sein. Ich habe auch nicht mehr als du. Ich führe ein einfaches Leben."

Sie hielt einen Moment inne und ihre Züge wurden etwas weicher. „Aber dein einfaches Leben beeinflusst uns alle. Du solltest einfach verkaufen."

Brighton schüttelte den Kopf. „Mir ist es egal, was du denkst. Die Farm ist alles, was uns von Grandpa geblieben ist. Er steckt jetzt in einer blöden Urne. Solange wie die Farm durch die Tiere und alles andere lebt, bleibt auch Grandpa lebendig." Er hatte nicht gewusst, dass er so fühlte, bevor er die Worte ausgesprochen hatte. „Denk mal darüber nach, Jill. Ich halte die Farm nicht nur für mich am Leben, sondern für die nächste Generation. Wenn ich sie zum Laufen bringe, dann wird sie später für deine Kinder da sein, oder für die Kinder von Mick oder Tim. Wenn wir sie verkaufen, ist sie weg. Grandpa wusste das."

Ihr finsterer Blick kehrte zurück und Jill stand auf. „Ich wusste, du würdest es nicht verstehen."

Brighton seufzte und wandte sich von ihr ab, als sie wegging. Es machte ihm nichts aus. Er hatte jetzt einen Grund, warum er die Farm retten musste. Jetzt musste er nur noch einen Weg finden.

Der Pfarrer schritt durch die Menge und stellte sich nach vorn. Er sprach nicht gleich, und alle suchten sich einen Platz. Brianne saß dort, wo Jill soeben noch gehockt hatte. Brighton sah den Pfarrer an. Er hatte keine Ahnung, wer der Mann mittleren Alters war. Aber er hatte ein freundliches Gesicht mit der sanften Gemütlichkeit eines bequemen, alten Pullovers.

„Guten Tag. Wir haben uns hier versammelt, um Abschied zu nehmen von einem guten Freund, Vater und Großvater." Er lächelte leicht. „Edward hat unser aller Leben auf irgendeine Art berührt. Deswegen werde ich, anstatt jetzt eine Trauerrede aus der Perspektive des Beobachters abzuhalten, Ihnen allen die Möglichkeit geben, nach vorn zu treten und zu erzählen, was Ihnen Edward bedeutet hat." Er hielt inne. „Edward war der erste, der an mich glaubte. Wissen Sie, ich wollte meinem Ruf folgen und Priester werden. Obwohl meine Eltern mit meiner Wahl einverstanden waren, hätten sie mich lieber im Finanzwesen oder irgendwo sonst mit besseren Verdienstmöglichkeiten gesehen." Er lächelte. „Ich erzähle Ihnen das nicht, um sie schlechtzureden. Wir besaßen nicht viel und sie wollten, dass ich es einmal besser habe als sie selbst. Edward begleitete mich, als ich ihnen sagte, was ich vorhatte. Er stand hinter mir. Es stellte sich heraus, dass es gar nicht notwendig gewesen wäre. Meine Eltern akzeptierten meine

Entscheidung, aber ich war nicht allein. Und das ist etwas, das ich niemals vergessen werde. Nicht allein zu sein."

Er trat zur Seite und wartete einige Sekunden. Niemand stand auf. Brighton sah sich um und hoffte, irgendjemand würde den Anfang machen. Schließlich stand Brianne auf und trat nach vorn. „Ich bin Brianne, Edwards Enkelin. Meine Eltern starben, als ich vierzehn war. Mein Bruder und ich lebten daraufhin bei unserer Tante und unserem Onkel." Ihr Blick wanderte hin und her. „Es war eine harte Zeit für mich. Ich war keine sehr angenehme Person. Das Leben war nicht fair und ich hasste alles und jeden. Die ganze Welt hatte sich verschworen und mir die genommen, die ich am meisten liebte." Brianne hielt inne. „Ich weiß zu schätzen, was alle zu der Zeit für mich und Brighton getan haben. Aber es war Grandpa, der mir sagte, dass das Leben weitergeht. Er hielt mich im Arm und sagte mir, dass ich stark sein und meinen eigenen Weg gehen müsste. Er sagte, ich würde Hilfe bekommen, aber dass ich klug und schlagfertig genug sei, um die Welt selbst zu bewegen." Sie drehte sich zum Pfarrer um und nickte. „Genau wie Sie musste ich mir nie Sorgen machen, allein zu sein. Grandpa schien mir immer den Rücken zu stärken. Die meiste Zeit habe ich nicht einmal realisiert, dass er immer da war."

Brighton nickte, als er Briannes Blick auffing. Er fühlte sich genauso und war dankbar, als Brianne sich wieder setzte. Es gab keinen Grund, alte Wunden wieder aufzureißen. Grandpa war für sie beide da gewesen, besonders als es schwierig wurde, mit Onkel, Tante, Cousine und Cousins zusammenzuleben.

Briannes Geschichte schien das Eis gebrochen zu haben. Auch andere standen jetzt auf. Ein Mann sprach davon, wie Grandpa im Hinterteil einer seiner Ziegen feststecken blieb. Eine der Damen sprach davon, wie sie jahrelang versucht hatte, ihrer Großmutter das Rezept für ihre sämige Muschelsuppe zu entlocken. Sie lachte. „Ich werde den Tag nie vergessen, als ich hinüberging, um Ed nach dem Rezept zu fragen, und er mir nur mit diesem verschmitzten Lächeln, das er immer aufsetzte, eine Kanne Suppe reichte. Er sagte, Eleanor hätte ihn zur Verschwiegenheit verpflichtet, aber jetzt, da sie nicht mehr war …" Sie holte ein Taschentuch aus ihrer Handtasche. „Dieser alte Kauz."

Brighton konnte nicht anders, als zu lächeln. Er konnte seinen Großvater beinahe vor sich sehen.

„Mit Eddie hatte das Leben immer eine gewisse Würze", erinnerte sich ein großer, grauhaariger Mann, der den Platz der Frau einnahm. Er bewegte sich langsam, aber kraftvoll. „Ich bin Thaddeus Winters, und Eddie und ich waren schon als Kinder befreundet. Unsere Farm lag direkt neben der, auf der Eddie sein ganzes Leben verbrachte. Wir beide haben die Kühe erschreckt und die Ziegen geärgert. Unsere Mütter schimpften und behaupteten, wegen uns würde die Milch sauer." Er hörte auf zu lächeln. „Als wir älter wurden, heiratete Eddie meine Cousine, und diese jungen Leute hier sind ein Teil meiner Familie." Er wandte sich ihnen zu. „Sie kennen mich nicht, weil ich nach dem Verkauf unserer Farm nach Kalifornien zog. Aber Eddie hat tapfer gekämpft. Er hat die Farm über all die Jahre hinweg am Leben gehalten. Das Land, auf dem ich aufwuchs und spielte, ist heute ein kleines Shoppingcenter. Ich erkenne dort nichts wieder, außer Eddies Hof."

Thaddeus trocknete sich die Augen. „Ich habe meinen alten Freund seit vielen Jahren nicht mehr gesehen, aber wir haben uns immer wieder geschrieben und telefoniert. Bis zum Ende war er derselbe Eddie, an den ich mich erinnerte, voller Leben." Er hielt wieder inne und Brighton konnte sehen, wie schwer es ihm fiel. Brighton selbst kämpfte schon lange mit den Tränen. Er stand auf und ging langsam nach vorn zu seinem Verwandten, den er nie kennengelernt hatte, und der jetzt dort vorn stand und vor Trauer taumelte. „Mein letzter Freund aus einer Zeit, in der Freunde noch wirklich etwas bedeuten, ist fort." Brighton nahm seinen Arm und sein entfernter Onkel schien sich wieder zu fangen. „Wir denken immer gern, dass früher alles einfacher war, und vielleicht war es das ja auch. Ich weiß es nicht. Die Kinder heute haben all diese Annehmlichkeiten, aber ich denke immer, dass die Dinge für sie immer noch so einfach sind, Freunde immer noch so wunderbar und dass sie in den gleichen Ärger geraten und die gleichen Abenteuer erleben wie Eddie und ich damals." Er trocknete seine Augen und trat ab, um sich wieder zu setzen, wobei er leicht Brightons Hand berührte.

Brighton zwang sich zu lächeln und wandte sich an die versammelte Gruppe. „Ich möchte eine meiner liebsten Erinnerungen mit euch teilen. Ich wurde zehn. Mom hatte einen Kuchen gebacken und wir hatten ihn zu Grandma und Grandpa gebracht, denn es war mein Geburtstag und ich wollte auf der Farm feiern." Brighton holte tief Luft. „Wisst ihr, ich dachte, wenn wir da sind, bekomme ich noch einmal mehr Geschenke." Brighton zuckte mit den Schultern, als die Leute lächelten, und gluckste leise. „Ich war ein Kind, was wusste ich schon? Wie auch immer, als wir ins Haus traten, waren keine Geschenke zu sehen, bis auf die, die meine Eltern mitgebracht hatten. Wir aßen zu Mittag und dann tranken wir Kaffee. Mom und Dad ließen mich die Geschenke auspacken und ich erinnere mich, dass ich danach zu Grandma schaute." Er ließ seinen Blick über die Leute wandern. Alle sahen ihm gespannt zu. „Grandma schaute zu Grandpa, schlug die Hand auf den Mund und japste erschrocken, als hätte sie das Geschenk vergessen. Dann lachte sie und sagte, mein Geschenk sei draußen im Stall. Wollten sie mir ein Pony schenken? Ich war so aufgeregt, dass ich aufsprang und nach draußen lief. Grandpa folgte mir und als er mich einholte, führte er mich zu einer kleinen Box im Stall und hob ein Lamm heraus. Es war so winzig. Er reichte mir das Lamm und eine Flasche, und er erzählte mir, dass das Muttertier gestorben sei und sich jetzt jemand um das Kleine kümmern müsste. Grandma hatte gesagt, ich sollte es bekommen und ein paar Wochen bei ihnen bleiben und helfen, das Lamm großzuziehen." Brighton seufzte und lächelte. „Ich habe praktisch im Stall übernachtet. Das hätte ich zumindest, hätte Grandma es erlaubt."

Viele Köpfe nickten und so viele Gesichter lächelten. Brighton ignorierte bewusst die ausdruckslosen Mienen seiner Tante und Cousins. Sie zählten nicht, zumindest nicht in diesem Moment. „Lange habe ich gedacht, das Lamm wäre mein Geschenk gewesen. Aber als es älter wurde, wurde es wieder in die kleine Herde integriert und abgesehen davon, dass es mir ab und zu noch hinterherlief, hatte ich immer weniger Kontakt mit ihm je älter es wurde. Nein, das wirkliche Geschenk war nicht das Lamm – es war die Zeit. Es waren die Wochen, die ich mit meinen Großeltern verbringen und mich um das kleine Lamm kümmern durfte. Das war das Geschenk – sich um ein anderes Wesen zu kümmern, während sie sich gleichzeitig um mich kümmerten und mir die Möglichkeit gaben, zu rennen und draußen zu spielen, genau wie Mr. Winters eben sagte. Sie gaben mir ein paar Wochen einer Kindheit, die viele Kinder so nicht erfahren dürfen. Im Wesentlichen war das Geschenk ihre Zeit und ihre Liebe. Und die Lektion, die ich dabei lernte, ist, denke ich, dies so gut es geht zu nutzen. Denn irgendwann geht alles zu Ende. Wir werden erwachsen, entwickeln uns weiter und alles, was uns bleibt, sind unsere Erinnerungen." Brighton kehrte langsam zu seinem Sitz zurück, erleichtert, dass er alles hatte sagen können, was er sagen wollte, ohne daran zu zerbrechen.

Er erreichte seinen Stuhl und setzte sich hin. Brianne reichte ihm ein Taschentuch und schenkte ihm ein flüchtiges Lächeln. Er drehte sich zu Tanner, der sich näher an ihn heranlehnte. „D-Das war wirklich schön." Andere standen auf und sprachen, nahmen sich ein paar Minuten Zeit, zu erzählen, was ihnen sein Großvater bedeutet hatte. Schließlich stand seine

Tante auf und sprach eine Weile darüber, wie es gewesen war, mit ihrem Vater aufzuwachsen. Es klang einstudiert und trocken. Als sie sich setzte, trat der Priester wieder nach vorn, sagte ein paar abschließende Worte, und die Gemeinschaft zerstreute sich.

Es wurde zum Essen geladen, weshalb sie sich auf den Weg zum Restaurant machten, das nicht weit von der Kapelle entfernt lag. Es war nichts Besonderes, aber Grandpa war dort seit Jahren ein Stammgast beim Frühschoppen gewesen, also erschien es angemessen. Sofort teilte sich die Gesellschaft in kleine Grüppchen auf, je nachdem, wer wen kannte. Brighton saß mit Brianne und Tanner am Ende eines langen Tisches, der sonst unbesetzt blieb, bis Mr. Winters sich neben Brianne niederließ. „Ist es in Ordnung, wenn ich mich zu Ihnen setze?"

„Natürlich", sagte Brianne freundlich. „Unsere anderen Verwandten sind im Moment ja nicht allzu angetan von uns."

Er machte ein spöttisches Geräusch und Brighton verspürte augenblicklich Zuneigung. „Offenbar gibt es Streitigkeiten um die Farm."

„Eigentlich gar nicht. Grandpa hat sie mir hinterlassen und ich werde dort leben, zumindest für eine Weile." Brighton drehte sich zur Seite. „Das hier ist Tanner. Er hilft mir auf der Farm. Ich kann nicht fahren und schwere Arbeit steht nicht zur Debatte, also übernimmt er die meisten Aufgaben."

Mr. Winters streckte seine Hand aus und Tanner schüttelte sie. „Sie sehen aus, als wären Sie für Farmarbeit gemacht."

„Ich habe auf einer R-R-Ranch gearbeitet, bevor ich h-h-hergezogen bin", sagte Tanner.

Mr. Winters nickte hinüber zu den anderen Familienmitgliedern. „Und die denken, Sie sollten verkaufen? Was geht es die denn an, was Sie mit Ihrem Erbe machen?"

„Wenn ich verkaufe, bekommen sie einen Teil des Geldes. Bleibe ich, gehört die Farm mir." Brighton spähte hinüber zu seinen Cousins, die die Köpfe zusammensteckten. „Ich verstehe, was Grandpa damit beabsichtigt hat, aber es hat einige Probleme verursacht. Nicht, dass wir uns jemals wirklich gut verstanden hätten, aber Tante Vera hat auf den Verkauf der Farm spekuliert, um den Lebensstil weiter zu finanzieren, an den sie sich so gewöhnt hat."

Mr. Winters schnaubte erneut verächtlich. „Geben Sie nicht nach."

„Das habe ich nicht vor, vorausgesetzt, dass ich herausfinde, wie sich die Farm bezahlt macht. Sie haben den Ort gesehen. Sie ist von allen Seiten von der Moderne umringt und nicht besonders groß."

„Wenn Sie Zitronen bekommen, machen Sie Limonade daraus. Das Land ist gut, das war es immer. Finden Sie heraus, was die Leute um Sie herum brauchen und bieten Sie ihnen genau das. Gemüse funktioniert immer. Sie könnten es an einem Stand verkaufen. Züchten Sie Tiere für Fleisch." Er hielt inne. „Obwohl der Geruch ein wenig aufdringlich werden kann, und Sie wollen ja ein guter Nachbar sein."

„Sie verstehen mein Problem. Ich habe sechzehn Hektar Land. Ich könnte Mais darauf pflanzen und so gut wie nichts daran verdienen."

„Das ist wahr. Aber dann ist da der Obstgarten. Obstbäume können sich bezahlt machen. Besonders in einer Gegend wie der Ihren, wenn Sie sie frisch vom Baum verkaufen oder die Leute sie sich selbst pflücken lassen können."

„Das stimmt, aber die Bäume sind sehr alt und es würde Jahre dauern, neue anzupflanzen", gab Brighton zu bedenken.

Mr. Winters verdrehte die Augen. „Junge, Sie sind ja wirklich ein wahrer Sonnenschein. Sie müssen herausfinden, was Sie tun *können*. Sie haben einen Stall, also können Sie Vieh halten. Sie haben etwas Land, also können Sie anbauen. Finden Sie heraus, was Ihnen am meisten einbringt, und tun Sie genau das. Sie arbeiten auch nebenbei, richtig?"

„Ja."

„Also ist alles, was Sie tun müssen, dafür zu sorgen, dass sich das Land selbst trägt. Wenn Sie es zulassen, wird es funktionieren." Mr. Winters wandte sich an Tanner. „Haben Sie irgendwelche Ideen? Ich sehe, dass Sie zuhören. Sie haben bestimmt etwas im Kopf." Tanner zuckte die Schultern. „Wenn Sie etwas sagen wollen …"

„Ich d-denke über Brightons G-G-Geschichte mit den Tierbabys nach. A-A-Alle lieben Tierbabys."

„Das stimmt", meinte Brighton. „Aber wie machen wir das zu einem Geschäft?"

„Das müssen Sie herausfinden." Mr. Winters lächelte, als der Kellner ihnen Teller vor die Nase stellte. „Es gibt Websites mit nichts weiter als Tierbabys."

„Okay", sagte Brighton, in erster Linie, um das Thema abzuschließen. Er wollte herausfinden, was das Beste für die Farm sein würde, aber irgendwie hatte er das Gefühl, dass gerade nicht die ideale Zeit für geschäftliches Brainstorming war. „Wir müssen das durchdenken." Brighton probierte von seinem Schinken. „Wie lange bleiben Sie in der Stadt?"

„Bis morgen. Ich wohne bei ein paar Freunden. Ich nehme gleich den ersten Flieger."

„Wenn Sie Zeit haben, kommen Sie gern bei mir auf der Farm vorbei."

„Ich werde es versuchen, aber dieses Mal schaffe ich es wohl nicht. Das nächste Mal, wenn ich in der Gegend bin." Mr. Winters lächelte und begann zu essen.

Das Gespräch brach ab und sie genossen ihr Essen. Als alle ihr Mahl beendet hatten, mischte sich die Gesellschaft durch und andere setzten sich zu ihnen und tauschten Anekdoten über ihren Großvater aus. Es wurde ein recht angenehmer Nachmittag.

„Wir müssen langsam zurück", sagte Brighton zu Brianne, als Tanner auf seine Armbanduhr zeigte. „Die Tiere müssen gefüttert werden und Tanner sollte irgendwann noch nach Hause." Er stand auf und verabschiedete sich von ihren Tischnachbarn. Von Mr. Winters verabschiedete er sich ausgiebiger und wiederholte seine Einladung auf die Farm.

„Ich werde kommen", sagte Mr. Winters lächelnd. Nachdem sie sich von allen anderen verabschiedet hatten, gingen sie wieder zum Lastwagen. Tanner verabschiedete sich von Brianne und sie machten ihre Pläne für Briannes Abschlussfeier. Brighton bestand darauf, dass er Brianne im Anschluss zum Abendessen ausführte, und dann fuhren sie zurück zur Farm. Als sie dort ankamen, ging Brighton ins Haus und Tanner Richtung Stall. „Solltest du dich nicht umziehen?", fragte Brighton aus der offenen Tür heraus.

Tanner holte einen Rucksack aus dem Lastwagen und folgte ihm ins Haus. Als er sich umgezogen hatte, ging er direkt zum Stall und Brighton setzte sich mit seinem Laptop in seinen Lieblingsstuhl. Nach einer Weile kehrte Tanner vom Stall zurück und schloss die Tür für die Nacht. Dann ging er wieder hinüber zu Brighton. „Ich g-g-geh jetzt."

Brighton stellte seinen Computer beiseite und stand auf. „Danke für alles heute. Du warst mein Lebensretter und dabei hättest du das alles nicht tun müssen." Er versuchte sich an das letzte Mal zu erinnern, als jemand anderes als Brianne etwas aus purer Nettigkeit heraus für ihn getan hatte, und es fiel ihm wirklich schwer ... Grandpa war der einzige, der ihm sonst noch einfiel. Brighton trat einen Schritt näher heran und hatte eigentlich vor, Tanner auf die Schulter zu klopfen, aber plötzlich gab sein Bein nach und er fiel nach vorn. Tanner fing ihn mit seinen starken Armen auf und drückte Brighton an seine kräftige Brust. Brighton hob den Blick, schaute Tanner direkt in die Augen, und dann küsste Tanner ihn.

Tanners Lippen auf den seinen schickten Stromstöße durch seinen ganzen Körper. Brighton schloss die Augen. Das war es, wovon er geträumt hatte. Die Erregung breitete sich schnell aus, zu schnell, und Brighton drehte sich etwas zur Seite, nicht sicher, ob Tanner wirklich merken wollte, wie sehr ihn das anmachte. Tanners Griff wurde noch fester und eine seiner Hände wanderte seinen Rücken hinunter zur seinem Hinterteil, während er den anderen Arm fest um Brightons Körper geschlungen hatte und ihn an seine breite Brust drückte. Brighton stöhnte leise und ließ seinen Stock fallen. Er landete auf dem Verandaboden, aber Brighton kümmerte es nicht. Er presste seine Hände gegen Tanners mächtige Brust und ließ sie langsam nach oben und um seinen Nacken gleiten, wo er sich festklammerte.

Als der Kuss abbrach, schnappte Brighton nach Luft und fing Tanners glühenden Blick für einen Moment auf, bevor dieser seine Lippen noch einmal auf Brightons Mund presste. Gott, Tanner schmeckte gut, fühlte sich gut an – verdammt, er klang sogar gut, dieses tiefe, rumpelnde Stöhnen weit unten in seiner Kehle. Brightons Füße wurden von der Veranda gehoben, als Tanner sie beide in Richtung der Haustür bewegte. Brighton hielt sich an seinem Nacken fest, nicht gewillt, den Kuss zu beenden. Er brauchte diese Energie, die sich durch Tanner in ihn ergoss, er sog sie auf wie ein Schwamm.

Tanner stieß die Tür auf und das Fliegengitter schlug wieder hinter ihnen zu. Die Wand drückte hart gegen Brightons Rücken und Tanners starkes, willkommenes Gewicht hielt ihn von vorn. Tanner setzte Brighton wieder auf seine Füße, wobei sich ihre Lippen leicht voneinander lösten. Brighton lockerte seine Hüfte und seine eingeengte Erektion traf auf Tanners ähnlich große, die seinen Druck erwiderte.

„Tanner", flüsterte Brighton und hob sein Kinn, während Tanner seine Zunge über seinen Hals wandern ließ. Das Wort verklang zu einem Wimmern. Er konnte sein eigenes Gewicht nicht mehr halten. Wenn er sich Tanners Griff jetzt entzog, würde er dank seines kranken Beins an der Wand herunter zu Boden rutschen. Aber er vertraute Tanner und wusste, dass das nicht geschehen würde. Tanner küsste Brighton noch einmal, dieses Mal etwas sanfter, und dann wurde der Druck etwas erträglicher und ließ nach. „Verdammt."

„Ich w-wollte ..."

Brighton konnte Tanners Nervosität förmlich spüren. Die positive Energie zwischen ihnen wurde von irgendetwas Dunklerem überschattet. Brighton zog Tanner zu sich heran und küsste ihn, um ihm das Wort abzuschneiden. Sie brauchten keine Worte. In den letzten Sekunden hatten sie so viel ohne Worte gesagt, und Brighton war mehr als nur bereit, diese Art der Konversation fortzusetzen.

Als Tanner sich dieses Mal von ihm zurückzog, tat er es mit einem verführerischen Lächeln. Sanft streichelte er Brightons Wange. Tanners hartes Glied pulsierte neben seinem und Brighton schloss die Augen und genoss das Gefühl, von dem er nicht erwartet hatte, es jemals wieder zu spüren … von seinem eigenen besten Stück einmal abgesehen. „Ich sollte vielleicht gehen", flüsterte Tanner ohne einen Hauch seines Stotterns. Vielleicht hatten sich seine Nerven beruhigt, aber Brighton war sich nicht völlig sicher. Tanner wich leicht zurück und Brighton nutzte die Wand als Stütze, um sicher auf seinen Füßen zu stehen. Erst dann trat Tanner komplett zurück.

Trotz der warmen Luft fröstelte Brighton ohne die starke Hitze, die von Tanner ausging, leicht. Tanner verließ den Raum und kehrte dann mit Brightons Stock zurück, den er ihm in die Hand drückte. „Bis morgen dann."

Brighton nickte, ein wenig benommen von dem, was gerade passiert war. Er blinzelte ein paar Mal und schaute Tanner hinterher, als er den Raum verließ und die Fliegengittertür hinter sich zuschlug. Verdammt, so hatte er noch nie geküsst. Sicher, er war schon von Männern geküsst worden, er hatte Partner gehabt. Gut, *einen* Partner, aber während der ganzen Beziehung waren Brightons Schuhe bei keinem Kuss so geschmolzen wie gerade. Er schaute auf den Boden und erwartete fast, seine nackten Füße und eine schwarze Pfütze auf dem Teppich zu sehen.

Er atmete tief ein und richtete seinen Stock aus, bevor er sich traute, einen Schritt von der Wand wegzumachen. Sein Herz klopfte noch immer, als das heisere Dröhnen von Tanners Motorrad die Stille durchbrach. Brighton schaute aus dem Fenster und sah, wie Tanner davonfuhr. Der Anblick schien den Bann zu brechen, unter dem er bis dahin gestanden hatte.

Brighton seufzte und ließ den alten Vorhang wieder in seine Ausgangslage zurückfallen. Tanner war stark, lebhaft, intensiv und bei Gott … heiß genug, um Eisen zum Schmelzen zu bringen. Also was sah er bloß in einem Mann, dessen Bein zu den unmöglichsten Gelegenheiten einknickte, und der nicht einmal ohne Hilfe über den Hof gehen konnte? Von diesen Küssen einmal abgesehen, was zur Hölle wollte Tanner von ihm? Brighton war kein ganzer Mann, und Tanner verdiente so viel mehr. Er drehte sich um und machte sich langsam auf den Weg in die Küche. Er war immer noch gesättigt vom Mittagessen, hatte aber großen Durst. Aus dem Kühlschrank angelte er sich ein Bier, dann noch eins, und hielt die Flaschen zwischen seinen Fingern. Die scharfen Kanten der Kronkorken schnitten ihm in die Finger, aber es war ihm egal. Er schloss die Kühlschranktür und verließ dann den Raum, kehrte auf die Veranda zurück und ließ sich in den Stuhl sinken. Seinen Stock ließ er neben sich fallen, öffnete die erste Bierflasche und leerte sie in einem Zug bis zur Hälfte.

Er brauchte es jetzt. Jegliche Zweifel der letzten Monate, alles, was er an seinem Leben je in Frage gestellt hatte, übermannte ihn auf einmal. Er musste die Gefühle irgendwie ertränken. Zwei Bier waren zwar nicht die Lösung, aber ein Anfang, und wenn er damit fertig war, konnte er zu etwas übergehen, das die Aufgabe erfüllen würde. Brighton leerte sein Bier, öffnete das nächste und wippte mit der Flasche in der Hand langsam vor und zurück. „Ich vermisse dich, Grandpa." Er nahm einen Schluck. „Warum konntest du mir nicht sagen, was du von mir willst? Du hast mir dieses Land hinterlassen, aber …" Zum millionsten Mal dachte er darüber nach, das Handtuch zu werfen. Egal, was er auf der Beerdigung gesagt hatte, vielleicht wäre es das Einfachste, zu verkaufen und sich aus der Sache zurückzuziehen. Es würde alle glücklich machen. Brighton seufzte und wusste, kaum dass er den Gedanken zu Ende gedacht hatte, dass ein Verkauf *ihn* nicht glücklich machen würde.

Brighton leerte sein Bier und stand auf. Er fühlte sich wacklig auf den Füßen, aber entschlossen. Er griff nach seinem Stock, stieg langsam die zwei Stufen hinunter und ging dann über den Hof zum Stall, öffnete die Tür und trat hinein.

Es roch nach frischem Stroh, Heu und den Tieren. Er ging hinüber zu den Schafboxen und setzte sich auf einen Strohballen. Eines der Schafe kam zu ihm herüber und Brighton strich sanft über die raue, matte Wolle. Er erinnerte sich an sein Lamm und wie weich dessen Wolle gewesen war. Vor dem Sommer musste er seine Schafe scheren lassen. Es gab so vieles, was er tun musste. „Dir gefällt es hier, nicht wahr?", fragte er und das Schaf blinzelte ihn an, bevor es davontrottete. „Mir auch." Wenn er nur wüsste, was er tun sollte, und nicht so verdammt schwach wäre.

Seine Gedanken drifteten von der Farm zu Tanner. Was sollte er mit ihm anfangen? Er hatte von ihm geküsst werden wollen, verflucht, seit er ihn das erste Mal getroffen hatte, hatte ihn besteigen wollen wie den Mount Everest. Aber was konnte Tanner bloß in Brighton sehen? Er war ein gebrochener Mann und Tanner war gesund. Typen wie er standen doch nicht auf dürre, lahme Burschen. Tanner könnte jeden bekommen, den er wollte – es war ihm wohl nur nicht klar. Was, wenn Brighton Tanner jetzt hinterherrannte und er dadurch erkannte, was er haben konnte? Tanner würde doch nie bei einem Niemand wie ihm bleiben, dessen war Brighton sich sicher. „Ich wünschte, ich wüsste die Antworten."

Eine der Ziegen steckte ihren Kopf zwischen den Brettern ihrer Box hervor und schaute ihn schräg an. „Du siehst aus, wie ich mich fühle, verwirrt und blöd." Brighton starrte zurück. „Wenn du doch eine Antwort für mich hättest, ich selbst habe nämlich ganz sicher keine." Die Ziege schaute ihn nur an und blinzelte ein paar Mal. „Ja, du bist auch keine Hilfe." Brighton stand auf und wanderte durch den Stall zum Pony, das auf seinem Heu herumkaute. Sanft klopfte er auf den Hals des Tieres, während er laut nachdachte. „Es muss einen Weg geben, wie ich genug Geld verdiene, um mir euer Heu und Stroh zu leisten." Die Rechnung für den Lieferservice und die Vorräte am Anfang der Woche hatten ihm die Augen geöffnet. Solche Kosten hatte er nicht erwartet, aber verdammt. Noch hatte er etwas Geld – was die Farm allerdings schnell verschlingen würde, sofern er nicht einen Weg fand, wie auch wieder etwas hineinkam. Er fragte sich, wie sein Großvater das geschafft hatte. Grandpa hatte seine Tiere all die Jahre gehalten und gefüttert, ohne jemals in Geldnöte zu geraten. Oder war da mehr Geld gewesen, und Grandpa hatte es einfach aufgebraucht?

Alles war außer Kontrolle, und er verstand es nicht. Die Landwirtschaft war ein Rätsel, und Tanner war ein noch größeres Rätsel. Brightons Blick wanderte vom Pony zu seinen Beinen. Vielleicht könnte er all das stemmen, wenn er voll funktionstüchtig wäre, aber zurzeit war er selbst in seinem eigenen Zuhause oft hilflos. Die verdammte Farm gehörte ihm, aber er selbst konnte fast nichts damit anfangen. „Fuck, das ist mal verzwickt", motzte er laut.

Brighton saß so lange im Stall, bis das Licht draußen zuerst weicher wurde und sich dann allmählich verdunkelte. Bevor es komplett dunkel wurde, verließ er den Stall und schloss die Tür hinter sich, bevor er zum Haus zurückkehrte. Er war nicht wirklich hungrig, aber er machte sich schnell etwas in der Mikrowelle warm, von dem er dann kaum etwas probierte. Als es dunkel wurde, überlegte er, ob er fernsehen sollte, aber eigentlich war er zu erschöpft, sowohl emotional als auch körperlich. Langsam stieg er die Treppe hinauf. Sein Bein schmerzte fürchterlich und er dachte bei sich, dass es wohl wieder Zeit wurde, den Arzt aufzusuchen. Wenn sich sein Zustand verschlimmerte, dann wollte er es sicher wissen.

Er lebte in ständiger Angst davor, dass die ganzen Kunststücke, die man mit seinem Bein unternommen hatte, plötzlich nicht mehr funktionieren könnten und er plötzlich im Rollstuhl oder ganz ohne Bein endete. Immerhin hatte er es bis zum Treppenabsatz und ins Badezimmer geschafft. Es war ein uraltes Bad, aber es funktionierte. Wenn er dazu kam, endlich zu renovieren, war das hier der erste Raum, der dran war. Er wollte eine große Whirlpoolbadewanne, in der er sein Bein ausstrecken und aufwärmen konnte. Im Moment klang das für ihn wie das Paradies. Aber wie es nun einmal war, würde das Paradies noch eine Weile warten müssen. Er benutzte die Toilette, räumte etwas auf und verließ das Badezimmer.

Im Stillen schickte er ein Dankgebet an Brianne, die sehr gute Arbeit geleistet und ihm ein wirklich nettes Schlafzimmer hergerichtet hatte. Es war warm, einladend und er fühlte sich gleich zu Hause. Die anderen Räume im Haus fühlten sich alle an, als würden sie noch Grandpa gehören. Dieses Zimmer hier war seins. Brighton öffnete das Fenster, zog sich aus und glitt zwischen seine Bettlaken. Ihm war warm und die Luft war stickig. Er musste sich irgendetwas Klimatisierendes für diesen Raum einfallen lassen.

Als die kühle Nachtluft sich im Raum ausbreitete, wurde es erträglicher und Brighton fühlte, wie sein Körper langsam in den Schlaf hinübergleiten wollte. Sein Geist war da allerdings anderer Meinung. Alles, woran er denken konnte, war Tanner, der Kuss, und was das zu bedeuten hatte. Er mochte den Mann, er war fasziniert von ihm und er saß stundenlang auf der Veranda, nur um ihn zu beobachten. Brighton war klar, dass er wie ein Stalker wirken musste, aber es juckte ihn nicht. Er schloss die Augen und sah Tanner vor sich, wie er sich vornüberbeugte um einen Pfosten in den Boden zu rammen oder die schweren Balken hochhob, wobei sich die Muskeln unter seinem Shirt anspannten und beinahe dessen Nähte sprengten.

Aber Tanner hatte nicht nur körperliche Vorzüge, obwohl er da schon sehr gut ausgestattet war. Brighton mochte ihn und genoss es, sich mit ihm zu unterhalten. Natürlich sprach Tanner nicht viel, aber wen kümmerte das schon? Smalltalk wurde überbewertet. Gespräche mit Tiefgang waren das, was zählte, und Taten, und Tanner war so selbstlos gewesen, ihn und Brianne zur Beerdigung zu begleiten. Ohne Zweifel war Tanner eine gute Seele in einer scharfen Verpackung. Was Brighton nicht verstand, war, was er mit einem dürren, lahmen Typen wie ihm anfangen wollte. Er hatte doch wirklich nichts zu bieten, und, nicht zu vergessen, Tanner war sein Angestellter. Er seufzte und versuchte einzuschlafen, aber im Endeffekt lag er noch einige Stunden lang wach. Irgendwie musste er morgen für Briannes Abschlussfeier doch ausgeschlafen und aufmerksam wirken. Aber egal, wie er aussah, er würde sein Bestes geben, um den Tag für sie zu einem ganz besonderen zu machen.

4

AM NÄCHSTEN Montagmorgen kam Tanner schon früh bei der Farm an. Er gähnte herzhaft, als er die Stalltür öffnete. Alles, woran er denken konnte, war das Gefühl von Brightons Lippen auf seinen und wie sie geschmeckt hatten. Mehr als einmal hatte er seitdem stillgestanden, die Augen geschlossen und an Brighton gedacht und daran, wie lebendig er sich gefühlt hatte. Wie er gebebt hatte, als Brighton sich an ihm festgeklammert hatte. Er gähnte noch einmal aus vollem Herzen und fragte sich einen Augenblick lang, ob er wohl einen Ort für ein paar ruhige Minuten finden musste. Er verwarf den Gedanken und ging stattdessen hinüber zu dem Verschlag für die Schafe und spähte hinein.

Leer. Die Box war leer. Augenblicklich verschwand Tanners Müdigkeit. Er schüttelte den Kopf, um sicherzugehen, dass er sich nichts einbildete, sprang dann in die Box und lief hinüber zu der kleinen Tür, die ins Außengehege führte. Sie schwang offen. Das allein sollte allerdings kein Problem darstellen. Tanner trat nach draußen und hoffte, die Schafe dort in ihrem Auslauf zu finden. Zu seiner Bestürzung war der Außenbereich ebenso leer wie der Stall. Er konnte nicht auf den ersten Blick erkennen, wo der Zaun nachgegeben haben musste, aber dann entdeckte er einen einzigen Balken, der direkt neben dem Stall auf dem Boden lag. Tanner stöhnte, kletterte über den Zaun und schaute sich um. Er musste dringend die vier Schafe wiederfinden. Ganz am Ende des Grundstücks entdeckte er etwas, das wie eines der Tiere aussah. Leise fluchend rannte Tanner über das Feld. Er wurde erst langsamer, als er die kleine Schafherde entdeckte, die sich seelenruhig über das frische Gras hermachte.

Eines hob den Kopf, blökte leise und begann, davonzutrotten. Die anderen folgten. Tanner ging in einem großen Kreis um die Tiere herum und tauchte hinter ihnen auf. Das Leitschaf drehte sich um und begann, die kleine Herde zurück in Richtung des Stalls zu führen. „Macht schon, ihr dummen Schafe", sagte Tanner, jedoch ohne Zorn, während sie langsam weitertrotteten.

Als sie sich dem Hof näherten, sah Tanner, wie Brighton auf den Stall zuging und stehen blieb, als er die kleine Parade erblickte. Brighton öffnete das Stalltor und die Schafe zockelten hinein. Tanner folgte ihnen und kontrollierte, dass sie allesamt im Stall verschwanden. Er schloss die Tür und eilte hinein, um alles abzusichern. „Sie hatten Lust auf einen Ausflug", sagte er und fühlte sich wie ein Idiot, der nicht einmal die Tür richtig verriegeln konnte. „Ich muss den Zaun reparieren, bevor wir sie wieder herauslassen können." Gott sei Dank hatte er alles parat, was er dafür brauchte.

„Ich kann sie füttern, wenn du das Wasser schleppst", sagte Brighton. „Danach kannst du den Zaun reparieren."

„Danke." Tanner füllte die Eimer und versorgte alle Tiere mit Wasser, bevor er nach draußen eilte und am Zaun zu arbeiten begann. Es würde ein heißer Tag werden. Die Sonne brannte schon jetzt erbarmungslos. Tanner zog sein leichtes Hemd aus, hängte es über den Zaun und machte sich an die Arbeit.

Die Reparatur dauerte nicht lange und er kehrte in den Stall zurück. „Was ist passiert?", fragte er und eilte zu Brighton, der gerade versuchte, wieder auf die Beine zu kommen. Er fasste Brighton unter die Achseln und zog ihn hoch. „I-Ist dein B-B-Bein eingeknickt?"

„Nein, ich bin auf dem Stroh ausgerutscht." Brighton stand wieder und stützte sich schwer atmend auf seinen Stock. „Scheint, als könnte ich gar nichts selbst tun. Ich sollte wenigstens den Schafen Futter geben können, aber nein." Er lehnte sich gegen eine der halbhohen Holzwände. „Jetzt tut mein Bein weh, und …" Tanner hob Brighton hoch und hievte ihn in seine Arme. „Was machst du da?"

„Dich zur V-V-Veranda zurückbringen", sagte Tanner und lief über den Hof. Er war erschrocken, wie leicht Brighton war.

„Mir geht's gut", protestierte Brighton, aber Tanner merkte, dass er sich ihm nicht im Geringsten widersetzte. Stattdessen lehnte er sich an ihn und strich leicht mit seiner freien Hand über Tanners Brust. Seine Berührung schickte einen Stromschlag durch seinen ganzen Körper. Augenblicklich wurde er so hart wie ein Baumstamm, und sein Glied pulsierte in seiner Hose. Er stieg die Verandastufen hinauf und legte Brighton sanft auf die alte Weidenbank.

„Du solltest vorsichtiger sein", sagte Tanner sehr konzentriert. Er wollte nicht stottern, nicht mit Brightons Lippen direkt an seinen, und er konnte fühlen, wie er nervös wurde.

„Ich bin nicht mit Absicht gestürzt", sagte Brighton etwas hitzig.

Das hatte Tanner auch nicht erwartet, und er öffnete seinen Mund, um zu protestieren, aber er wusste, dass er nicht viel mehr als Wortfetzen und Gestotter herausbringen würde, also schloss er ihn wieder, lehnte sich zu Brighton hinüber und küsste ihn hart. Er wusste, dass dies die einzige Methode war, wie er ihn zum Schweigen bringen konnte, aber es hatte auch einen anderen Effekt. Brighton stöhnte leise und ließ einen Arm um Tanners Nacken gleiten. Seine andere Hand legte er flach auf Tanners Brust, bewegte sie sanft und ließ seine Finger um Tanners Brustwarze kreisen. Fuck, fühlte sich das gut an. Tanner küsste ihn noch leidenschaftlicher und wünschte, er hätte nicht auf der Veranda Halt gemacht, sondern Brighton gleich ins Haus getragen – verflucht, warum nicht gleich hinauf in sein Bett?

Er zog sich zurück und straffte den Rücken. Brightons Hände glitten von seinem Körper. Tanner seufzte und trat einen Schritt zurück. Wenn sie so weitermachten, wäre er bald nicht mehr Herr seiner Taten.

„Warum hast du aufgehört?" Brighton setzte sich langsam auf.

„Ich …" Tanner dachte über seine Worte nach. „Es lief nicht gut für mich." Das war wohl die Untertreibung des Jahrhunderts.

„Für mich auch nicht", sagte Brighton. „Ich hab' verdammt noch mal kein Glück mit den Männern."

Tanner lächelte. „Ich a-auch nicht."

Brighton erwiderte Tanners Blick so fest, als erwartete er, dass Tanner ihm jetzt Einzelheiten erzählte. Der Gedanke daran erfüllte ihn mit Angst. Er war nicht stolz auf das, was passiert war. „Ich muss …", fing er an und zeigte in Richtung Stall. Dann drehte er sich um, sprang die Veranda hinunter und eilte zurück über den Hof. Im Stall ließ er die Ziegen hinaus in ihr Außengehege und begann mit dem Ausmisten. Er brauchte körperliche Arbeit, musste diese verdammten Gefühle wegschuften. Sie mussten verschwinden. Er konnte nicht noch einmal das Gleiche durchleiden. Nicht, dass er glaubte, Brighton wäre auch nur im Ansatz so wie Royce und seine Familie … schon der pure Gedanke an ihn brachte sein Blut zum Kochen.

„Onkel Tanner?" Er drehte sich um, als sein Neffe in den Stall gerannt kam. Marky blieb stehen und hielt sich die Nase zu. „Puh", sagte er. „Hier ist ja Kacke drin." Er lief auf Zehenspitzen herum. „Ist das die Kacke?"

Tanner war sowohl amüsiert als auch überrascht und er schüttelte den Kopf angesichts der Reaktion seines Neffen. „Es ist Ziegenkacke." Er konnte nicht anders, als zu lächeln. Er selbst roch den Geruch schon längst nicht mehr. „Lass mich das hier fertigmachen, dann zeige ich dir und Josh die Tiere."

„Aber keine Kacke", sagte Marky, drehte sich um und verließ den Stall. Tanner beendete seine Arbeit und schob die letzte Fuhre Mist nach draußen. Alicia und die zwei Jungs standen draußen neben der Koppel, wo das Pony vor sich hin mampfte und ihnen kaum Aufmerksamkeit schenkte. Tanner leerte die Schubkarre und trat dann zu der kleinen Gruppe.

„Schön, dass ihr gekommen seid."

„Brighton hat gesagt, wir könnten vorbeikommen und die Tiere sehen, und die Jungs waren so energiegeladen, dass ich sie aus dem Haus scheuchen musste." Alicia sah erschöpft aus.

„Ich muss das eben fertigmachen. B-Bin gleich zurück." Tanner eilte hinein und verteilte neues Stroh in der Ziegenbox. Dann ging er wieder hinaus und hob Marky unter dessen vergnüglichem Quietschen in die Luft. „D-Das hier sind Ziegen." Tanner öffnete das Gatter, nahm Josh bei der Hand und führte seine Neffen auf die Weide. Neugierig scharten sich die Ziegen um sie herum.

„Beißen die?", fragte Marky.

„Nur, wenn sie Angst bekommen."

Marky streichelte eine der Ziegen. Josh drückte sich eine Weile im Hintergrund herum, bis Marky zu lachen begann. Alicia schaute ihnen vom Zaun aus zu. Schließlich streichelte auch Josh eine der Ziegen und drehte sich grinsend zu seiner Mutter um. „Haarig."

„Ja, sie sind haarig", stimmte Alicia zu. Josh fuhr damit fort, die Ziege vorsichtig zu streicheln. Es waren nur vier Tiere, aber sie alle rangelten um die Aufmerksamkeit der Jungen.

Tanner schaute den Jungs zu, und als er sich wieder zu Alicia wandte, hatte Brighton sich zu ihr gesellt. Sie unterhielten sich und Brighton schaute den Jungs lächelnd zu.

„Onkel Tanner, können wir auf dem Pony reiten?", fragte Marky und zeigte zur Koppel.

Tanner drehte sich zu Brighton um, der nickte. „Natürlich. Im Stall ist ein Sattel."

Tanner holte den Sattel, sowie die Bürsten und einen Kamm. Als er zurückkam, hob er die Jungs aus dem Ziegengehege und nahm sie mit auf die Pferdekoppel. Dort striegelte er das Pony und legte ihm den Sattel auf, bevor er es auf den Hof führte. „Wie heißt das Pony?", wandte Marky sich an Brighton.

„Napoleon", antwortete Brighton. Er stand immer noch neben Alicia, die Josh bei der Hand nahm, als Tanner Marky auf das Pony hob.

„Du bist auch gleich dran", sagte Alicia zu Josh, der zu jammern begann.

Tanner führte Napoleon um den Hof herum. Marky lachte und rief laut „Hüh!", was das Pony geflissentlich ignorierte, und sie beendeten ihren unspektakulären Ausflug um den Hof. Dann half Tanner ihm herunter und hob stattdessen Josh nach oben. Alicia hielt weiterhin Joshs Hand fest und langsam gingen sie auf dem Hof im Kreis. Beide Jungen schienen ihren Ritt zu genießen, und so verbrachte Tanner die nächste Stunde damit, im Kreis mit Pony und Neffen um den Hof zu marschieren.

„Hüh, 'Poleon", rief Josh leichtherzig, als Tanner das Pony zurück zur Koppel führte. Das Pferd wurde allmählich müde. Tanner hob Josh herunter und stellte ihn wieder auf die Füße. Beide Jungen bettelten um eine weitere Runde.

„Euer Onkel Tanner muss Napoleon jetzt eine Verschnaufpause gönnen. Aber ihr könnt die Schafe sehen, wenn ihr wollt", sagte Brighton und führte die Jungs zum Schafgehege. Marky kletterte auf den Zaun und schaute hinunter auf die großen Wollknäule.

„Was hast du für heute geplant?", fragte Brighton Tanner.

„Scheren", antwortete Tanner. Brighton nickte und wandte sich an die Jungs. „Wollt ihr zusehen, wie Onkel Tanner den Schafen einen Haarschnitt verpasst?" Die beiden hüpften auf und ab und Tanner nickte. Er ging in den Stall und holte die Schermaschine. Scheren war eine staubige Angelegenheit, um die man sich besser draußen kümmerte. In Ställen mit vielen Schafen gab es besondere Stallbereiche nur fürs Scheren, aber er musste so klarkommen. Tanner scheuchte drei der Schafe in den Stall und hielt das letzte Tier fest. Dann begann er mit der Schur.

Das verfluchte Schaf blökte, als wäre er drauf und dran, ihm die Kehle durchzubeißen. Natürlich würde er es nicht verletzen. Er fing am Kopf an und schor gleichmäßig den Körper entlang.

„Tut Onkel Tanner ihm weh?", fragte Josh.

„Nein. Das Schaf mag es nur genau so wenig, die Haare geschnitten zu bekommen wie du", erklärte Alicia ihm. Tanner warf ihr einen Blick zu und fing ihr glückliches Lächeln auf. Als er fertig war, ließ Tanner das Schaf laufen und es raste augenblicklich zum anderen Ende des Geheges. Tanner legte das Fell auf die Seite und holte sich das nächste Schaf herbei.

Er hatte noch nicht oft Schafe geschoren. Auf der Ranch hatte es eine kleine Herde gegeben, die die Hausherrin wegen der Wolle hielt. Sie strickte immer an irgendetwas und den Gerüchten zufolge bevorzugte sie ihre eigene Wolle. In seinem letzten Jahr auf der Ranch war die Aufgabe des Scherens Tanner zugefallen. Im Jahr zuvor hatte er bereits dabei geholfen, und als der Typ, der sonst immer die Schafe schor, fortging, hatte er den Job übernommen. Dem Boss war es offenbar zu kostspielig gewesen, einen Profi dafür anzuheuern.

Tanner brauchte eine Weile, um das zweite Schaf zu scheren. Typen, die sich damit ihren Lebensunterhalt verdienten, schafften ein Schaf in unter einer Minute, aber Tanner wollte lieber vorsichtig sein. Trotzdem war das Schaf bald geschoren und bereit, um das Gehege zu rasen. „Frieren die jetzt?", fragte Josh.

Alle Augen richteten sich auf Tanner. „Nein."

„Tanner macht ihnen ein paar Wolldecken", sagte Brighton und zwinkerte den Jungs zu, die ihn anstarrten, als fragten sie sich, ob er die Wahrheit sagte. Alicia lachte und Tanner verdrehte die Augen. „Deswegen scheren wir sie im Sommer, damit sie Zeit haben, sich bis zum Winter noch einen ordentlichen Pelz wachsen zu lassen."

Tanner war staub- und schweißgebadet. Alles, was sich im letzten Jahr in der Wolle verfangen hatte, klebte jetzt auf seiner Brust und an seinen Armen.

„Kannst du es noch mal machen?", fragte Marky und schaute sich um, als erwartete er, noch mehr Schafe zu sehen.

„Das sind a-alle, die wir haben", sagte Tanner. Er zog seinen Hut vom Kopf und wischte mit dem Handrücken über die Stirn. Es wurde schon wieder heiß.

„Ich sollte die Jungs jetzt wieder mit nach Hause nehmen, aber danke für alles." Alicia wandte sich an ihre Söhne. „Und, hat es Spaß gemacht?"

„Danke, Onkel Tanner", sagte Marky.

„Dankessssön!", fügte Josh mit einem Lächeln hinzu.

„Sie sollten nicht die ganze Zeit in der Sonne stehen. Aber danke euch zweien. Die beiden hatten eine tolle Zeit und es war schön für sie, einmal Farmtiere aus der Nähe zu sehen. Bis jetzt kannten sie die nur aus Bilderbüchern." Alicia scheuchte die Jungs zu ihrem Auto. Tanner griff nach seinem Shirt und schaffte es irgendwie, es über seine verschwitzte Haut zu ziehen. Dann ging auch er zum Auto, wo Brighton sich von Alicia und den Jungs verabschiedete.

Es wurde gewunken und laut gerufen, während das Auto wendete und dann auf die Straße fuhr.

„Sie hatten eine gute Zeit. Das …" Brighton stockte und drehte sich einmal im Kreis. „Ich glaube, ich hab's!"

„Hast was?", fragte Tanner.

„Ich glaube, ich weiß, was ich aus der Farm mache. Ich würde sagen, wir verwandeln sie in einen Streichelzoo."

Tanner trat einen Schritt zurück.

„Einen w-was?"

„Eine Farm für Kinder. So, wie wir es heute gemacht haben. Wir werden ein Ziegengehege haben, wo die Kinder die Ziegen streicheln und füttern können. Eine Schafweide. Wir könnten auch ein paar Kühe anschaffen. Nicht viele." Brighton zitterte fast vor Aufregung. „Gott, ich will keine Hühner, aber vielleicht Kaninchen, ein paar Schweine mit Ferkeln. Ein Ort, an den Familien kommen, ihre Kinder mitbringen und den Tieren nahekommen können, die viele Stadtkinder sonst nie zu Gesicht bekommen. Wir könnten einen Teil des Geländes in ein Kürbisfeld umwandeln, und einen anderen Teil in … ich weiß nicht, aber das finden wir schon noch heraus."

„Der Obstgarten?", fragte Tanner. „Spukt es da vielleicht?"

Brighton grinste. „Die Bäume sind so alt und knorrig, dass das vielleicht funktioniert, besonders im Herbst. Wir könnten einen Teil so stehen lassen und noch ein paar neue Bäume pflanzen. In ein paar Jahren können die Leute dann ihr eigenes Obst pflücken, wenn sie wollen. Wir müssen mehr anbieten als den Stall, den wir jetzt haben. Es ist ein Anfang, aber wir sollten etwas mehr anschaffen. Wenn wir ein paar Ponys mehr hätten, können wir Ausritte anbieten. Die Kinder würden das lieben." Brighton hielt inne. „Ich habe die ganze Zeit darüber nachgedacht, wie wir die Farm, so wie sie dasteht, nutzen können, und das könnte vielleicht funktionieren. Es würde sie in die Umgebung integrieren und sie zu einem Teil der Stadt werden lassen, anstatt den Fortschritt aufzuhalten, oder was die meisten Leute als Fortschritt ansehen." Brighton schaute sich weiter um. „Ich kann es schon fast sehen. Wir sollten den Stall streichen und herausputzen. Die Schafe und Ziegen bleiben dort, aber wir müssten die Herden etwas vergrößern. Ein kleines Stück weiter bauen wir einen neuen Stall für die Ponys, Kühe und ein paar Schweine. Und einen Kaninchenstall, wo die Kinder mit ihnen spielen können. Natürlich können sie nicht alle Tiere streicheln, aber sie können sie aus der Nähe betrachten." Die Energie in Brightons Stimme war ansteckend. „Was denkst du?"

„Ich?", fragte Tanner. Er war sich nicht sicher, was ihn zu einer Meinungsäußerung qualifizierte. Er verstand etwas von Tieren und Landwirtschaft. Ein Geschäftsmann war er nicht.

„Klar, du. Ich möchte wirklich, dass du ein Teil davon bist."

„Warum?", fragte Tanner. „Ich bin n-n-nur ein Typ, den du a-a-angestellt hast."

Brighton starrte ihn mit offenem Mund an und trat dann näher an ihn heran. „Nein, das bist du nicht."

Tanner verstand Brighton nicht. Er war jemand, den Brighton angeheuert hatte, um Hilfe auf der Farm zu bekommen. Da biss die Maus keinen Faden ab. Welche Gefühle Tanner auch vielleicht gehabt hatte, oder was er sich auch für Vorstellung gemacht hatte – er hatte in den letzten Tagen viel nachgedacht und ihm war klar, dass er nicht noch einmal durchmachen konnte, was er mit Royce erlebt hatte. Das konnte er nicht riskieren. Der ganze Ärger hatte ihm völlig den Wind aus den Segeln genommen, und es hatte Monate gedauert, bis er sich wieder einigermaßen wie er selbst gefühlt hatte. „Doch, das bin ich", korrigierte er Brighton.

Brighton ging die Luft aus wie einem Ballon mit Loch. „Denkst du das wirklich?" Er machte einen Schritt auf Tanner zu. „Nach diesem Kuss, denkst du das wirklich? Ich laufe doch nicht herum und küsse jeden, der mir über den Weg läuft. Das habe ich noch nie. Und ich springe auch nicht wahllos mit jedem ins Bett."

Tanner zuckte zusammen und wandte sich ab. Das tat wirklich weh, und Tanner wusste nicht, wieso. Brighton hatte es bestimmt nicht mit Absicht gesagt. Er konnte nicht gewusst haben, was passiert war.

„Tanner", sagte Brighton sanft, und er drehte sich wieder um. Brighton streckte seine Hand aus. „Ich schaffe das hier nicht alleine."

„Machst du das deswegen … mit mir?" Tanner hielt seine Hände bei sich. Brighton antwortete nicht auf seine Frage. Stattdessen hielt er ihm weiter seine Hand hin und hob seine Augenbraue leicht an. Tanner wusste, dass Brighton niemand war, der jemandem nahekam, nur um seinen Willen zu bekommen, und langsam streckte er seinen Arm aus und nahm Brightons Hand.

Sie fühlte sich warm und richtig an. Brightons Finger schlossen sich um seine und hielten ihn fest, nicht zu kräftig, sondern eben genug, um Tanner wissen zu lassen, was Brighton wollte. Tanner trat näher an Brighton heran und war kurz davor, ihn in seine Arme zu ziehen, als ein Auto in die

Einfahrt bog. Tanner zog sich zurück und ihre Hände ließen einander los. Er drehte sich um, während das Auto anhielt, wendete und wieder zurückfuhr.

„Komm mit rein", flüsterte Brighton. „Du solltest dich frisch machen."

„Ich habe noch zu tun", flüsterte Tanner zurück. „Der Garten müsste gemäht werden und ich muss immer noch den Balken am Schafgehege reparieren."

Brighton nickte. „Ich habe auch noch zu tun." Er trat einen Schritt zurück, aber das Feuer in Brightons Augen ließ Tanner kurz innehalten. Dann drehte er sich um und eilte zum kleinen Geräteschuppen, um den Rasenmäher zu holen. Wenn er jetzt nicht wieder an die Arbeit kam, würde er gar nichts mehr fertig bekommen.

TANNER BLIEB den ganzen Tag über beschäftigt. Er ging nur ins Haus, um schnell etwas zu essen, bevor es ihn wieder nach draußen zog. Direkt nach dem Mittagessen näherte sich ein Van einer Elektrofirma dem Haus. Der Strom fiel überall aus und Tanner war froh, dass er für viele seiner Arbeiten keine Elektrogeräte brauchte. Am Nachmittag türmte sich eine Wolkenwand am Himmel auf und verdeckte die Sonne für eine Weile, was auch die Temperatur etwas senkte und das Arbeiten angenehmer machte. Bei Feierabend hatte Tanner alles erledigt, was für diesen Tag anstand. Der Stall war in besserem Zustand denn je, der Rasen war gemäht und alle Zäune repariert und noch einmal kontrolliert, um sicherzugehen, dass die Schafe nicht wieder verloren gingen.

Er ging zum Haus, um Brighton eine gute Nacht zu wünschen, und hatte bereits für sich beschlossen, dass sie beide etwas Distanz voneinander wahren sollten. Er hatte den ganzen Nachmittag über die Sache nachgedacht, und so sehr Brighton ihn auch faszinierte, glaubte Tanner doch nicht, dass es eine gute Idee war, mit ihm anzubandeln. Ja, er hatte den Kuss initiiert, und wenn Brighton glaubte, er wolle ihn auf den Arm nehmen, dann konnte er damit leben. Das Wichtigste war, sich nicht mit dem Boss einzulassen. Das konnte gar nicht gut enden. Die Elektriker sahen aus, als wären sie fertig im Haus. Das Licht brannte und ein sanftes Summen ertönte von oben. Brighton trat auf die Veranda und schaute zu, wie die Arbeiter ihre Ausrüstung im hinteren Teil ihres Vans verstauten, einstiegen und kurz darauf die Auffahrt hinunterfuhren.

„Ich habe jetzt eine Klimaanlage", informierte Brighton ihn. „Zumindest in meinem Schlafzimmer, damit es erträglich ist. Die Elektriker haben ein Fenstergerät installiert." Er trat vorsichtig an den Rand der Veranda. „Hast du über das nachgedacht, was dich so aufgebracht hat?" Tanner machte einen überraschten Schritt rückwärts. „Ich bin nicht blind, Tanner. Mir ist aufgefallen, wie du mich beim Essen nicht einmal ansehen konntest, und den ganzen Nachmittag hast du wie ein Besessener gearbeitet, wie jemand, der entweder über irgendetwas nachgrübelt oder etwas vergessen will. Vielleicht beides. Also, hast du deine Entscheidung getroffen?"

„Denke schon", antwortete Tanner.

Brighton trat zurück und ließ sich in seinen Stuhl sinken. „Verstehe." Er hielt seinen Stock fest, nahm seinen Blick aber nicht von Tanner. „Ich schätze, mit der Antwort hätte ich rechnen müssen." Jetzt blickte er hinunter auf seine Beine. „Es war wohl naiv von mir, zu denken, du könntest dich für jemanden interessieren, der kaum laufen kann." Tanner konnte ihn kaum verstehen, so leise sprach Brighton.

„Du glaubst ...", fing Tanner an, aber die Worte quälten ihn und er wusste, dass er nichts als ein sinnloses Durcheinander von Geräuschen hervorbringen würde, also hielt er lieber inne, um nicht wie ein Idiot zu klingen. „Du denkst, dass ich ... so sehe ich dich nicht!" Tanner sprach um einiges kraftvoller als beabsichtigt, aber nicht weniger heftig, als er fühlte.

„Warum dann?", fragte Brighton. „Ich könnte es verstehen, wenn mein Bein der Grund wäre. Wer will sich schon mit einem achtundzwanzigjährigen Typen abgeben, der wie ein alter Mann läuft?"

Tanner fühlte, wie seine Entschlossenheit wich. „Es ist nicht dein Bein. Ich bin es."

Brighton verdrehte die Augen. „Der älteste Spruch aller Zeiten." Er stand auf und ging auf die Tür zu. „Ist okay, Tanner. Ich verstehe."

Tanner beobachtete, wie Brighton die Tür aufzog und ins Haus trat. Dies war einer dieser Momente – er wusste es. Wie im Film, wenn der Held eine Entscheidung treffen muss und er immer die falsche trifft und sich den Rest des Films lang wünscht, er hätte etwas anderes getan. Das hatte Tanner nicht vor, also trat er vor und hielt die Tür fest, bevor sie wieder zuschlug. Er betrat das Haus und Brighton drehte sich zu ihm um.

Tanner ließ die Fliegengittertür hinter sich zuschnappen und schloss dann auch die eigentliche Tür.

„Was willst du, Tanner?", fragte Brighton leise.

„Es hat nichts mit deinen Beinen zu tun", sagte Tanner. „I-Ich sehe nicht deine B-Beine oder den St-St-Stock. Nur dich."

85

„Das ist nett. Nicht viele denken so."

„Und ich weiß, dass du mich hörst, und nicht das St-Stottern." Tanner trat näher zu Brighton heran. Er musste sich sicher sein, dass Brighton ihn ebenso sehr wollte wie er ihn. Tanner konnte zugeben, dass er Brighton wollte. Das war einfach, daran hatte er keinen Zweifel. Angst machte ihm nur, was danach kam. Das war der Zeitpunkt, zu dem schon einmal alles zerbrochen war.

Brighton kam ihm entgegen und Tanner schlug alle Vorsicht in den Wind. Er nahm Brighton in den Arm und hielt ihn fest. Brightons Stock polterte auf den Boden, als er Tanners Umarmung erwiderte.

Tanner presste seine Lippen auf Brightons Mund, schmeckte ihn und genoss seine erdige Süße und Wärme. Er liebte es, wie sich Brightons Lippen auf den seinen anfühlten, so fest und doch sanft. Tanner umfasste Brightons Kopf mit seinen Händen und ließ sich ganz in den Kuss hineinsinken. Er fühlte, wie Brighton sich gegen ihn presste, und er hielt ihn fest, ohne weiter nachzudenken. Brightons Beine hatten die Gewohnheit, unter ihm nachzugeben, aber Tanner würde das nicht zulassen. Er hob Brighton vom Boden und in seine Arme.

„Was tust du?", fragte Brighton glucksend.

„Was ich schon l-letztes Mal tun wollte." Tanner ging zur Treppe und begann mit dem Aufstieg. Er hielt Brighton fest und gleichzeitig die Balance. Oben angekommen, folgte er Brightons Blick zu seinem Schlafzimmer. Er öffnete die Tür, trug Brighton hinein und legte ihn auf das Bett.

Er selbst war eine einzige verschwitzte, dreckige Sauerei. Sein Shirt war starr von Staub und Grasfetzen. „Ich müsste mal deine Dusche benutzen, wenn das o-okay ist. Ich w-will nicht alles ver-versauen."

„Den Flur runter", sagte Brighton zaghaft.

„Wird nicht lange dauern, versprochen." Tanner verließ den Raum und eilte durch den Flur. Dann blieb er stehen und ging schnell die Treppe hinunter, hob Brightons Stock vom Boden auf und brachte ihn nach oben ins Schlafzimmer. Danach verschwand er im Badezimmer.

Tanner drehte das Wasser auf und entledigte sich seiner Kleidung. Dann trat er unter die Dusche. Es machte ihm nichts aus, dass das Wasser kalt war. Alles, was er wollte, war, den Dreck und den Gestank loszuwerden. Er schnappte sich die Seife aus einer Schüssel, seifte sich die Hände ein und schrubbte seinen Körper in Weltrekordzeit. Er fand eine Shampooflasche und wusch sein Haar, bevor er die ganze Seife abspülte. Dann trat er aus der Dusche, griff nach einem Handtuch und trocknete sich ab.

Kaum hatte er das Handtuch um seine Hüfte geschlungen und das Badezimmer verlassen, begann sich überall Schwitzwasser zu bilden. Er ließ die Tür offen, damit die extreme Feuchtigkeit irgendwohin entweichen konnte, öffnete dann die Tür zu Brightons Schlafzimmer und trat ein. Brighton lag auf dem Bett, die Schuhe ausgezogen, aber ansonsten voll bekleidet. Er drehte sich zu ihm um und erstarrte.

„Mein Gott, du bist unglaublich", flüsterte Brighton. Er rutschte ein Stück näher heran. „Ich war mir nicht sicher, was du erwartest, deswegen wollte ich auf dich warten." Er lief dunkelrot an. „Du bist fast nackt." Er lächelte und setzte sich an die Bettkante. Tanner trat zu ihm ans Bett und zupfte an einem Zipfel von Brightons T-Shirt.

Er hatte noch viel zu viel an. Tanner zog ihm das Shirt aus und ließ es auf den Boden fallen, aus dem Weg. Dann lehnte er sich vor und küsste Brightons Rücken, während er ihn zurück auf das Bett drückte. Die kühle Luft im Raum ließ Tanners Haut frösteln, aber Brightons Hände wärmten ihn gleich wieder auf.

Leicht keuchend unterbrach Brighton ihren Kuss. „Was siehst du in mir?", fragte er und lief wieder rot an.

„D-d-du bist w-wunderschön." Tanner war nie in der Kunst der Schmeichelei bewandert gewesen. Wann immer er sich darin versuchte, stotterte er nur noch schlimmer herum, also entschied er sich meistens dafür, die Klappe zu halten. Er legte seine Hände auf Brightons Körper und streichelte seine seidige Brust und den Bauch. Am Gürtel hielt er inne und überlegte, was er eigentlich tun wollte. Brighton hielt seinen Atem an, zog den Bauch ein und bewegte seine Hüfte nach vorn, ein unmissverständliches Zeichen. Tanner öffnete Brightons Gürtel und seine Hose. Dann zog er sie ihm aus und ließ sie neben das Shirt auf den Boden fallen.

Brightons Boxershorts hatten die Form eines Zeltes angenommen. Er errötete schon wieder, als wäre seine Erregung etwas, wofür er sich schämen müsste. Nach allem, was Tanner erkennen konnte, war es eher ein Grund, stolz zu sein. Sanft spreizte er Brightons Beine und schob sich dazwischen. Brighton legte die Hände auf seinen Rücken und streichelte seine Haut. Als Brighton an seiner Hüfte angekommen war, zerrte er am Handtuch, das sich lockerte. Tanner hob die Hüften und Brighton zog das Handtuch zur Seite. Vermutlich landete es auf dem Boden bei den anderen Kleidungsstücken – Tanner nahm sich nicht die Zeit, nachzusehen. Er presste seine Brust gegen Brightons, Haut auf Haut, und das Gefühl raubte ihm schlicht den Atem.

Tanner schlang seine Arme um Brighton und rollte ihre beiden Körper auf das Bett, sodass Brightons Gewicht jetzt auf ihm lag.

Das war heiß. „Tanner … ich …" Brighton hielt inne und presste seine Lippen zusammen.

Tanner barg Brightons Gesicht in seinen großen Händen und hoffte, Brighton würde ihm erzählen, warum er aufgehört hatte. „Ich will dich nicht verletzen", sagte er konzentriert, um nicht zu stottern. „Ich mag es, wie du dich anfühlst." Er zog Brightons Mund zu seinem herab, küsste ihn und hielt Brighton so fest er konnte. Seine Hände glitten über Brightons Rücken, fanden das Gummiband seiner Boxershorts und zerrten sie herunter. Er wollte nichts Störendes zwischen ihren Körpern und schon war sein Ziel erreicht. Dann verlagerte er sie beide auf dem Bett, bis Brightons Kopf auf dem Kissen ruhte. Er versicherte sich, dass er bequem lag, bevor er mit der Zunge Brightons Hals entlangfuhr.

Brighton erzitterte unter ihm und stöhnte leise. Tanner liebte diesen Laut. Er sagte ihm mehr als ein ganzer Schwall gesprochener Worte, also fuhr er mit seiner Entdeckungstour fort, lauschte auf Brightons Stöhnen und auf den Wechsel seines Atemrhythmus. Ein Keuchen signalisierte Tanner, dass er einen dieser besonderen Punkte gefunden hatte, knapp über der Hüfte, als er sanft an einer von Brightons kleinen, rosafarbenen Brustwarzen knabberte und als er spielerisch in Brightons Bauchnabel züngelte.

Dann kniete er sich zwischen Brightons gespreizte Beine und hielt kurz still, um einfach nur auf ihn hinunterzuschauen. Brightons Augen waren geschlossen und er atmete flach. Erregung lag in der Luft.

„Tanner, bitte …", wimmerte Brighton. „Niemand hat mich mehr berührt, seit …" Brighton verstummte und Tanner starrte ihn an.

„S-Seit dem Unfall?"

„Ja", gab Brighton zu. Tanner bewegte sich etwas zur Seite. Brightons rechtes Bein war vom Knie zur Hüfte ein einziges Narbengeflecht, einige gezackt, andere gerade, vermutlich von den Operationen. Tanner wollte gerne wissen, was sich damals zugetragen hatte, aber jetzt war nicht die Zeit dafür. Er ging zurück in die Hocke und fuhr mit seiner Hand über Brightons vernarbtes Bein, ganz leicht, aber so, dass sich seine Wärme auf das Bein übertrug.

Die Muskeln waren so verspannt wie bei einem lahmenden Pferd. Langsam rieb Tanner auf und ab. Auf dem Nachttisch entdeckte er eine kleine Tube Lotion. Er drückte ein wenig davon in seine Hand und begann, sie in Brightons Haut einzureiben. Mit kaum wahrnehmbarer Reibung glitt seine Hand über das verletzte Bein. „Fühlt sich das gut an?"

Brighton wimmerte leise. „Ja."

„Sag, wenn es wehtut."

„Tut es nicht." Brighton schloss die Augen, schien in der Aufmerksamkeit zu baden. „Vor dem Unfall hatte ich einen Freund." Brighton verkrampfte und entspannte sich wieder. Tanner merkte sich, an der Außenseite von Brightons Knie besonders vorsichtig zu sein. „Er hat mich verlassen, noch während ich im Krankenhaus lag. Er konnte den Gedanken nicht ertragen, dass ich vielleicht nie wieder würde laufen können. Er ist nicht einmal lange genug geblieben, um herauszufinden, was aus mir wurde. Er ging einfach weg."

So hatte er sich das nicht vorgestellt. Tanner hatte erwartet, dass er und Brighton es heiß und feurig treiben würden. Stattdessen entwickelte sich der Abend in eine Richtung, die er nie erwartet hätte. „Er war ein B-Bastard!" Tanner strich weiter sanft über Brightons Haut, aber seine Bewegungen wurden länger und reichten schließlich von der Hüfte bis hinunter zum Knie. Es war ihm wichtig, dass Brighton wusste, dass sein Bein ihn nicht störte. Es war einfach ein Teil von ihm. Tanner streichelte ihn weiter, und bald stöhnte Brighton wieder leise.

Tanner wechselte seine Position und streichelte nun über Brightons Brust und Bauch. Sie konnten später über ihre Vergangenheit reden – nicht, dass er es nicht grundsätzlich wollte, aber es konnte zumindest warten. Er verdrängte alles aus seinem Kopf, beugte sich über Brighton und küsste ihn hart.

Brighton schlang seine Arme um Tanners Nacken und hielt ihn so fest, als wollte er ihn nie wieder loslassen. Tanner wollte sich nicht mit seinem ganzen Gewicht auf Brighton legen, aber dieser zog ihn zu sich herunter und hielt ihn fest.

Die Erregung, die während der Massage von Brightons Bein etwas nachgelassen hatte, kam überraschend heftig zurück. Tanner rollte sie beide noch einmal auf das Bett und hielt Brighton dicht an sich gepresst. Er liebte das Gefühl, ihn in seinen Armen zu halten, und wollte, dass es nie endete. Aber Brighton drückte ihn weg und hielt Tanners Schultern auf Abstand. „Genau so bleiben, großer Junge." Er grinste und tauchte ab.

Brighton streichelte erst seine Schultern und dann seine Brust. Tanner schloss die Augen und genoss das Gefühl, so berührt zu werden. Brighton zwickte seine Brustwarzen und Tanner schnappte nach Luft, während

Brighton an ihnen saugte und sie mit seiner Zunge liebkoste und seine Zähne gerade genug einsetzte, um ein kleines Feuer in ihm auflodern zu lassen. Verdammt, das liebte er. Er bog seine Brust vor. Brighton saugte fester und fummelte mit den Fingern an der anderen Brustwarze herum. „Brighton …"

„Das gefällt dir, was?", fragte Brighton und hob seinen Kopf, sodass sich ihre Blicke trafen. Tanner nickte. Brighton lächelte verrucht und glitt an Tanners Körper hinab, seine Brust streichelnd, während er mit der Zunge über seinen Bauch fuhr.

Tanner hielt den Atem an und hoffte, dass Brighton noch weiter ging. Er tat es. Tanner wimmerte wie ein Baby, als Brighton die Spitze seines Gliedes zwischen seine süßen Lippen nahm. Als er stärker saugte und ihn noch tiefer in den Mund nahm, schluckte Tanner und überlegte, ob sich in seinem Leben schon einmal etwas so gut angefühlt hatte. Ihm kam nichts in den Sinn. Nichts in seiner Vergangenheit kam dem hier gleich, und als Brighton ihn vollends in sich aufnahm, hob er seine Hüften an und stieß Brighton dabei fast vom Bett. Aber Brighton hockte sich wieder hin. „Jesus …", stöhnte Tanner.

Brighton gab ihm keine Antwort. Stattdessen summte er leise und schickte lustvolle Vibrationen durch Tanners Glied und seinen ganzen Körper. Brighton bewegte seinen Kopf vor und zurück, und Tanner krallte seine Hände in die Laken und hoffte, dass er sie nicht zerriss, während er zugleich fast seinen eigenen Namen vergaß. Gott sei Dank zog sich Brighton jetzt etwas zurück, andererseits hätte Tanner wohl nicht mehr lange durchgehalten, und dafür war es noch viel zu früh. Er wollte, dass das hier ewig andauerte.

Tanner half Brighton zurück aufs Bett. Er saugte an Brightons Brustwarzen und tastete sich über die warme Haut seines Bauchs.

„Es ist lange her, Tanner …"

Er lächelte und nahm Brightons Glied zwischen seine Lippen, ließ die Spitze über seine Zunge gleiten. Tanner seufzte. Er liebte das Gefühl, auch wenn Brighton dicker war als alle anderen, die er zuvor gehabt hatte und … na ja, er war perfekt. Auf der Ranch hatte er einige Bücher unter seinem Bett versteckt, damit sie niemand sah. Lasterhafte Geschichten, aber jetzt probierte er einige der Techniken aus diesen Büchern aus, und verflucht, wie Brighton wimmerte, als er seine Zungenspitze spielerisch über die Unterseite seines Glieds wandern ließ. Obwohl er gedacht hatte, dass Brightons Haut gut schmeckte, war das hier noch mal eine Stufe besser. Tanner saugte härter und bewegte seinen Kopf vor und zurück.

Brighton legte eine Hand auf seinen Kopf und hielt ihn sanft zurück. „Ich halte nicht mehr lange durch und ...“

Tanner hörte auf. „Was willst du t-t-tun?“ Er fühlte sich so seltsam. Brighton rollte sich auf die Seite und zog die Schublade seines Nachttischs auf. Er brachte eine kleine Flasche zum Vorschein und stellte sie auf die Ablagefläche. Dann reichte er Tanner ein Kondom. Die Antwort war so eindeutig, als hätte Brighton sie detailliert ausgeführt.

Brighton rollte sich herum und Tanner machte ihm Platz, bis er auf dem Bauch lag, das Hinterteil in die Luft gereckt. „Ich weiß, das ist nicht die romantischste Stellung, aber so ist es am bequemsten. Denke ich.“

Tanner legte das Kondom beiseite und spreizte Brightons Beine, vorsichtig, um sie nicht mit seinem Gewicht zu belasten. Dann rutschte er herüber, bis sein Glied in der Spalte zwischen Brightons Backen lag. Er lehnte sich vor und strich über Brightons Rücken, auf und ab, ließ seinen Penis über Brightons Haut wandern. „Bist du sicher?“, flüsterte er in Brightons Ohr.

„Oh ja“, antwortete Brighton mit einem leichten Schaudern, das direkt auf Tanner überging. Die Erregung war ansteckend, und er bewegte vorsichtig die Hüften. „Es ist eine Weile her, also langsam.“

Tanner fuhr mit seiner Zunge über Brightons Schulterblatt, und als dieser sich zu ihm umdrehte, küsste er ihn. Es war nachlässig und unbeholfen, aber immerhin fühlte er sich nicht komplett von ihm gelöst.

„Ja“, wimmerte Brighton und drückte sich rückwärts gegen ihn. Tanner glitt Brightons Rücken hinunter. Er lag neben ihm auf dem Bett, streichelte seinen Hintern, die Oberschenkel, nahm Brightons Hoden in die Hand und glitt dann über sein Glied, bevor er sich wieder seinem Hinterteil widmete. Auch, als er nach der Flasche griff, um seine Finger zu befeuchten, hielt Tanner den Körperkontakt aufrecht.

Er ließ einen Finger an Brightons Öffnung gleiten, liebkoste die Haut, bevor er mit leichtem Druck Einlass suchte. Brighton stöhnte und presste sich ihm entgegen. Tanner liebte die warme Enge um ihn herum und genoss es, Brighton zu erregen. Als er bettelte und ihm versicherte, er wäre bereit, zog Tanner das Kondom über und brachte sich in Position. „Brighton“, flüsterte er und presste sein Glied gegen dessen Eingang. Das letzte, was er wollte, war, ihn zu verletzen. Beide hatten sie Verletzungen erfahren, das war ihm klar geworden, und Tanner würde nie jemanden verletzen, solange er es vermeiden konnte. Der Gedanke daran, Brighton Schmerz zuzufügen, ließ ihn gleich vor der Öffnung stoppen.

„Tanner", stöhnte Brighton und presste sich gegen ihn. Tanner drückte nach vorn und Brightons Körper öffnete sich ihm, griff nach ihm, als er in ihn hineinglitt. Die plötzliche Hitze sorgte für einen Kurzschluss in seinem Gehirn, und dieser Druck … Gott, Tanner konnte seinen Höhepunkt hier und jetzt kaum zurückhalten. Er dachte ein paar Sekunden lang an äußerst unerotische Dinge, während er tiefer und tiefer in Brightons erlesenen Körper eindrang.

Instinktiv wollte Tanner schneller vorstoßen, aber er hielt sich zurück, erinnerte sich daran, dass er Brighton nicht verletzen wollte. Er hielt mit pochendem und zuckendem Glied inne, während er darauf wartete, dass sich Brighton daran gewöhnte. Dann versank er ganz in ihm und stieß den Atem aus, den er angehalten hatte.

„Bitte", wimmerte Brighton. Tanner hielt noch einmal still und begann dann langsam, sich zurückzuziehen.

„Werde dich nicht verletzen", flüsterte er und züngelte leicht an Brightons Ohr. Verdammt, der Mann schmeckte so gut! Er fuhr weiter mit seiner Zunge über Brightons Ohr und hinab zu seiner Schulter, leckte die zarte Haut, als Brighton unter ihm erzitterte.

„Tut nicht weh." Brighton drückte sich ihm entgegen und Tanner zog sich zurück. Dann hielt er still und Brighton drückte sich noch weiter zurück. Tanner bewegte sich nicht und ließ Brighton das Tempo bestimmen, der die Hüften hob und senkte und sich selbst auf Tanners Glied spießte. Tanner war sonst immer derjenige gewesen, der das Tempo vorgab, aber verflucht, Brighton war der reinste Kracher und nahm sich einfach, was er wollte. Tanner hielt seine Hüften still, schlang einen Arm um Brighton und hielt ihn fest.

„N-nimm dir, was du willst."

Genau das schien Brighton vorzuhaben. Er bewegte sich schneller und schneller, umschloss ihn mit der Enge seines geschmeidigen Körpers und raubte Tanner schier den Verstand. Er hatte ja nicht geahnt, dass es sich so unglaublich anfühlen konnte, nur ein bisschen Kontrolle an jemand anderen abzugeben. Er hatte es einmal vorher versucht, und es war nicht so gut gelaufen. Aber das hier … Gott.

„Tanner!", schrie Brighton. Tanner hielt ihn fest, drückte ihn auf die Matratze und übernahm jetzt die Kontrolle. Er stieß mit seiner Hüfte nach vorn. Nicht hart genug, um Brighton zu verletzen, aber den leisen

Schreien nach zu urteilen, die zu einem Stöhnen verklangen, hatte er es richtig gemacht.

Tanners Atem ging immer schneller, genau wie seine Hüfte. Brighton erwiderte jeden Stoß und füllte den Raum mit Schreien und Stöhnen, das lauter und lauter wurde und Tanners Verlangen auf die Spitze trieb. Er wollte, dass es nie endete, aber seine Beine fingen schon an zu kribbeln und er fühlte tief in sich, wie sich sein Höhepunkt anbahnte. Seine Stöße wurden unregelmäßiger, aber er musste auf Brighton warten.

„Tanner, ich …", wimmerte Brighton heiser. Tanner hielt den Rhythmus so gut er konnte. Brighton verkrampfte und entspannte sich um ihn. „Oh Gott!" Brighton verengte sich um ihn und umschloss seinen Schwanz fest wie ein Schraubstock, während er laut stöhnte und vor Erleichterung bebte, genau wie Tanner, als Brightons lustvoller Krampf auch ihn nur Sekunden später zum Höhepunkt brachte. Tanner presste seine Augenlider fest zusammen, während ihn Welle für Welle die pure Lust übermannte. Er hielt still und gab sein Bestes, nicht auf Brighton zusammenzubrechen.

Schließlich fiel Tanner neben Brighton aufs Bett und seufzte, weil sich ihre Körper voneinander lösten. Er hatte keine Wahl. Er schnappte nach Luft und seine Arme fühlten sie an wie Gelee. Als sie wieder zu sich kamen, streifte Tanner das Kondom ab und warf es in den Müll, bevor er seine Arme sanft um Brightons Brust schlang und ihn an sich zog.

Eine Weile lang sagte keiner von ihnen ein Wort. Tanner strich sanft über Brightons glatte Haut, die Augen geschlossen, damit sich jedes Gefühl direkt in sein Gedächtnis einbrannte. „Das ist schön", seufzte Brighton und rückte näher an ihn heran. „Ist eine Weile her, dass ich … so mit jemandem zusammen war."

„Ja?", fragte Tanner. Er kannte schon einen Teil der Antwort, aber er wollte nicht, dass Brighton aufhörte. Wenn er reden wollte, dann war Tanner bereit, zuzuhören.

„Sein Name war Kurt, und wir waren fast ein Jahr lang zusammen. Ich fuhr von seiner Wohnung nach Hause, und als ich nach einer Meile durch einen Kreisverkehr fuhr, kam dieser Typ angerast. Obwohl ich Vorfahrt hatte, hielt er nicht an, sondern fuhr direkt in die Beifahrerseite meines Wagens. Gott sei Dank war es nicht die Fahrerseite, das hätte ich wohl nicht überlebt. So jedenfalls schlitzte das Auto mein Bein auf. Das Schlimmste waren die Verletzungen der Muskeln und Sehnen." Brighton hielt kurz inne und Tanner umarmte ihn fester. „Ich wachte im Krankenhaus auf und Brianne lehnte sich über mein Bett. Sie weinte und erzählte mir, man hätte mich aus meinem Auto schneiden müssen und es wäre nicht sicher gewesen, ob ich überleben würde, weil ich so viel Blut verloren hatte. Dann war es nicht sicher, ob ich mein Bein würde behalten können." Brighton seufzte. „Manchmal wünschte ich, sie hätten es abgenommen. Dann hätte ich jetzt nicht ständig diese Schmerzen. Die Ärzte sagen, es dauert einfach eine Weile, ich würde irgendwann kräftiger werden und die Schmerzen würden nachlassen, aber bis jetzt ist das nicht passiert."

„Hat Kurt dich verlassen?", fragte Tanner direkt.

„Ja. Ich war im Krankenhaus. Anscheinend hatte ich einen Tag lang im Koma gelegen, und ein paar Stunden, nachdem ich aufgewacht war, kreuzte er auf. Zuerst war er mitfühlend und nett. Aber als er dann schon auf dem Weg nach draußen war, drehte er sich plötzlich noch einmal um, mit Tränen in den Augen, und meinte, er könnte das nicht." Brightons Atem wurde schwerer. Tanner wusste nicht, was er tun sollte, also hielt er ihn einfach fest im Arm. „Brianne hatte es mitbekommen, und sie sagte ihm, er solle seinen nutzlosen Arsch aus dem Raum und meinem Leben bewegen. Er ging, aber sie folgte ihm. Das nächste, was ich hörte, war, wie Kurt schrie und sie anflehte, ihn nicht mehr zu treten. Anscheinend kam Brianne seinem Wunsch nicht nach, denn irgendwann brachte eine Krankenschwester sie zurück und meinte, dass die Krankenhausregeln es nicht erlaubten, jemanden wiederholt zu treten, egal, um was für ein Arschloch es sich dabei handeln würde."

Tanner konnte nicht anders, als zu lachen. „H-Hat sie das wirklich gemacht?"

„Hat sie." Brightons Stimme hellte sich etwas auf und Tanner küsste seine Schulter. „Wir haben nur noch einander, und manchmal kann sie eine echte Löwin sein. Das war jedenfalls das Letzte, was ich von Kurt sah." Brighton seufzte. „Wir hatten darüber gesprochen, zusammenzuziehen, aber Gott sei Dank waren wir über Reden nie hinausgekommen. Das wäre ein Durcheinander geworden."

„Er hat dich nicht wirklich geliebt. Hätte er das, wäre er geblieben." Tanner schloss die Augen und malte mit seinem Finger kleine Kreise auf Brightons Bauch.

„Das weiß ich heute auch. Aber damals tat es wirklich weh. Ich war mir nicht sicher, ob ich jemals wieder ich selbst sein würde, und die Person, von der ich dachte, dass sie mich liebte, ging fort, nachdem sie mich im Krankenhausbett gesehen hatte." Brightons Stimme brach. „Danach wusste ich nicht mehr, ob ich noch weiterleben wollte." Er schniefte ein paarmal und atmete tief aus. „Ich weiß, dass ich Geduld haben sollte, und dass es ein Wunder ist, dass ich überhaupt wieder laufen kann, aber ich wäre gerne kräftig genug, um nicht auf den Stock angewiesen zu sein." Brighton rutschte zur Seite und Tanner setzte sich leicht auf. Brighton rollte sich auf den Bauch, sah ihm ins Gesicht und legte eine Hand auf Tanners Brust.

„Irgendwann … wird es soweit sein."

„Langsam bezweifle ich das. Aber ich schaffe es schon immer besser die Treppen rauf und runter. Manchmal gibt mein Knie allerdings grundlos nach. Ich hatte gehofft, das würde aufhören, aber manchmal passiert es doch."

„Hast du es mit Therapie versucht?", fragte Tanner.

„Habe ich, und ich muss bald wieder zum Arzt, um meine Fortschritte untersuchen zu lassen. Ich weiß, dass er mir mehr Therapie verschreiben will. Ich möchte nur nicht gern hin, weil ich Angst habe, dass er mir sagt, dass es sich verschlechtert hat." Brighton schloss die Augen.

Tanner zog ihn zu sich heran und beschloss, nichts zu sagen. Eigentlich war er der Meinung, dass es besser war, Gewissheit zu haben, aber das musste Brighton selbst entscheiden. Er hatte schon viel durchgemacht, also war Tanner der Meinung, dass es so am besten war. Er drehte sich zur Uhr auf dem Nachttisch um, öffnete seinen Mund und zögerte kurz, bevor er fragte: „Hast du gegessen?"

„Nein." Brighton setzte sich auf und rutschte an die Bettkante. „Ich sollte uns etwas machen." Er drehte sich zu ihm um und Tanner sah seinen fragenden Blick.

„Ich helfe dir", erklärte er und setzte sich ebenfalls auf, schlang seine Beine um Brighton und presste seine Brust an Brightons Rücken. „Keine Eile. Wir haben die ganze Nacht." Er küsste Brightons Schulter noch einmal. Wie er es liebte, Brighton in den Armen zu halten. Es fühlte sich perfekt an.

Brighton stand langsam auf und Tanner rutschte ihm nach und hob seinen Stock auf. Brighton zog sich schnell an und verließ das Zimmer. Tanner tat es ihm nach und folgte ihm auf Socken. Seine Schuhe angelte er auf dem Weg zum Flur vom Boden. Er ließ Brighton in Ruhe die Treppe hinuntersteigen und traf ihn dann wieder in der Küche.

„Ich mache uns etwas zu essen", sagte Brighton.

Tanner schaute aus dem Fenster. „Ich schau mal nach dem Stall." Er verließ das Haus, eilte über den Hof und nutzte die Gelegenheit, sein Motorrad in die Garage zu fahren. Dann kontrollierte er, ob alle Tiere genügend Futter und Wasser hatten. „Das habt ihr heute gut gemacht", sagte er zu den Ziegen, die zu ihm aufsahen und dann durch ihr Gehege flitzten. „Die Jungs fanden euch toll." Er sah nach den Schafen, die ein Stück weiter vor sich hin kauten. Sie lagen alle dicht beieinander, als wäre ihnen kalt. Tanner wusste, dass es eine Weile dauern würde, bis sie sich an ihren neuen Kurzhaarschnitt gewöhnt hatten. Er sammelte die Wolle auf, brachte sie zum Trocknen in den Stall und fragte sich, was Brighton damit vorhatte.

Beim Gedanken an Brighton, der im Haus das Abendessen vorbereitete, musste Tanner lächeln. Er wusste, dass es viel zu früh war, um familiär zu denken, daher seufzte er und verdrängte den Gedanken aus seinem Kopf. Er preschte immer ein wenig zu schnell voran, und davon musste er dringend Abstand halten. Es hatte ihm nichts gebracht außer einem gebrochenen Herzen, Schmerz und ausgestoßen worden zu sein. Gut, letzteres war kein ungewohntes Gefühl. Dank seines Sprachfehlers hatte er immer den Eindruck gehabt, überall außen vor zu stehen.

Das Pony hob seinen Kopf, wieherte leise und holte Tanner aus seinen Gedanken. Er musste die Dinge nehmen, wie sie kamen, das war das einzig Richtige. Er füllte Napoleons Krippe mit Heu und tätschelte leicht den Nacken des Tieres. Es war gut, so wie es im Moment war, und Tanner fühlte sich glücklich. Das musste er akzeptieren und so lange genießen, wie es eben andauerte, weil er wusste, dass es enden würde, irgendwann, irgendwie. Für ihn nahm es immer ein Ende.

Er schloss die Stalltüren und ging zurück über den Hof. Auf dem Weg fiel ihm die Post im Briefkasten auf, und er nahm sie mit ins Haus. Er legte sie auf den Tisch, wo Brighton sie immer abzulegen schien, und ging dann durch zur Küche. Der Geruch von Speck erfüllte den Raum. Tanners Magen knurrte, während Brighton an der Anrichte die letzten Sandwiches zusammenklappte.

„Kochst du für eine ganze Arme?", fragte Tanner.

Brighton drehte sich zu ihm um. „Falls du es noch nicht bemerkt hast: Du bist eine Armee." Er lächelte ihn an. „Eine Ein-Mann-Armee."

„Ich weiß, dass ich groß bin", setzte Tanner an.

Brighton nahm seinen Stock, den er an den Küchenschrank gelehnt hatte. „Ich mag dich so." Er trat zu ihm. „Ich finde, das macht dich sexy."

Tanner schloss Brighton in seine Arme. „Royce sagte immer, er hätte Angst, dass ich ihn erdrücke", gab er zu.

„Wer ist Royce?", fragte Brighton. „Ist er der Grund dafür, dass du jetzt hier bist?"

Tanner nickte.

„Aber du willst noch nicht darüber reden?"

Tanner schüttelte den Kopf. Das war das Letzte, worüber er jetzt reden wollte. Alles lief gut, und so würde er endlich einen Haken hinter die ganze Geschichte machen können.

5

BRIGHTON WAR glücklich. Die letzten Tage waren unglaublich gewesen. Er hatte viel Freizeit in die Erarbeitung eines Businessplans für die Farm gesteckt. Brighton wusste, dass er für alles detaillierte Pläne erstellen musste: Was wollte er wohin stellen? Was brauchten die Tiere? Wie wurden sie gepflegt? Welche neuen Gebäude würde er noch bauen müssen? Nur so konnte er einen Erfolg erzielen. Außerdem musste er einen Kostenvoranschlag aufstellen, um herauszufinden, ob er überhaupt genug Geld hatte. Er bezweifelte, dass er all seine Pläne auf einmal würde umsetzen können, also dachte er darüber nach, was für ihn Priorität hatte und wie er von Anfang an Profit aus der Farm schlagen konnte.

Tanner war ihm eine große Hilfe. Zwar lag seine Erfahrung eher bei der Ranch- als bei der Farmarbeit, aber er hatte genug Wissen, um Brighton vor Stolperfallen zu bewahren.

„W-Wann willst du eröffnen?", fragte Tanner, als sie an Brightons Küchentisch saßen und die Pläne sichteten, die er erstellt hatte.

„Vielleicht im nächsten Frühjahr." Brighton hatte gehofft, schon im Herbst eröffnen zu können, aber das würde nicht funktionieren. Als er seine Skizzen erstellt hatte, hatte er beschlossen, dass er Pfade anlegen musste, und außerdem einen Picknickbereich. Er wollte, dass der Streichelzoo für alle Kinder komplett zugänglich war. „Es wird dauern, bis wir die Baugenehmigungen haben, die Gebäude errichtet und die neuen Tiere angeschafft sind. Außerdem ist es zu spät, um das Kürbisfeld anzulegen, aber vielleicht können wir den Bereich schon pflügen und ihn diesen Herbst vorbereiten, damit wir im nächsten Jahr startklar sind." Er widmete sich wieder seinem Plan.

Tanner musterte ihn ebenfalls und deutete auf einige Zeichnungen.

Brighton nickte und sagte: „Ich dachte mir, wir könnten alle Tiere in denselben Bereich stecken. Der Stall, den wir bereits haben, ist gut für die Schafe und Ziegen. Für die neuen Tiere bauen wir einen weiteren Stall und streichen ihn rot mit weißen Zierleisten, das sieht kinderfreundlich aus. Das Ponyreiten findet in der Nähe des Stalls statt, und ich dachte, ein Kaninchenstall würde dort ganz gut hinpassen." Brighton deutete auf eine

Stelle zwischen den Ställen. „Hier kommen die Toiletten hin. Der Teil dort könnte der neue Obstgarten werden, und einen Teil des alten verwandeln wir im Herbst in einen gruseligen, verwunschenen Wald. So verdecken wir außerdem die Aussicht auf das Einkaufszentrum. Hier kommt das Kürbisfeld hin und dahinter dann das Maislabyrinth. Damit hätten wir dann auch etwas zwischen uns und den Wohnanlagen." Brighton lächelte. „Als nächstes werde ich die Kosten für die ganzen Neubauten und die Tiere ausrechnen, und alles Weitere abschätzen." Das war eine beängstigende Aufgabe.

„Bist du dir sicher, dass du das durchziehen willst?", fragte Tanner. „Sieht nach viel Arbeit aus."

Brighton hatte mehr als einmal darüber nachgedacht. „Das will ich wirklich. Seit meinem Unfall war ich nicht mehr so aufgeregt." Er seufzte und ließ sich zurück in seinen Stuhl sinken. „Das letzte Jahr habe ich eigentlich nur existiert. Ich hatte meine Arbeit, aber alles andere habe ich nur wie ferngesteuert getan." Er griff nach Tanners Hand. „Das habe ich dank dir erkannt."

Tanner machte große Augen. „Wie das?"

Brighton schluckte. „Du wolltest mit mir zusammen sein." Er stand langsam auf und stützte sich auf der Arbeitsfläche ab. „Nachdem Kurt mich verlassen hatte, dachte ich, niemand würde je wieder mit mir zusammen sein wollen." Er konnte Tanner nicht direkt ansehen. „Der Mann, von dem ich gedacht hatte, er würde mich lieben, lief davon, als man ihm sagte, ich würde vielleicht nicht wieder gehen können." Brighton atmete tief ein. „Ich dachte damals, dass ein Teil meines Lebens einfach vorbei war."

„Das ist es nicht."

„Das weiß ich jetzt. Deinetwegen." Brighton drehte sich um. „Das soll jetzt kein Antrag oder so etwas Bedeutsames sein, das will ich damit nicht sagen. Es ist nur so, dass du mir ein großes Geschenk gemacht hast, und ich bin mir nicht sicher, ob du das weißt." Er ging zurück zum Tisch. Tanner sprang auf, nahm Brightons Arm und half ihm, sich wieder zu setzen.

Brighton fiel auf, dass Tanner gar nichts auf all das erwiderte. Er hatte gehofft, dass Tanner sich irgendwann ein wenig öffnen würde, aber er schien ganz zufrieden damit zu sein, den Mantel des Schweigens über seine Vergangenheit zu breiten. Brighton störte sich ein wenig daran, und er fragte sich, was so schlimm sein konnte, dass Tanner es ihm nicht erzählen wollte.

„Das wusste ich nicht", sagte Tanner schließlich. „Und ich bin froh darüber." Er ließ Brightons Hand nicht los, sondern streichelte sanft dessen Finger.

Brighton beschloss, dass es Zeit war, ihn einfach zu fragen. „Tanner, was ist dir zugestoßen?"

Tanner wandte sich ab und seine Finger erstarrten. „E-Es ..." Er begann heftig zu stottern, und ihm dabei zuzusehen, fügte Brighton beinahe körperliche Schmerzen zu. Tanner öffnete den Mund, aber alles, was herauskam, waren wenige zusammenhängende Laute. Brighton wusste, dass er einen Fehler gemacht hatte.

„Ist schon gut. Ich hätte nicht fragen sollen. Erzähl mir davon, sobald du dazu bereit bist." Verdammt, er sah einen riesigen Typen, der stark genug war, ihn die Treppe hinaufzutragen, als wäre er leicht wie eine Feder. Aber er litt innerlich, und das machte Brighton wütend. „Tut mir leid." Wer auch immer Tanner so verletzt hatte, verdiente es, ausgepeitscht zu werden.

Aber die Zweifel tief im Inneren seiner Gedanken wollten nicht verschwinden. Wofür konnte sich Tanner so schämen? Viele Leute wurden irgendwann einmal verletzt. Auch Brighton war es passiert, und er hatte Tanner davon erzählt, in der Hoffnung, dass auch Tanner sich ihm öffnen würde. Er hoffte, dass der Schmerz einfach nur zu frisch war, und Tanner etwas Zeit brauchte. Verflucht, wenn das alles war, dann ... er konnte sich gedulden. Aber unterschwellig fragte er sich, ob es mehr war als das. Was, wenn Tanner etwas getan hatte, dessen er sich wirklich schämte? Was, wenn er jemanden verletzt hatte? Kaum war Brighton dieser Gedanke durch den Kopf geschossen, verwarf er ihn schon wieder. Tanner war freundlich und fürsorglich. Das wusste er. Er atmete tief durch und versuchte, die Zweifel zu ersticken, die an ihm nagten.

ZWEI TAGE später wachte Brighton entspannt neben Tanner auf. Die Klimaanlage summte leise und Brighton schmiegte sich in der kühlen Luft an Tanner. Es war perfekt.

„Ich muss aufstehen", flüsterte Tanner. „Die Tiere füttern." Wenn Tanner entspannt war, so wie gerade, war sein Stottern viel unauffälliger und verschwand manchmal sogar ganz, was Brighton als ein gutes Zeichen sah.

Zärtlich streichelte er Tanners Schulter, bis dieser sich zu ihm umdrehte. Brighton lächelte, rückte näher an ihn heran und zog ihn zu sich herunter, um ihn zu küssen. Gott, wie er Tanners Gewicht auf seinem Körper liebte. Er suchte sich eine bequeme Position und Tanners Lippen erkundeten die seinen mit einem leidenschaftlichen Kuss, hart an der Schmerzgrenze und so intensiv, dass sich Brightons Zehen einrollten. Tanner schlang die Arme um ihn und presste ihre Körper aneinander. Sein pralles Glied streifte Brightons und ließ ihn erschaudern. „Ich kann kaum klar denken, wenn ich mit dir zusammen bin", flüsterte Brighton, als Tanner ihm kurz Zeit zum Atmen gab, und Tanners Antwort war, ihn noch leidenschaftlicher zu küssen und fester an sich zu ziehen.

„Meiner", flüsterte Tanner, und das war alles, was Brighton hören musste. Er gehörte Tanner, und Tanner gehörte im Gegenzug ganz ihm.

Brighton schloss die Augen. Er wollte Tanner in sich spüren, wollte aber auch nicht ihre Verbindung unterbrechen, also bewegte er sich mit ihm, ließ sein Glied an Tanners Hüfte entlanggleiten und genoss die Hitze der Reibung, während Tanners Atem sanft an seinem Ohr entlangstrich. Er war sich nicht sicher, was Tanner sagen wollte, aber das machte nichts. Er hielt ihn fest, und das war alles, was zählte.

Tanner stoppte seine Bewegung. Brighton öffnete die Augen und fragte sich, was passiert war, was er falsch gemacht hatte. Die starken Arme, die ihn gehalten hatten, verschwanden. Brighton hob seinen Kopf, während Tanner sich vom Bett hochdrückte. Ihre Blicke trafen sich und dann rutschte Tanner nach unten und beugte sich über ihn. Brightons Glied pochte heftig, als Tanner sich nach vorn lehnte und es in den Mund nahm.

Brighton schnappte nach Luft und zitterte vor Erregung, die er nicht kontrollieren konnte. Tanner nahm ihn tiefer in sich auf und umschmeichelte sein Glied mit der Zunge, während er über Brightons Bauch strich und seine Hände dann auf seiner Brust liegen ließ, seine Brustwarzen sanft zwickte und seine Haut liebkoste, bis Brighton meinte, sein Kopf müsse explodieren. Niemand hatte ihm je dieses Gefühl gegeben – diese Lebendigkeit. Jede Berührung kribbelte und schickte Stöße der Erregung durch seinen ganzen Körper und direkt in das Zentrum seiner Lust. Sein Kopf pochte und schmerzte auf die einzig wünschenswerte Art, seine Haut verlangte nach mehr, und Tanner gab es ihm. Er wollte mehr, brauchte mehr, gierte nach mehr … und bekam alles. „Oh, Tanner!", rief Brighton, als er sein Verlangen nicht länger zurückhalten konnte. Er ergoss sich in dessen Mund und sein letztes bisschen Kontrollvermögen zerplatzte wie ein Ballon. Tanner schluckte, während Brighton versuchte, Luft zu holen, was ihm so schwer fiel, wie eine kühle Brise in der Sommerhitze einzufangen.

Tanner löste seine Lippen von ihm. Brighton lag rücklings auf dem Bett, erschöpft und glücklich. Er zog Tanner zu sich heran und schmeckte seine eigene Salzigkeit auf Tanners Lippen. Verdammt, war das heiß.

„Setz dich auf mich", flüsterte Brighton. Tanner schien nicht zu verstehen, was er damit meinte, also führte Brighton ihn, bis Tanner über seiner Brust kniete, die Beine links und rechts von Brightons Oberkörper. Er glitt zwischen Tanners Beine, schloss seine Finger um Tanners pulsierendes Glied und ließ die Spitze zwischen seine Lippen gleiten. Tanner zischte und stöhnte, als Brighton an ihm saugte und ihn streichelte, ihn tiefer in seinen Mund aufnahm und dann erstarrte und Tanners pulsierendes, zuckendes Glied einfach an seiner Zunge hielt.

Dieser *Anblick*. Brighton fühlte, wie sich allein dadurch sein Glied nach der kurzen Pause wieder erhob. Tanners Bauch wölbte sich und seine Brust hob sich über Brighton – ein Berg von Muskeln und Kraft, den Brighton allein mit seinen Lippen und seiner Zunge kontrollierte. Er saugte an ihm, den Blick nach oben gerichtet, um nicht das Zittern von Tanners muskulösem Bauch zu verpassen, und wie er nach Luft schnappte, sie anhielt und seine Brust zusammenfiel, wenn er wieder ausatmete. Der Anblick allein erregte Brighton, aber das Gefühl von Tanners Glied auf seiner Zunge und der moschusartige, herbe Geruch ließen ihn fast den Verstand verlieren.

Brighton zog seinen Kopf zurück, behielt nur die große Spitze zwischen seinen Lippen und ließ seine Zunge um die Eichel wandern.

Tanner schnappte nach Luft. „Fuck, Brighton", wimmerte er und bewegte seine Hüften, um weiter vorzustoßen.

Brighton saugte heftiger und nahm Tanner tief in den Mund. Dann hielt er still, die Nase in Tanners blondem Haarbüschel vergraben, und atmete seinen einzigartigen Geruch ein. Das war atemberaubend. Tanner roch, schmeckte und fühlte sich an wie im Himmel – Brightons Vorstellung des Himmels – und er wollte, dass dies nie endete. Verdammt, er brauchte es so sehr. Brighton fühlte sich lebendig, er *war* so lebendig wie nie zuvor in seinem Leben. Sein Herz, seine Seele, sein Körper, sein Geist – alles war wach und stand unter Volldampf. Das musste diese ganz besondere, magische Bindung sein, von der er gehört hatte. Mit Kurt hatte er nie so gefühlt, nicht einmal in ihrer ganzen Beziehung, aber mit Tanner … seine Erregung übernahm seine Gedanken. Brighton bewegte seinen Kopf, saugte hart und zog sich dann zurück. „Ist es das, was du willst?", fragte er. „Sag es mir."

„Ja", rief Tanner, verschränkte die Hände im Nacken und streckte sich. „Leck mich, bitte!"

Brighton gab der Bitte mit eiserner Härte nach.

„Oh, fuck, ja!" Tanner wiegte seine Hüften.

Brighton nahm ihn tief in den Mund und verlor sich selbst in der Lust, die er ihm gab. Er begann, sich selbst zu streicheln. Es machte nichts, dass er gerade erst gekommen war. Tanner törnte ihn so an, dass er sich nicht beherrschen konnte.

„Jesus", rief Tanner, als Brighton ihn komplett in den Mund nahm und dann still hielt. Tanner erbebte, und Brighton hielt ihn, ließ sein eigenes Glied los und krallte seine Finger in Tanners festen Hintern. Dann zog er den Kopf zurück und nahm Tanner wieder und wieder tief in sich auf.

Tanner geriet über ihm ganz außer sich. „Kann nicht mehr!"

Brighton wollte nicht aufhören, um ihm zu sagen, dass das auch seine Absicht war, also saugte er heftiger und entlockte Tanner seinen Saft. Tanner buckelte wie ein Pferd und erstarrte dann. Brighton leckte ihn und fühlte, wie Tanner pulsierte. Sein Mund füllte sich mit seinem Ejakulat, und er schluckte schwer, wieder und wieder, nahm alles in sich auf, was Tanner zu geben hatte. Er wollte alles, und er nahm es sich.

Eine ganze Weile bewegte Tanner sich nicht. Brighton ließ seinen Kopf auf das Kissen sinken, während es von Tanners Glied auf seine Brust tropfte. Brighton beobachtete jede von Tanners Bewegungen, während er sich selbst befriedigte. Tanner streckte die Hand aus und übernahm, streichelte ihn mit leichten, kreisenden Bewegungen, die die Stelle direkt unter dem Kopf bei jeder einzelnen Bewegung stimulierten.

„Verdammt!", rief Brighton. Tanner ließ seine Brust anschwellen und spannte seine Bauchmuskeln an. Der Anblick war perfekt, stark und so verdammt heiß, dass Brighton zum zweiten Mal die Kontrolle verlor. Heiß spritzte es über seinen Bauch, und Brightons Verstand wurde durch die Intensität des zweiten Höhepunkts in weniger als einer halben Stunde ganz schwammig. Er schnappte nach Luft und fiel zurück auf das Bett wie eine ausgewrungene Stoffpuppe. Jetzt hatte er wirklich all sein Pulver verschossen.

Tanner stieg von ihm herunter und legte sich neben ihn aufs Bett, strich mit der Hand über seinen Bauch und seine Brust und verteilte Brightons Saft auf seiner Haut. Dann lehnte er sich über ihn und Brighton fühlte seinen warmen Atem auf seinen Lippen. Er öffnete seinen Mund und Tanner küsste ihn, ließ seine Zunge zwischen Brightons Lippen schnellen und machte leise „Mmmm", als sie den letzten Rest dessen schmeckten, was sie gerade miteinander geteilt hatten.

Eine Weile lang lagen sie still nebeneinander. Brighton entspannte sich, im Halbschlaf und glücklich wie nie zuvor. Würde dieser Moment doch nie vorbeigehen. Aber leider hatten sie noch Dinge zu erledigen.

Tanner seufzte und zog ihn eng an sich. „Ich muss aufstehen."

Das klang so verschlafen, wie Brighton sich fühlte. Er brummte sanft und hielt Tanner fest. Er wollte nur noch ein paar Minuten.

„Ich mache uns Frühstück." Brighton wollte sich noch einmal umdrehen und weiterschlafen, aber wenn Tanner aufstand, um sich um die Tiere zu kümmern, dann sollte er sich vielleicht ebenfalls aus dem Bett quälen. Schließlich hatte auch er einiges zu tun, auch wenn nichts davon so angenehm klang wie die Aussicht darauf, den ganzen Tag im Bett zu verbringen.

Tanner zog sich an und Brighton schaute ihm dabei zu. Er liebte die Cowboybräune seiner hellen Beine und seines weißen Hinterns, aber hasste die Tatsache, dass jetzt alles wieder hinter blauem Jeansstoff verschwand. Als Tanner den Reißverschluss seiner Jeans hochzog und sich mit einem kleinen Zwinkern zu ihm umdrehte, schnappte Brighton nach Luft. Jetzt würde er den ganzen Tag lang unanständige Gedanken hegen, da er wusste, dass Tanner nichts unter dieser Jeans trug, die seinen Hintern einrahmte wie ein Kunstwerk. Verdammt, Tanners Hintern *war* ein Kunstwerk, ein Wunder der Natur, das Brighton, sollte es ihm vergönnt sein, auszukosten gedachte, so oft es ihm möglich war.

Brighton sorgte für Ordnung im Bett und rappelte sich dann selbst auf. Vorsichtig zog er sich an. Er hatte sich einiges für den heutigen Tag vorgenommen, also beschloss er, erst zu essen und sich dann, so lange er konnte, an seinen Schreibtisch zu setzen. Tanner verließ ihn, nachdem er ihm einen letzten Kuss gegeben hatte, und voll bekleidet ging Brighton schließlich hinunter in die Küche. Er bereitete das Frühstück vor und stellte alles an die Seite, bis Tanner zurückkam. Dann beschloss er, es sei eine gute Idee, endlich einmal die Post durchzugehen, die sich auf dem kleinen Tisch stapelte. Er nahm alles mit herüber zum Esstisch und spähte aus dem Fenster, neugierig, ob Tanner schon auf dem Rückweg war. Die Kaffeemaschine gluckerte und der Geruch erfüllte bereits den Raum. Kaffee hatte Brighton jetzt wirklich nötig. Als er fertig war, goss er sich eine Tasse ein und nahm sie mit zum Tisch. Er setzte sich und begann, seine Post zu sortieren. Die Rechnungen legte er auf einen Stapel, die Werbung auf einen anderen, den er direkt entsorgen würde. Die Magazine, und davon hatte er unzählige, legte er beiseite. Sein Großvater musste wirklich jede Rechnung bezahlt haben, die ihm ins Haus geflattert war, denn Brighton hatte bisher zwölf Zeitschriften zugeschickt bekommen, von denen einige ursprünglich seine Großmutter abonniert hatte.

Er öffnete die letzten Briefe, um zu entscheiden, was er damit tun sollte. Einige legte er gleich zur Seite, um sie an seinen Anwalt weiterzuleiten, und andere legte er zu den Rechnungen. Ein Schreiben von der Stadt machte ihn neugierig. Brighton öffnete es und las es aufmerksam durch. „Verdammte Scheiße!" Er starrte vor Wut kochend auf den Brief.

„Was ist los?", fragte Tanner, der soeben durch das Wohnzimmer in die Küche trat. Der Brief hatte Brighton so vereinnahmt, dass er nicht einmal gehört hatte, wie Tanner zurückkam.

„Nächste Woche ist eine Anhörung. Die Stadt will die Grundstücksnutzung ändern. Dem hier zufolge wurde das Anwesen länger als zehn Jahre nicht für gewerbliche Landwirtschaft genutzt, weshalb sie es neu auszeichnen wollen." Brighton warf den Brief auf den Tisch. „Bestimmt stecken meine Verwandten dahinter."

Tanner nahm den Brief in die Hand und trat zu Brighton. Nach ein paar Minuten ließ er das Schreiben sinken und zeigte auf die untersten Zeilen. Demzufolge konnte das Land immer noch für landwirtschaftliche Zwecke genutzt werden, wäre aber auch offen für Fortschritt. „Ich w-w-wette, es geht hier um St-Steuern."

Brighton las sich den Brief durch und nickte. „Mist. Das wird den Wert des Grundstücks durch die Decke schnellen lassen, und dann werden sie mich zwingen, mehr Steuern zu zahlen." Er konnte förmlich sehen, wie all seinen tollen Plänen Flügel wuchsen und sie durchs Fenster davonschwebten. Die zusätzlichen Steuern würden jede Chance zunichtemachen, ein vernünftiges Unternehmen aufzubauen. Er würde verkaufen müssen, nur um die Steuern zu stemmen. „Mein Onkel wusste davon."

Tanner starrte ihn an.

„Er hat so etwas auf der Beerdigung angedeutet. Dass noch nicht alles vorbei wäre oder so. Ich schätze, das hier war schon seit geraumer Zeit in Planung, und sie hatten nur noch auf Grandpas Tod gewartet. Ihm konnten sie das wohl nicht antun, aber jetzt, wo er nicht mehr ist, versuchen sie es mit mir."

Sanft zog Tanner ihn auf die Füße und in seine starken Arme. Es hatte etwas ganz Besonderes an sich, von diesem Mann umarmt zu werden – er war so stark und gab Brighton stets das Gefühl, als wäre alles in Ordnung. Das beunruhigte ihn aber auch zugleich. Kurt hatte ihm dasselbe Gefühl gegeben. Er musste sich immer wieder daran erinnern, dass Tanner nicht Kurt war.

„Da steht, es gibt eine Anhörung", flüsterte Tanner in sein Ohr. „Sie schreiben, das L-L-Land wäre nicht b-b-bewirtschaftet worden, aber das ist es doch. Ruf Arthur an und höre, was er dazu sagt. M-M-Mach deine P-Pläne trotzdem fertig. Fotografier die Farm, einschließlich der Schaffelle und deiner Tiere."

Brighton hörte auf zu zittern und nahm das Papier vom Tisch, ohne sich aus Tanners Umarmung zu lösen. „Ja. Ich schätze, es wäre gut, die Gesetzeslage zu kennen, damit ich dagegen ankämpfen kann." Er atmete tief durch.

„Geh du telefonieren, ich mache hier weiter."

Wohl oder übel musste Brighton sich von Tanner lösen. Er nahm seinen Stock, den er an einen Stuhl gelehnt hatte, und ging ins Wohnzimmer, wo er sich auf das Sofa setzte, die Nummer des Anwalts heraussuchte und wählte.

„Ich würde gern mit Arthur sprechen. Hier ist Brighton McKenzie", sagte er, als die Empfangsdame sich meldete. Sie versprach, ihn zu verbinden.

„Immer noch Ärger mit der lieben Verwandtschaft?", fragte Arthur, als er sich meldete. Das war zu einem Running-Gag zwischen ihnen geworden.

„Ich weiß nicht. Die Stadt möchte das Grundstück für gewerbliche Nutzung auszeichnen." Brighton las ihm Ausschnitte aus dem Brief vor. „Ich schätze, sie haben vor, die Steuern zu erhöhen." Er erklärte, was er und Tanner vermuteten.

„Ich denke, Tanner hat recht. Ich werde die Gesetzesbücher überprüfen, um zu sehen, womit sie die Änderung begründen, und wir werden herausfinden, was wir dagegen tun können. Schicken Sie mir eine Kopie des Briefs und ich setze mich gleich daran."

„Ich gebe ihn Tanner heute Abend mit", sagte Brighton.

„Machen Sie sich keine Sorgen. Wir haben Möglichkeiten, gegen den Beschluss vorzugehen. Ich muss nur erst ein wenig Recherche betreiben", erklärte Arthur. Eine Sekunde fragte sich Brighton, wie viel ihn die erneute Rechtsberatung wohl kosten würde, aber andererseits würden ihn die höllischen Steuern ohnehin das Genick brechen. „Schicken Sie mir nur den Brief."

„Das werde ich", stimmte Brighton zu. „Und vielen Dank." Er legte auf und ging zurück in die Küche. Tanner hatte das Frühstück auf den Tisch gebracht. „Dein Cousin war ganz deiner Meinung und sagte, es gäbe Mittel und Wege dagegen anzugehen."

Tanner nickte und setzte sich ihm gegenüber. „Ja. K-Kenn die Spielregeln und nutze sie." Er lächelte und begann zu essen. Brighton tat es ihm gleich, auch wenn er keinen großen Hunger verspürte. Nach ein paar Bissen Ei fühlte er sich voll und sein Magen grummelte. Kein gutes Zeichen. Er rückte vom Tisch ab und sein Magen beruhigte sich wieder. Er versuchte, noch etwas zu essen und seine Sorgen fürs Erste zu vergessen.

„Nimmst du heute Abend den Brief für Arthur mit?" Brighton schob Tanner den Brief zu. Er hasste es, diese Frage zu stellen, denn das bedeutete, dass Tanner ihn am Ende des Tages verlassen musste. Er liebte es, Tanner um sich zu haben, aber Tanner blieb nicht jede Nacht, um nichts zu überstürzen.

Tanner nickte.

Es fiel Brighton nicht leicht, Tanners Gedanken zu erraten. Sein Gesicht konnte sehr ausdrucksstark sein, aber Brighton wusste mittlerweile, dass das nur der Fall war, wenn Tanner es auch wollte. Er wäre ein ausgezeichneter Pokerspieler, denn manchmal gab sein Gesicht absolut gar nichts preis, und dazu sprach er nicht genug, um Brighton wissen zu lassen, was in seinem Kopf vor sich ging. Manchmal – gerade jetzt zum Beispiel – konnte ihn das durchaus verärgern. „Was willst du sagen?", platzte er heraus, als er sah, wie Tanner ihn anschaute.

„Ich w-w-wollte s-sagen, dass ich nach der A-A-Arbeit gehen muss, weil Alicia mich g-gefragt hat, ob ich auf die J-J-Jungs aufpassen kann." Tanners nervöses Stottern war wieder da.

„Klar doch. Warum macht es dich so nervös, mir das zu sagen?" Brighton nahm Tanners Hand. „Sag einfach, was du willst. Ich gebe mein Bestes beim Zuhören."

Tanner zuckte mit den Schultern. „Ich bin nicht daran gewöhnt, so viel zu reden." Er schaute auf seinen Teller. Brighton ließ seine Hand los und Tanner beendete sein Frühstück. Als er aufgegessen hatte, brachte er das Geschirr zum Spülbecken. Danach lächelte er Brighton zu, drückte seine Hand und ging aus dem Haus. Brighton schaute ihm hinterher, wie er am Stall vorbeilief, hin zum Geräteschuppen am anderen Ende des

Grundstücks. Dort hinten war Brighton noch nicht gewesen, aber er fand, dass er durchaus herausfinden sollte, was dort hinten los war. Neben den ganzen anderen Dingen, die ihn beschäftigten, hatte er sich darüber keine großen Gedanken gemacht. Wenn Tanner zurückkam, würde er ihn danach fragen.

Brighton aß auf und beschloss, sich an die Arbeit zu machen. Nachdem er sich um den Abwasch gekümmert hatte, setzte er sich an seinen Tisch und fing mit einigen Startschwierigkeiten an zu arbeiten. Sein Kopf wollte sich einfach nicht auf die Arbeit konzentrieren. Nach einer Weile hatte er sich aber gesammelt und vertiefte sich in seine Aufgaben.

Ein Klopfen an der Tür riss ihn aus seinen Gedanken. Brighton schaute auf die Uhr an seinem Computer und stellte fest, dass er zwei Stunden lang gearbeitet hatte. Er schwitzte, denn die Hitze des Tages war ins Haus gedrungen, und er hatte es nicht einmal bemerkt. Es wurde ohnehin Zeit, sich ein wenig zu bewegen, also stand er auf und öffnete die Tür. Tante Vera stand auf der Veranda und lächelte ihn an. Ein Krokodil in Sommerkleid und Feinstrumpfhose, dachte er bei sich.

„Guten Morgen", sagte er freundlich und fragte sich, was sie hier suchte. Er stieß die Tür zur Gänze auf und sie trat ein. „Es ist ein wenig warm." Brighton machte sich eine mentale Notiz, sich auch um Klimaanlagen im Rest des Hauses zu kümmern. Eine zentrale Klimaanlage war leider keine Diskussion wert, denn die Installationskosten in diesem alten Haus würden auch seinen letzten Notgroschen fressen, und er wollte so viel wie möglich sparen, um es in den Ausbau der Farm zu stecken.

„Das merke ich", sagte sie und schaute sich um. „Dieses alte Haus scheint sich nie zu verändern. Es sieht noch genauso aus wie in meiner Kindheit."

„Warum willst du es dann zerstören?", fragte Brighton und Tante Veras Lächeln verblasste einen Hauch.

„Das will ich nicht. Auch wenn du verkaufst, würde das Haus nicht notwendigerweise verschwinden. Es hat eine gute Substanz und ist ein toller Ort, um darin zu leben." Sie fuhr damit fort, sich umzuschauen.

Es gab Momente, wenn Brighton sie überhaupt nicht einschätzen konnte. Gut, er ging davon aus, dass er nur die wenigsten Leute so gut einschätzen konnte, wie er selbst es glaubte. Eigentlich hatte er immer gedacht, ein geselliger Mensch zu sein, aber das stellte sich immer mehr als Trugschluss heraus. „Bist du vorbeigekommen, um dich zu unterhalten?", fragte er. „Dann können wir uns nämlich auf die Veranda setzen." Aus irgendeinem Grund wollte er sie nicht im Haus haben.

„Ich schätze, ich …" Sie seufzte und Brighton erkannte, dass sie aus irgendeinem Grund stockte.

„Ich habe von einem Freund gehört, dass die Stadt das Land neu auszeichnen will." Wenigstens hatte sie den Anstand, nicht zu lächeln. „Diese Gegend hier wächst und wird weiterwachsen. Du kannst dem Fortschritt nicht im Weg stehen."

„Tante Vera, ich weiß, was du willst, und …"

„Brighton." Dramatisch schüttelte sie den Kopf. „Ich weiß, was du denkst, und es war falsch von mir, so selbstsüchtig zu sein. Das hat nichts mit mir oder deinem Onkel zu tun, sondern damit, was das Richtige für dich ist." Sie fegte mit der Hand über die nächstbeste Fläche. „In dieses Haus muss so viel Arbeit gesteckt werden, und die Farm ist nur noch ein Schatten dessen, was sie einmal war, umringt von Wohnblöcken und Einkaufszentren. Manchmal passieren Dinge aus einem bestimmten Grund." Sie legte ihre Hand auf seine Schulter, eine mütterliche und besorgte Geste. „Zu versuchen, hieraus etwas anderes zu machen, als das Land zu nutzen, bringt doch nichts. Daddy wusste das. Er hat hier einfach gelebt. Früher gab es einige Tierherden und wir hatten viel mehr Land. So hat Daddy die ganzen Jahre überlebt. Er hat das Land, auf dem jetzt das Einkaufszentrum steht, verkauft und auch einen Teil dessen, wo heute die Wohnblöcke stehen. Die Farm hat ihm seit Jahren nichts mehr eingebracht."

Brighton nickte. Er war sich sicher, dass das stimmte, denn alles ergab Sinn.

„Ist es denn wirklich dein Wunsch, ein Farmer zu sein?" Sie schaute auf seinen Computer, der auf dem Tisch stand. „Du hast so viel anderes in deinem Leben, andere Interessen, die nichts damit zu tun haben, um fünf Uhr morgens Tiere zu füttern, sich darum zu sorgen, ob die Pflanzen wachsen, oder ob es wohl genug oder sogar zu viel Regen gibt. Der Obstgarten hat früher viel Geld eingebracht, aber was heute noch davon übrig ist, ist alt und wirft nicht mehr viel ab." Tante Vera seufzte. „Wir werden alle nicht jünger. Diese Farm hat ihre Zeit überdauert und jetzt wird es Zeit, weiterzugehen." Sie trat zurück und lächelte. „Mein schlechtes Benehmen tut mir wirklich leid." Sie wandte sich zum Gehen. „Ich habe noch einen Termin, aber ich wollte unbedingt sehen, wie du dich schlägst." Immer noch lächelnd umarmte sie Brighton. Es überraschte ihn, und schließlich erwiderte er die Umarmung. Dann drehte sie sich um und verließ das Haus.

Brighton trat zur Eingangstür und sah, wie sie sich umdrehte und winkte, bevor sie in ihren Cadillac stieg und langsam die Auffahrt hinunterfuhr. Dann begab er sich wieder an seinen Schreibtisch, nicht ohne die Haustür offenstehen und die leichte Brise ins Haus zu lassen. Er hoffte, dass seine Tante ehrlich war und ihm die Wahrheit sagte. Er wollte ihr gern glauben, und vielleicht hatte sie ja recht. Das Haus, die Farm, in alles musste so viel Arbeit gesteckt werden – Arbeit, die er nicht leisten konnte. Er schüttelte den Kopf. Was eine Sache anbelangte, hatte seine Tante vollkommen recht: Er hatte sich niemals selbst als Landwirt gesehen. Schon in der Schule war er ein Computernerd gewesen. Dort lagen seine Stärken, nicht bei Tieren und Feldfrüchten.

Er musste nachdenken und eine Entscheidung fällen, was er, auf lange Sicht hin, wollte. Wenn er sich für seinen ursprünglichen Plan entschied, dann wäre er auf lange Zeit darin gefangen. Es war keine Option, heute damit anzufangen und sich in ein paar Jahren einfach zu verabschieden. Er würde ein Unternehmen aufbauen, und das erforderte Zeit und Aufwand. Wollte er das wirklich leisten? Die energiegeladene Aufregung der letzten Stunden schwand allmählich dahin, und er wähnte sich wieder ganz am Anfang, völlig im Unklaren, was er machen sollte. Er klappte seinen Laptop zu und zog das Kabel aus. Es war brütend heiß, deswegen beschloss er, in sein Schlafzimmer zu gehen, wo es kühler war.

Er ließ seinen Stock zurück und schaffte es die Treppe hinauf. Oben angekommen betete er, dass sein Bein nicht unter ihm nachgeben würde, und ging in sein Zimmer. Er kam heil an und verbrachte die nächsten Minuten damit, sein Bett in einen Arbeitsplatz zu verwandeln, bevor er seinen Laptop wieder einstöpselte und es sich bequem machte. Er hatte alles, was er brauchte, und war froh, dass er daran gedacht hatte, sein Handy in die Tasche zu stecken. Über das Geräusch des Klimagerätes bekam er nichts von draußen mit, aber er konnte sich dennoch konzentrieren.

Stunden vergingen. Irgendwann kündigten sich sowohl Hunger als auch die Starre in seinem Bein an und zwangen Brighton, die Ruhe und Bequemlichkeit zu verlassen. Er öffnete die Tür und lauschte. Von irgendwoher kam ein tiefes, gleichmäßiges Rumpeln. Brighton schaffte es die Treppe hinunter und zu seinem Stock, ohne auf die Nase zu fallen. Das Rumpeln wurde immer lauter, und Brighton erkannte, dass es das Geräusch einer großen Maschine war, die sich näherte. Er schob eine Gardine an die Seite und sah, wie Tanner auf einem alten Traktor am Fenster vorbeifuhr.

Brighton trat auf die Veranda. „Was ist das denn?", fragte er, als Tanner die Maschine abstellte.

Tanner zeigte zum Geräteschuppen. „Hab' ich repariert." Er drehte sich um und Brighton folgte seinem Blick. „Ich habe eine Ladung auf dem Feld in der Nähe des Obstgartens verteilt." Tanner lächelte. „Jetzt sehen wir aus wie eine richtige Farm." Brighton konnte nicht widersprechen. Und verdammt, mit Tanner auf dem Traktor wirkte die Farm gleich noch um ein Vielfaches attraktiver. „Ich hab den Mist aus dem Stall als Dünger auf dem Feld verteilt."

„Wir sollten ihn da streuen, wo wir das Maislabyrinth anpflanzen wollen. Obwohl das den Nachbarn bestimmt nicht gefallen wird", fügte Brighton achselzuckend hinzu. „Lass uns das machen, wenn sie Regen melden. Das schwächt den Geruch ab."

Tanner nickte und kletterte vom Traktor. „Warum nicht hier beim Obstgarten?"

„Ich habe etwas recherchiert. Obstbäume vertragen keinen sauren Boden, und Düngen fügt dem Boden Säure hinzu. Vielleicht können wir dem Boden etwas Kalk hinzufügen und uns dann entscheiden, welche Bäume wir pflanzen. Es ist jetzt ohnehin zu heiß dafür, aber wir können den Bereich für den nächsten Frühling vorbereiten."

„Oh." Tanner klang enttäuscht.

„Danke dir", sagte Brighton. Das alles machte die Farm viel lebendiger, wenn man bedachte, wie verschlafen er sie vorgefunden hatte, und jeder Vorbeifahrende würde das jetzt sehen können. Die Zweifel und düsteren Vorhersagen von vorhin schienen wie ein Relikt aus der Vergangenheit. „Das hast du super gemacht, und es tut dem äußeren Erscheinungsbild der Farm wirklich gut." Er lachte aufgeregt und Tanner ließ sich von seiner Energie anstecken.

„War jemand hier?", fragte er. „Es hat dich doch niemand belästigt, oder?"

„Es war meine Tante." Brighton versuchte immer noch, einen Sinn in diesem Besuch zu finden. „Sie hat sich anständig benommen." Er beschloss, es dabei zu belassen. Er war immer noch davon überzeugt, dass seine Tante einfach nur hinter dem Geld her war, aber was sie gesagt hatte, schien vernünftig. Ebenso wie das, was Tanner getan hatte. Es war einfach so, dass ihn die Worte seiner Tante zum Zweifeln gebracht hatten, während Tanner durch das Umpflügen eines winzigen Stück Feldes ihn wieder ermutigt hatte. Vielleicht konnte er ja doch zu einem Farmer werden. Die Zeit würde es zeigen.

Tanner kniff die Augen skeptisch zusammen.

„Sie hat ihre Meinung nicht geändert, das weiß ich. Aber sie war nett. Ob das jetzt anhält oder nur eine List war, um ihren Willen durchzusetzen, wird sich zeigen." Er war nicht dumm. Tante Vera konnte manipulativ sein, und Brighton war immer noch nicht davon überzeugt, dass sie nicht hinter der ganzen Sache mit der Grundstücksnutzung steckte. „Kommst du zum Essen?"

Er hielt die Tür offen und Tanner ging ins Haus. Brighton folgte ihm und die Tür schlug hinter ihnen zu. Er stützte sich auf seinen Stock und schaute Tanner zu, wie er in der Küche umherging. Für einen so großen Mann bewegte er sich erstaunlich elegant, fand Brighton. Ihm gefiel, wie das Gewebe von Tanners T-Shirt und Jeans schimmerte, wenn er sich bewegte. Was Tanner an ihm fand, war ihm ein Rätsel, und Brighton zog sich langsam in sich zurück, die Arme über der Brust verschränkt.

Tanner drehte sich zu ihm um. „Warum k-kommst du nicht?" Er blieb stehen und ging wieder zurück zu Brighton. Dann grinste er, hob ihn hoch und legte ihn sich über die Schulter.

„Machst du mir jetzt den Höhlenmenschen?", sagte Brighton lachend.

„Tanner huuungrig", grunzte Tanner und Brighton lachte noch lauter.

„Du kannst mich runterlassen." Er klatschte auf Tanners Hintern und kniff ihn dann, einfach, weil er es gerade konnte, in seine festen Backen. „Obwohl, wenn ich darüber nachdenke, ist der Ausblick hier nicht der schlechteste."

Tanner setzte ihn ab und Brighton holte die Zutaten für Sandwiches aus dem Kühlschrank. Er würde Brianne zum Lebensmittel einkaufen anrufen müssen. Irgendwie fehlte es ihm schon wieder an allem.

„Heute Nachmittag muss ich gehen. Ist das okay?" Tanner schmierte sich ein Sandwich.

„Klar."

„Ich bin abends wieder da, um alles zu erledigen", fügte Tanner eilig hinzu.

„Es ist in Ordnung. Ich habe selbst viel Arbeit. Nimm den Lieferwagen, wenn du magst." Es war ja nicht so, als würde Brighton ihn brauchen. Er machte sich auch sein Sandwich zurecht und begann langsam zu essen. Er war glücklich, und als Tanner ihn über den Tisch hinweg anlächelte, schmolz Brightons Herz. Mehr noch als alles andere wünschte er sich, daran glauben zu können, dass es für ihn in Liebesdingen gut lief. Tanner war warm und freundlich. Als er Brightons Hand nahm, war seine Berührung sanft und fürsorglich. Natürlich war es nicht ganz einfach, mit einer Hand ein Sandwich zu essen, aber irgendwie schaffte er es.

Als sie fertig waren, räumte Tanner den Tisch ab und lehnte sich dann nach vorn, um ihm einen Kuss zu geben. „Bin bald zurück."

„Okay." Brighton folgte ihm in den Eingangsbereich. Er schloss die Tür hinter ihm und quälte sich wieder die Treppe hinauf zum Arbeiten. Bevor er es sich bequem machte, rief er Brianne an und machte mit ihr aus, sich am Nachmittag zum Einkaufen zu treffen. Arthur rief ihn an, als er gerade aufgelegt hatte, um ihm zu sagen, dass er einen Präzedenzfall gefunden hatte, und dass er sich, sobald er den Brief bekommen hatte, gerne mit Brighton zusammensetzen würde, um ihr weiteres Vorgehen zu besprechen. Vielleicht wurde doch alles gut.

BRIGHTON ARBEITETE hart die nächsten Stunden. Er schloss ein Projekt ab, schickte die Details an seinen Kunden und bekam direkt den Lohn auf sein PayPal-Konto überwiesen. Das kam ihm sehr zugute. Er hatte noch mehr zu tun, konnte aber nicht länger sitzen, also legte er seinen Laptop zur Seite und setzte sich auf. Ihm fiel ein, dass er irgendwann einen alten Rucksack im Raum gesehen hatte. Er humpelte zum Schrank und fand im obersten Fach, was er suchte. Als er es geschafft hatte, den Rucksack sicher herunterzuholen, steckte er seinen Laptop und das Ladekabel hinein und setzte ihn sich auf den Rücken.

Jetzt hatte er beide Hände frei, um sich auf der Treppe festzuhalten. Er hasste es, glaubte aber, dass das Treppensteigen seinem Bein guttat. In den letzten Nächten hatte er weniger Schmerzen gehabt und – klopf auf Holz – war nicht wieder gestürzt. Vielleicht tat es sein Bein den anderen Dingen in seinem Leben gleich und hatte beschlossen, endlich zu kooperieren.

Eine Wolkenwand hatte sich aufgetürmt und die Temperaturen wieder erträglicher gemacht, also setzte er den Rucksack auf einem der Wohnzimmerstühle ab und ging in die Küche, wo er sich ein Glas Eistee holte und es mit auf die Veranda nahm. Er freute sich darauf, eine Weile dort zu sitzen und zu schaukeln.

Kaum war er draußen, überdachte er seinen Entschluss, denn in Sekundenschnelle begann er in der stickigen Luft zu schwitzen. Nichtsdestotrotz setzte er sich in seinen Stuhl und wippte ein wenig vor und zurück. Abgesehen von der Hitze fühlte er sich gut. Fast eine Stunde lang blieb er sitzen, trank seinen Eistee aus und beschloss, sich noch einen zweiten zu holen. Er war gerade aufgestanden, als die Sonne wieder durch die Wolkendecke brach und ein fremdes Auto die Auffahrt hinauffuhr. Das alte Ding sah aus, als wäre es geradewegs durch die Hölle gefahren, von oben bis unten mit Staub und Schmutz bedeckt. Als es sich näherte, erkannte Brighton, dass das Auto nicht so alt war, wie er gedacht hatte, sondern nur dreckig. „Kann ich Ihnen helfen?", fragte er, als ein Mann ausstieg und ihn über das Dach des Wagens hinweg ansah. Er war groß und breit, braun gebrannt, mit samtschwarzem Haar und einem Cowboyhut mit einer silberbesetzten Kordel.

„Das hoffe ich doch. Ich suche Tanner Houghton. Hab ihn bei seinem Cousin aufgestöbert, und die nette Lady am Telefon sagte, er würde hier arbeiten." Er schaute sich um. „Sieht nicht nach viel aus, aber ich bin aus dem Westen, da erstreckt sich auch eine kleine Ranch von Horizont zu Horizont."

Augenblicklich sträubten sich Brightons Nackenhaare. Die Farm mochte nicht groß sein, aber wenn ein Fremder sich abfällig darüber äußerte, war das für Brighton Grund genug, dem Scheißkerl zu sagen, dass er sich verpissen und ein paar Manieren lernen sollte. „Und Sie sind?"

Der Typ umrundete sein Auto und trat zu ihm auf die Veranda. „Royce Weston. Ich bin Tanners Freund. Ich bin hergekommen, um ihn wieder mit zurück nach Montana zu nehmen. Wir hatten ein bisschen Tohuwabohu zu Hause, das ich bereinigt habe, und ich bin den ganzen Weg hergekommen, um ihn zu finden." Er streckte die Hand aus.

„Brighton McKenzie", sagte Brighton und erwiderte den Handschlag aus reiner Höflichkeit. „Tanner ist gerade nicht da. Er ist mit dem Truck unterwegs und erledigt ein paar Besorgungen."

„Sind Sie der Besitzer?" Royce schaute sich um. „Wenn Sie erlauben, aber die Farm hat's ziemlich nötig. Sieht nicht groß genug aus, um irgendwen zu ernähren." Er drehte sich wieder zu Brighton um. „Sie brauchen echt Hilfe."

Brighton hob seinen Stock, bereit, ihn wie eine Waffe zu schwingen und dem Typen seinen selbstzufriedenen Blick von der Visage zu wischen. Ja, er brauchte Hilfe, und ja, dieser Kerl war bestimmt in einem Stall aufgewachsen, ohne irgendwelche Umgangsformen gelernt zu haben. „Ich habe die Farm kürzlich erst von meinem Großvater geerbt. Dieses Land gehörte meiner Familie schon vor der Revolution. Es mag klein sein, aber ich habe große Pläne damit. Und, wollen Sie noch etwas anderes, außer Beleidigungen loswerden? Denn wenn nicht, dann werde ich Tanner ausrichten, dass Sie da waren." Brighton zeigte zur Straße. „Und Sie können gehen."

„Ich wollte Sie nicht beleidigen", sagte Royce. „Bin nur anderes gewöhnt."

Brighton begann, sich zu fragen, ob dieser Typ dumm war, komplett ignorant oder beides. Seine Manieren hätten selbst sein Pony, Napoleon, zum Erröten gebracht. „Dafür, dass Sie nicht vorhatten, mich zu beleidigen, ist es Ihnen ganz gut gelungen. Und ich frage mich, ob Sie zu viel Zeit mit Vieh anstelle von Menschen verbracht haben. Vielleicht sind Sie ja in einem Stall zur Welt gekommen?" Brighton starrte Royce an, als könnte er ihn so in einen Streit verwickeln. „Ich sage Tanner, dass Sie hier waren."

„Kann ich meine Nummer dalassen?" Er wühlte in seiner Hemdtasche herum. „Hab 'ne ganze Woche nach ihm gesucht."

„Wenn er Ihr Freund ist, wie Sie sagen, sollte er Ihre Nummer dann nicht haben? Und hätte er sie nicht genutzt, wenn er interessiert wäre?" Brighton bemerkte einen ersten Riss in Royce' Schutzwall. Zugegeben, genau neben einem solchen Mann stellte er sich Tanner vor. Royce war der personifizierte Marlboro-Mann – gut aussehend, stark, mit stechendem Blick. Und er war ein Arschloch, aber vielleicht war Brighton da etwas empfindlich. Er nahm die Karte und steckte sie ein, während Royce in sein Auto stieg.

„Wie ich schon sagte, da gab es ein ziemliches Tohuwabohu, und wir müssen die Dinge ins rechte Licht rücken. Deswegen bin ich hier." Er schenkte Brighton ein strahlendes, perfektes Lächeln. Dann tippte er an seinen Hut und verschwand in einer Staubwolke, die das Auto mit einer weiteren Schicht Schmutz bedeckte.

Brighton war kurz versucht, die Karte aus seiner Tasche zu nehmen und in Stücke zu reißen. Aber das wäre klein kariert, und während Brighton sich einige Charakterfehler eingestand, kleinlich wollte er beim besten Willen nicht sein. Ihm fielen einige wenig schmeichelhafte Adjektive ein, um sich selbst zu beschreiben: verdammt eifersüchtig, gelb vor Neid, mordswütend, unangemessen und unsicher. Jetzt auch noch klein kariert auf die Liste zu setzen, war wirklich zu viel des Guten. Brighton ging zurück ins Haus, nachdem er sich versichert hatte, dass das Auto wirklich verschwand. Er überprüfte die Uhrzeit auf seinem Handy und bereitete sich zur Abfahrt vor. Brianne würde jeden Augenblick da sein, Gott sei Dank. Er brauchte jemanden zum Reden.

„ALSO, DIESER sogenannte Freund ist einfach so aufgetaucht?", fragte Brianne ein wenig später, als sie ihre Einkaufswägen durch den Supermarkt schoben.

„Das war es, was er sagte." Brighton sichtete die Hamburgerpackungen und legte zwei davon in seinen Wagen. Dann ging er am Kühlregal entlang und nahm sich Hühnchen und eine Packung Schweinekoteletts.

„Wie sah er aus?" Brianne blieb neben ihm stehen.

„Wie ein Cowboy aus einem Western. Er hat sogar wie einer gesprochen. Groß wie Tanner, braun gebrannt, dunkles Haar, Gesicht wie in Stein gemeißelt." Brighton wollte nicht länger darüber reden und schob seinen Wagen durch die nächste Abteilung, wo er sich an Milch und Käse bediente. „Tanner sieht in jedem Fall besser aus als dieser Royce."

„Deswegen machst du dir aber keine Sorgen, oder?" Brianne nahm sich ebenfalls zwei Liter Milch. „Du magst Tanner wirklich sehr, nicht wahr?"

Brighton blieb stehen und legte beide Hände auf seine Brust. „Ich schlaf nicht mit jedem, der mir über den Weg läuft." Er hatte es lauter gesagt, als er es beabsichtigt hatte, und schlug die Hand über den Mund, als ihm auffiel, was genau er gesagt hatte. Bis jetzt hatte er die Sache mit Tanner für sich behalten.

„Du Hund", neckte ihn Brianne. „Den Gehilfen vögeln." Sie lachte laut und Brighton verdrehte die Augen.

„Kling nicht so viktorianisch. Ich mag ihn, okay? Er ist nett und aufmerksam. Mein Bein ist ihm egal." Brighton erinnerte sich an ihr erstes Mal zusammen in seinem Zimmer, wie zärtlich Tanner sich um sein Bein gekümmert hatte. Bei dem Gedanken wurde ihm immer noch ganz warm ums Herz. „Also, ja, ich mag ihn."

„Aber was, wenn Royce wirklich sein Freund ist und die Wahrheit sagt? Hat dir Tanner von ihm erzählt?"

Brighton schüttelte den Kopf. „Tanner hat Royce' Namen einmal erwähnt, aber er redet nicht über das, was passiert ist, bevor er die Ranch in Montana verlassen hat. Royce meinte, es hatte ein wenig ‚Tohuwabohu' gegeben, das er beseitigen musste. Was auch immer das bedeuten soll."

Er ging weiter den Gang entlang. „Hast du jetzt Angst, dass Tanner mit diesem Royce-Typen geht?", fragte Brianne.

„Warum sollte er das nicht? Wir kennen einander erst ein paar Wochen – weniger sogar noch. Vielleicht hatten er und Royce eine dieser besonderen Verbindungen oder sind Seelenverwandte, die voneinander getrennt wurden. Verdammt, ich weiß es doch nicht." Brighton blieb stehen und lehnte sich auf seinen Wagen. „Ich weiß im Moment gar nichts. Ich gehe das alles immer wieder in meinem Kopf durch, und ich werde den Verdacht nicht los, dass ich eine Art … Lückenbüßer bin. Er und Royce haben sich getrennt, oder er ist wegen dieses Tohuwabohus gegangen, und wir beide …" Brighton war zu elend zumute, um seinen Gedanken zu beenden.

Brianne schob ihren Wagen neben den seinen. „Du hast es schon wieder getan, oder?"

„Was getan?"

„Bist mit deinem ganzen Herz in die Sache hineingesprungen." Sanft streichelte sie seine Schulter. Brighton zuckte zusammen. „Nein, warte. Das ist doch genau das, was dich so besonders macht. Wenn du dich nicht immer mit vollem Herzen und ohne nachzudenken in alles hineinstürzen würdest, wärest du nicht der Bruder, der seine kleine Schwester immer an erste Stelle setzt." Sie ließ ihn los und umrundete den Einkaufswagen. „Du hast mir ein Zuhause gegeben, kaum alt genug dafür, weil du der Meinung warst, dass Onkel und Tante mich nicht gut genug behandelten und mir Steine in den Weg legten. Mom und Dad waren gestorben und du hast dein eigenes Leben zurückgestellt, damit ich mich weiterbilden und etwas aus mir machen konnte, und das werde ich auch tun. Du weißt das. Aber alles, was ich erreiche, schaffe ich nur deinetwegen." Sie umarmte ihn. „Das ist eigentlich kein Thema für eine Supermarktunterhaltung, aber Scheiß drauf. Du verdienst alles Glück der Welt. Also hör endlich auf, zu glauben, du wärest weniger wert als andere, nur weil du ein kaputtes Bein hast. Das macht mich rasend."

„Aber Bree, das ist es doch, was die Leute in mir sehen."

„Und? Das ist deren Problem. Und nur fürs Protokoll, wenn Tanner nicht der Richtige für dich ist, dann wird es einen anderen geben."

Etwas lauter als beabsichtigt spottete Brighton: „Klar. Weil die Welt voll ist von starken Typen, die freundlich und fürsorglich sind. Bitte. Tanner ist …" Brighton hielt inne, denn wenn er jetzt weitersprach, würde er wieder sentimental werden, was er tunlichst vermeiden wollte. „Er ist etwas Besonderes, und ich bin sehr rational an die Sache herangegangen."

Brianne hob die Hände. „Du weißt nicht einmal, ob dieser Royce die Wahrheit sagt. Vielleicht hat er Wahnvorstellungen und redet nur Blödsinn."

Das stimmte.

„Die einzige Person, die dir die Wahrheit sagen kann, ist Tanner. Also lass uns hier fertig werden und ich bringe dich zurück. Er meinte, er wäre am Abend zurück, richtig?" Brighton nickte. „Dann ist er in etwa einer Stunde zurück." Sie gab ihm einen Klaps auf dem Hintern. „Lass knacken, Hinkebein." Dann eilte sie mit ihrem Wagen davon und Brighton schüttelte den Kopf. Manchmal konnte sie wirklich kindisch sein. Ihm gefiel das, denn es bedeutete, dass die harten Zeiten, durch die sie gegangen waren, nicht zu tiefe Spuren bei ihr hinterlassen hatten. Zumindest nicht so tiefe wie bei ihm. Das beruhigte ihn.

Brighton ging weiter den Gang entlang. Er brauchte nur noch ein paar getrocknete Lebensmittel, die er einsammelte, bevor er sich zur Kasse begab. Er stellte sich an und legte seine Einkäufe auf das Band, während die Kassiererin alles einscannte. Nachdem er bezahlt hatte, traf er Brianne an ihrem Auto wieder. Sie half ihm, alles zu verstauen, und fuhr ihn zurück zur Farm. Der Lieferwagen war noch nicht wieder da, und Tanners Motorrad stand da, wo er es zurückgelassen hatte. Brighton ging ins Haus und Brianne räumte ihre Einkäufe von der Rückbank.

„Warum konnten wir das Zeug nicht in den Kofferraum packen?", fragte Brighton.

„Der ist voll." Brianne hievte einen Teil seiner Einkäufe auf die Anrichte. „Ich war letztens bei Costco und hatte noch keine Gelegenheit, das Auto auszuräumen. Ich hatte gehofft, Tanner könnte mir dabei helfen."

„Wieso Tanner?" Brighton begann, seine Lebensmittel wegzupacken.

„Ich hab' dir ein Klimagerät fürs Erdgeschoss gekauft. Ich habe die Nase voll davon, jedes Mal zu schmelzen, wenn ich das Haus betrete. Allein kann ich es nicht heben, also hatte ich gehofft, Tanner könnte mir helfen." Sie grinste ihn an und Brighton seufzte. „Du hast schon genug für mich getan."

„Bree." Im letzten Jahr hatte sie so viel für ihn getan, um wiedergutzumachen, wie sehr er sich um sie gekümmert hatte. Es hatte Zeiten gegeben, als er komplett hilflos war, und sie war immer für ihn da gewesen.

„Deine Leitungen hier hast du jetzt ja repariert, also willst du es vielleicht auch bequem haben, vor allem, wenn das hier dein Zuhause werden soll. Es muss sich nach einem Zuhause anfühlen, und ein Backofen ist kein Zuhause."

Brighton war immer noch damit beschäftigt, die Einkäufe zu verstauen, als er den Lieferwagen auf dem Hof hörte. Er schaute aus dem Fenster und sah, wie Tanner zum Stall ging.

„Ich frag ihn mal, ob er mir hilft", sagte Brianne und lief aus der Tür. Brighton hoffte, sie hielt den Mund, was die Sache mit Royce anging. Er war sich ziemlich sicher, dass sie nichts sagen und ihn zuerst mit Tanner sprechen lassen würde. Dennoch war Briannes Zunge manchmal schneller als ihr Kopf. „Er hilft mir, wenn er mit dem Füttern fertig ist", sagte Brianne, als sie wieder in die Küche trat und die Fliegengittertür hinter sich zuschlug.

Sie half ihm, den Rest wegzuräumen und ging dann wieder nach draußen. Bald kam Tanner herein und stellte eine große Kiste auf den Wohnzimmerboden. „Ich hoffe, die ist passend", sagte Brighton leise. Die Kiste konnte kaum in Briannes Kofferraum gepasst haben.

„Ich hab's ausgemessen. Es ist ein Hochleistungsgerät und sollte stark genug sein, die Räume im Erdgeschoss zu kühlen, vor allem, wenn du die Küchentür geschlossen hältst." Brianne trat einen Schritt zurück und umarmte ihn dann zum Abschied. „Ich muss jetzt nach Hause." Sie lächelte leicht, sagte „Danke dir, Tanner" und fügte tonlos „Rede mit ihm!" an Brighton gerichtet hinzu, bevor sie ging. Brighton wollte sie am Liebsten anschreien, setzte sich dann aber nur in einen Stuhl. „Brauchst du Hilfe?"

Tanner schaute von der Gebrauchsanweisung auf und schüttelte den Kopf. Dann ging er wieder nach draußen und eine Minute später hörte Brighton, wie sich die Tür des Lastwagens schloss.

Tanner kehrte zurück, die Werkzeugkiste von Brightons Großvater im Schlepptau. Er stellte sie auf ein Stück Pappe und schraubte an der Klimaanlage herum. Brighton schaute ihm zu, wie er schweigend arbeitete.

„Hast du gefunden, was du brauchst?"

„Ja. Ich zeig's dir, w-w-wenn ich f-fertig bin." Tanner schraubte das Gerät zusammen und öffnete das Fenster. Er schob das Klimagerät hindurch, wobei sich seine Muskeln anspannten, und schloss dann das Fenster, verließ den Raum, und ein paar Sekunden später hörte Brighton ihn draußen arbeiten. Es klickte und das Gerät schien an seinem richtigen Platz zu sitzen, denn Tanner kehrte zurück und versiegelte beide Seiten des Gerätes mit weißer Plastikverkleidung. „Wir müssen ein wenig warten."

„Okay", sagte Brighton. Er stand auf, holte ein Glas Tee und reichte es an Tanner weiter. Seine Hand zitterte etwas dabei.

„Danke", sagte Tanner.

„Du hattest heute Besuch." Brighton zog die Karte aus seiner Tasche und reichte sie an Tanner weiter. „Er sagte, sein Name sei Royce und er wäre dein Freund." Es tat weh, das laut auszusprechen, aber andererseits hatten er und Tanner ihren Beziehungsstatus bisher noch nicht definiert. Verflucht, Tanner hatte noch nicht einmal über seine Gefühle gesprochen.

„R-Royce war hier?" Tanner stellte das Glas zur Seite.

„Ja. Er erzählte etwas von einem Tohuwabohu zu Hause, das er bereinigen musste, und dass er den ganzen Weg hergekommen wäre, um dich zu finden." Brighton hatte nicht den Mut zu fragen, ob Tanner auch gefunden werden wollte. Er fühlte einen Stich in der Herzgegend. „Anscheinend hat ihm Alicia am Telefon gesagt, wo du bist."

Tanner starrte die Nummer an, und Brighton versuchte, seinem Blick zu entnehmen, was er dachte. Er hoffte auf Ärger, oder darauf, dass Tanner die Karte zur Seite warf und Brighton in den Arm nahm. Aber nichts davon geschah.

„Ich muss los", flüsterte Tanner.

„Verstehe", sagte Brighton mit zusammengeschnürter Kehle. „Wenn er dir wirklich etwas bedeutet, solltest du ihn treffen und herausfinden, was er dir zu sagen hat." Tanner blieb stehen und drehte sich zu ihm um. „Du solltest mit dem Menschen zusammen sein, der dich glücklich macht, und ich werde dir dabei nicht im Weg stehen." Royce hatte so viel, was Brighton nicht bieten konnte. Er war ein Cowboy wie Tanner und sah aus wie der perfekte Mann für ihn. Royce brauchte keinen Stock, um von A nach B zu kommen, und sein Auto, wenn auch von der langen Fahrt mit Schmutz bedeckt, kostete mehr, als Brighton in zwei Jahren verdienen konnte. Er hatte erkannt, dass sich unter der Dreckschicht ein hochwertiges Muscle-Car verbarg. Royce hatte alles, was Tanner verdiente, und wenn es das war, was Tanner wollte, dann … „Du solltest zu ihm gehen und herausfinden, was er will. Er sorgt sich anscheinend um dich, wenn er den ganzen Weg gefahren ist, um dich zu sehen." Brighton wandte sich ab und ging in die Küche. Er brauchte räumlichen Abstand und hoffte, dass ihn sein Bein jetzt nicht im Stich ließ.

Tanner erhob sich, sammelte die Pappe auf und steckte sie in die Verpackung des Klimageräts. Er trug den Karton nach draußen, vermutlich zum Müll. Dann kam er wieder ins Haus und Brighton, gegen den Türrahmen gelehnt, lächelte. Eine Sekunde hoffte er, dass Tanner seine Meinung geändert hatte und bei ihm bleiben wollte. Stattdessen ging Tanner an ihm vorbei und in die Küche, wo er den Brief an seinen Cousin einsammelte. Dann stürmte er aus der Tür, ohne sich noch einmal umzudrehen. Eine Minute später ertönte der heisere Sound von Tanners Motorrad in der Abendluft. Es drehte auf und wurde dann leiser, als sich Tanner weiter und weiter entfernte.

Brighton schaute ihm hinterher und sank dann in seinen Stuhl. Lange regte er keinen Muskel. Er wusste, dass er sein Herz an Tanner verloren hatte, und war sich nicht sicher, was er tun sollte. Schließlich klingelte sein Telefon, und in der Hoffnung, es wäre Tanner, nahm er den Anruf an.

„Was ist passiert?", fragte Brianne, kaum dass er sich gemeldet hatte.

„Ich habe ihm von Royce erzählt, und er sagte, er müsse gehen." Brighton versuchte, mit fester Stimme zu sprechen, versagte aber kläglich. „Er konnte nicht schnell genug wegkommen." Bilder von Tanner und Royce als Paar hatten ihn die letzten Stunden fürchterlich geplagt.

„Hat er irgendetwas gesagt?", fragte Brianne.

„Er hat die Karte an sich genommen und gesagt, er müsse gehen. Dann hat er den Karton aus dem Wohnzimmer geholt, ihn rausgetragen und ist verschwunden. Er hat nichts weiter gesagt." Brighton seufzte leise. „Ich glaube, er ist immer noch in Royce verliebt, und ich bin nur so eine Art Lückenbüßer."

„Das weißt du doch nicht."

Brighton lehnte sich nach vorn und stellte die Klimaanlage an. Sie summte überraschend leise und begann, kühle Luft in den Raum zu pumpen. „Doch, das weiß ich. Ich habe Tanners Gesicht gesehen. Die Hoffnung in seinen Augen, als er die Karte mit Royce' Nummer sah. Ich weiß es."

„Brighton, bleib locker."

„Wie soll ich das tun? Tanner …" Brighton schnappte nach Luft. „Verdammt, ich habe alles versaut."

„Hey, das ist nicht deine Schuld. Manchmal passieren einfach Dinge, das weißt du." Brianne versuchte, ihn zu trösten, aber Brighton wollte keinen Trost. „Wie kommst du darauf, dass du es verbockt hast? Verschweigst du mir irgendetwas?"

„Nein, das ist es nicht. Es liegt an mir."

„Du musst dich jetzt erst einmal beruhigen und nicht so aufregen. Du weißt nicht, was zwischen Tanner und diesem Royce vorgefallen ist. Anscheinend haben sie eine gemeinsame Vergangenheit, aber Tanner hat ihn verlassen und ist hier gelandet, tausende Meilen weg von Royce. Dafür wird es einen Grund geben. Dass er jetzt hier auftaucht und Tanner so reagiert, muss gar nichts mit dir zu tun haben." Sie klang so vernünftig, aber Brightons Brust fühlte sich an, als müsste sie gleich implodieren, und er kam einfach nicht darüber hinweg, dass Tanner so abrupt verschwunden war.

„Er ist einfach gegangen. Tanner ist seit … na ja, seit einer Weile nie ohne eine Berührung oder einen Kuss gegangen. Er hat sich immer verabschiedet. Aber jetzt hat er sich einfach umgedreht und ist ohne ein Wort gegangen."

„Okay", sagte Brianne sanft. „Ich schlage vor, du gibst ihm ein wenig Zeit. Er wollte heute doch ohnehin nach Hause fahren, nicht wahr?"

„Ja."

„Ist er jemals morgens nicht zum Füttern der Tiere erschienen?"

„Nicht einmal, seit er für mich arbeitet", sagte Brighton.

„Dann mach dir keine Sorgen. Wahrscheinlich wird er morgen früh zurück sein, und du kannst mit ihm sprechen. Und dieses Mal sprichst du wirklich mit ihm. Finde heraus, was passiert ist, und ob Tanner Hilfe braucht. Sag ihm, du möchtest alles wissen, weil du dir Sorgen um ihn machst." Brianne hielt inne, hauptsächlich, um zu atmen. „Ihr Männer denkt immer, was passiert, das passiert, und warum zur Hölle miteinander reden?"

„Und du bist die Expertin, weil …?"

„Ich lese", gab Brianne zurück.

„Okay. Dann glaub einfach nicht alles, was du liest", erwiderte Brighton.

„Ja, klar. Vielleicht versuche ich, ein bisschen Erfahrung auf dem Gebiet zu sammeln."

Brighton beschloss, das Thema zu wechseln. „Triffst du dich im Moment mit jemandem?" Brianne hatte nur selten Dates. In den letzten Jahren war sie zu beschäftigt gewesen.

„Da gibt es einen Typen in einem meiner Kurse. Er hat gerade seinen Master bekommen und mich gefragt, ob ich mit ihm ausgehen möchte. Ich denke, ich versuche es mal und schaue, was passiert." Ihre Stimme klang so gelassen wie eh und je.

„Dann hab Spaß und mach keinen …"

„Bitte", schnitt Brianne ihm das Wort ab. „Ich bin kein Kind mehr. Wenn alles gut läuft, stell ich ihn dir vielleicht irgendwann vor. Aber du musst versprechen, ihn nicht zu vergraulen."

„Ihr hattet noch nicht einmal ein Date und du hast Angst, ich könnte ihn vergraulen? Ich glaube, das schaffst du ganz gut selbst." Brianne konnte anstrengend sein, und als Partner kam nur jemand infrage, der stark war, intelligent und selbstsicher. Brighton hoffte ehrlich, dass sie so jemanden fand, denn seiner Meinung nach war Brianne ein viel zu guter Mensch, um alleine zu bleiben.

„Haha. Hör zu, ich muss jetzt los. Aber schau, dass nicht die Nerven mit dir durchgehen und versuche, ein wenig zu schlafen. Tanner ist ein guter Mensch, andernfalls würdest du dir nicht solche Sorgen um ihn machen. Vertrau darauf und gib ihm die Zeit, die er braucht."

„Ich versuch's", versprach Brighton, aber er war sich nicht sicher, ob er dieses Versprechen würde halten können. Sein rechtes Bein zitterte und immer, wenn er etwas auf der Straße hörte, was ein Motorrad sein könnte, schaute er aus dem Fenster. Er wünschte Brianne eine gute Nacht und legte auf. Dann setzte er sich neben eines der Fenster mit Blick zur Straße, um besser beobachten zu können, ob Tanner zurückkam. Er starrte ein paar Minuten lang auf die Auffahrt und wandte sich dann ab.

Er ging in die Küche und machte sich schnell etwas zu essen. Die Tiere waren fertig für die Nacht, darum hatte Tanner sich gekümmert. Brighton stand an der Anrichte, während er sich ein Mikrowellengericht aufwärmte, weil ihm nicht länger nach Sitzen war. Als er gegessen hatte, warf er die Verpackung in den Müll, stellte das Geschirr in die Spüle und ging nach draußen.

Er war extrem unruhig. Sein Bein tat nicht weh, deswegen lief er ein wenig im Hof herum. Der Lieferwagen parkte an der Westseite des Hauses. Während er sich ihm näherte, fragte er sich, warum er Blätter auf der Ladefläche erkennen konnte. Als er nahe genug herangetreten war, stellte er fest, dass die ganze Ladefläche mit dutzenden Bäumen in Töpfen gefüllt war. Brighton fragte sich, wo die herkommen mochten. Er öffnete eine der Türen. Eine Rechnung vom Fachhandel lag auf dem Beifahrersitz. Anscheinend hatte er Tanner einen großzügigen Rabatt im Ausverkauf gewährt, und dieser hatte den ganzen Laden leergekauft.

Brighton kletterte auf den Fahrersitz und starrte auf die Rechnung. Apfel-, Birn- und Kirschbäume standen dort, und der Auflistung zufolge gab es sogar Pfirsichbäume. Brighton schluckte hart und fragte sich, was er eigentlich falsch machte. „Verdammt, Tanner, warum hast du nicht mit mir gesprochen?"

Tanner hatte so ein großes Herz, wie es der Lastwagen voller Bäume, die er extra für ihn besorgt hatte, zeigte. Was Brighton am meisten verletzte, war die Erkenntnis, dass es Tanner mit jemand anderem besser treffen würde, jemandem, der sein eigenes Gewicht stemmen konnte und nicht permanent auf Hilfe angewiesen war. Er beugte sich vor und lehnte den Kopf an das Lenkrad. Wie leid er es war, die ganze Zeit Angst haben zu müssen. Immer, seit diesem verfluchten Unfall … Brighton rief sich selbst zur Raison. Nein, das war schon viel früher so gewesen. Ihre Eltern zu verlieren, hatte ihm den Boden unter den Füßen weggezogen. Der Unfall hatte die gleichen Auswirkungen gehabt, allerdings physischer Natur. Von Kurt verlassen zu werden, hatte wehgetan, und er hatte ihn …

Das hier war anders. Ganz anders. Ja, er hatte Kurt geliebt. Aber es war nicht diese tiefe Liebe gewesen, ohne die man nicht mehr leben konnte, wenn man sie einmal erfahren hatte. Seine Seele hatte sich nicht so verletzt gefühlt, nicht so sehr, wie es jetzt mit Tanner der Fall war. Wenn er mit ihm zusammen war, hatte Brighton das Gefühl, seine zweite Hälfte gefunden zu haben, ein Stück, das immer gefehlt hatte. Verflucht, Tanner hatte sich nicht einmal um sein Bein geschert. Und auch, wenn er es nie ausgesprochen hatte, so hatte Brighton doch das Gefühl, dass Tanner sich um ihn sorgte – dass Tanner ihn vielleicht auf eine Art liebte, wie Kurt es nie getan hatte.

Brighton hob seinen Blick, aber alles, was er im Rückspiegel sah, war die grüne Reflexion von Tanners Aufmerksamkeit. Brianne hatte recht – alles, was er tun konnte, war, zu hoffen, dass Tanner am Morgen zurückkam, um mit ihm sprechen zu können und herauszufinden, was hier eigentlich vorging und was Tanner wollte. Er hoffte, dass Tanner ihn wollte, konnte aber nicht voll darauf vertrauen. Er konnte es nicht. Verflucht, das Ganze konnte auch nur ein Teil seiner Unsicherheit sein, und vielleicht war am Morgen alles wieder gut. Vielleicht waren dieser ganze Gewissenskampf und die Unschlüssigkeit vollkommen unnötig. Er wünschte sich einfach nur, Tanner hätte ihm irgendeinen Hinweis darauf gegeben, wie er sich fühlte.

Brighton stieg aus dem Lieferwagen. Im Inneren war es heiß wie in einem Ofen und er musste der Hitze dringend entfliehen. Er schlug die Tür zu, und als er an der Ladefläche vorbei ging, kontrollierte er die ordentlich aufgereihten Töpfe. Die Erde war trocken, weshalb er zum Haus ging, das Wasser aufdrehte und die Bäume wässerte. Tanner war so lieb gewesen, sie herzubringen, und Brighton wollte sie auf keinen Fall verdursten lassen. Als er fertig war und das Wasser abgedreht hatte, ging er zur Veranda und beobachtete mit einem Auge den großartigen Sonnenuntergang und mit dem anderen die Straße, für den Fall, dass Tanner zurückkam. Das tat er nicht, und so ging Brighton zu Bett.

Er schlief unruhig, wachte jede Stunde auf und bildete sich ein, jemanden im Haus zu hören. Nicht, dass das über das Summen der Klimaanlage hinweg möglich gewesen wäre. Als es Zeit wurde, aufzustehen, zog er sich an und ging nach unten. Er schaute aus dem Fenster zum Stall. Die Tür war noch verschlossen, und nichts schien sich verändert zu haben. Brighton schaute zu der Stelle, wo Tanner immer sein Motorrad parkte, aber sie war leer. Brighton hatte seine Antwort. Es war nicht die, die er sich gewünscht hatte, aber was sollte er machen?

Er holte sein Telefon, tätigte den Anruf, den er erledigen musste, und rief dann Brianne an.

„Wünsch dir lieber, du wärest tot. Mich um Halb-verdammt-noch mal-Sieben anzurufen."

„Geht man so etwa ans Telefon?", gab Brighton zurück.

„Es ist halb verdammt-noch mal-was-soll-das am Morgen! Das ist völlig angemessen." Definitiv kein Morgenmensch.

„Tanner ist nicht da." Brighton versuchte, sich seine Enttäuschung nicht anhören zu lassen.

„Hast du versucht, ihn anzurufen?"

„Hab ich. Geht keiner ran." Er schüttelte den Kopf. „Schlaf weiter. Ich kümmere mich um alles. Tut mir leid, dass ich dich angerufen habe. Ich kann die Tiere rauslassen und ihnen Wasser geben." Das war das Äußerste, was er tun konnte, aber für einen Tag musste es reichen. „Tut mir leid, dass ich dich gestört habe."

„Brighton, ich komme, sobald ich mich wie ein Mensch fühle."

„Nein. Ist schon gut. Für ein, zwei Tage wird es so gehen. Ich finde heraus, was ich tun muss." Er legte auf und trat aus der Tür.

Ein Hauch von Frische lag in der Luft, ungewöhnlich für Ende Juni. Brighton atmete tief durch und trat dann von der Veranda und machte sich auf den Weg über den Hof. Sein Bein fühlte sich in Ordnung an, und vielleicht war das ja der Beginn der Heilung und der Fortschritt, den die Ärzte ihm prophezeit hatten. Er schaffte es locker zum Stall. Den Schlauch, der im hinteren Teil des Stalls zusammengerollt war, nahm er zum Füllen der Tränken und er schaffte es, nicht zu viel zu verschütten. Dann füllte er Futter in die Krippen und öffnete die Türen, sodass die Tiere in ihre Außengehege wandern konnten.

Als er fertig war, fühlte Brighton sich ziemlich gut, also schnappte er sich eine Schaufel und machte sich auf den Weg zum Truck. Er öffnete die Tür und warf den Spaten auf die Rückbank. Dieses Arschloch Royce hatte mehr oder weniger gesagt, er wäre nutzlos. Nun, er würde sehen, wer hier nutzlos war, dieser Mistkerl!

Energiegeladen ging Brighton zurück zum Haus und holte die Autoschlüssel. Er dachte kurz darüber nach, etwas zu essen, fühlte sich aber nicht hungrig. Als er zurückkehrte, klemmte er sich hinters Lenkrad und startete den Motor. Zu seiner Überraschung schaffte er es, den Wagen zu fahren. Nicht gut, aber er konnte das Gaspedal kontrollieren, was ihm bis vor Kurzem nicht möglich gewesen war. Er musste seinen linken Fuß zum Bremsen benutzen, aber da er nur auf die andere Seite des Geländes fahren wollte, sollte das gehen. Er parkte in der Nähe des Feldes, das Tanner umgepflügt hatte, und stieg aus.

Die Sonne ging langsam auf und es war schon warm, aber es fühlte sich gut an, auf seinem eigenen Grundstück unterwegs zu sein, als wäre sein Großvater bei ihm, lächelnd, während er arbeitete und versuchte, das Land in seinen ursprünglichen, ertragreichen Zustand zu versetzen. Brighton umrundete den Lieferwagen und öffnete die Ladeklappe. Sie fiel mit einem lauten Knall und Brighton begann, einige Apfelbäume herunter zu zerren.

Sie waren schwerer, als er erwartet hatte, aber einen nach dem anderen hob er sie herunter und sortierte die restlichen Bäume nach ihrer Sorte. Dann überlegte er, wie er die Bäume anordnen sollte und machte sich an die Arbeit. Ein kleiner Hain von jeder Sorte würde sich gut machen, überlegte Brighton. Er nutzte die Reihen der alten Bäume zur Orientierung und begann, sein erstes Loch auszuheben.

Da die Erde umgepflügt worden war, war der Anfang nicht weiter schwer. Je tiefer er grub, desto härter wurde die Erde, aber er schaffte es, ein ganzes Loch zu buddeln, einen Baum einzupflanzen und das Loch wieder aufzufüllen. Die kleinen Bäume wurden schon in ihren Töpfen von Stäben gehalten, und er beließ sie fürs erste und ging zum nächsten Loch über.

Es gelang ihm, sechs Bäume zu pflanzen und er fing gerade mit dem siebten Loch an, als die Sonne plötzlich hinter Wolken verschwand. Die Luft wurde feuchter und Brighton, der völlig durchgeschwitzt war, war dankbar für die Abkühlung. Allmählich ging ihm die Kraft aus und er war überaus erleichtert, dass er nicht alle Bäume direkt vom Lastwagen geholt hatte. Er pflanzte den letzten Apfelbaum und stampfte die Erde um ihn herum fest so gut er konnte. Dann schaute er sich um und lächelte. Er hatte die Apfelbäume in zwei Reihen gepflanzt, und sie sahen gut aus. Er warf die Schaufel hinten in den Lieferwagen und schloss die Heckklappe. Plötzlich rutschte ihm sein gesundes Bein weg. Instinktiv versuchte er, sich festzuhalten, aber der Schmerz schoss durch sein Bein und er fiel zu Boden.

„Verdammte Scheiße!", schrie Brighton. Er versuchte aufzustehen, aber jede Bewegung bereitete ihm mehr Schmerzen, als er in all den letzten Monaten verspürt hatte. Er drehte sich um, um sein Knie so bequem wie möglich zu lagern, und kramte in seiner Tasche nach seinem Handy. Als er es herauszog, sah er, dass der Bildschirm zerbrochen war. Er versuchte dennoch, es zu starten, um jemanden anzurufen, aber der Bildschirm blieb schwarz. Er war im wahrsten Sinne des Wortes im Arsch, wenn er es nicht in den Lastwagen schaffte. Auf dem Boden kroch er zur Tür und fühlte sich wie ein Fisch auf dem Trockenen. Jede Bewegung verschlimmerte den Schmerz in seinem Bein.

Irgendwo in der Ferne donnerte es und Brighton wusste, dass er es irgendwie in den Wagen schaffen musste. Er nutzte seinen Stock und den Wagen und versuchte, sich hochzuziehen. Schließlich schaffte er es und zerrte sein nutzloses Bein zur Tür. Er öffnete sie und hievte sich auf den Fahrersitz. Blitze zuckten über den Himmel. Sobald es zu regnen begann, würde sich der Boden um den Wagen in Schlamm verwandeln, und dann würden Brighton und der Lieferwagen unweigerlich festsitzen. Brighton startete den Motor und stellte seinen linken Fuß auf die Bremse. Als er ihn hob, begann der Wagen, sich langsam in Bewegung zu setzen. Aber Gas geben konnte er nicht. Er versuchte es mit seinem linken Fuß, aber es funktionierte nicht richtig. Immerhin hatte er geschafft, den Wagen anrollen zu lassen, und langsam rollte er vom Feld und Richtung Farmhaus. Er näherte sich dem Haus, als die ersten Regentropfen auf die Windschutzscheibe prasselten. Brighton hielt an, schaltete in den ersten Gang und stellte den Motor ab.

Der Himmel öffnete seine Schleusen und Brighton wurde klar, dass er nirgendwohin gehen würde. Regen und Bein sei Dank konnte er nicht aus dem Lieferwagen. Sein Bein pochte und pulsierte vor Schmerz. Brighton stützte sich mit seinen Händen ab und drehte sich auf dem Fahrersitz, sodass er sein Bein hochlegen konnte. Der Schmerz war quälend, und er hielt den Atem an, während er das Bein bewegte. Als er sich so komfortabel wie möglich gesetzt hatte, seufzte er erleichtert.

Der Wind peitschte den Regen gegen die Beifahrerseite, und Brighton öffnete das Fenster auf seiner Seite für einen Hauch frischer Luft. Er hoffte zutiefst, dass Brianne beschlossen hatte, doch vorbeizukommen, egal, was er ihr gesagt hatte. Wahrscheinlicher war es aber wohl, dass er eine ganze Weile festsaß. Der Regen wurde stärker, hörte dann kurzzeitig auf, nur um dann umso stärker niederzuprasseln.

Brighton versuchte, sich so wenig wie möglich zu bewegen, und das scharfe Stechen in seinem Knie wurde zu einem pochenden Schmerz, der durch sein ganzes Bein zog. Er konnte fühlen, wie sein Knie anschwoll. Er brauchte dringend Hilfe.

Nach einer halben Stunde sah er durch das Fenster, wie sich etwas Rotes dem Lastwagen näherte. Brighton hoffte, dass ihm jemand zur Hilfe kam. Die Beifahrertür öffnete sich.

„Brighton?", sagte Tanner und steckte seinen Kopf in den Wagen. „Was machst du denn hier draußen?"

Der Regen hatte merklich nachgelassen. „Ich hab' mein Bein verletzt."

„Okay, was b-b-brauchst du?"

„Ich kann nicht laufen. Mein Knie ist im Arsch."

„A-Aber was tust du hier?"

Brighton wusste nicht, was er sagen sollte. „Ich bin nicht hilflos."

Tanner kletterte in den Wagen. „Wer hat d-d-das gesagt?" Die Bewegung im Wagen schmerzte Brightons Bein.

„Dein Freund", gab Brighton scharf zurück. „Du solltest ihm ein paar Manieren beibringen." Tanner schaute ihn sprachlos an. „Als er gestern hier war … ich schwöre, in nur fünf Minuten hat er mich und die Farm beleidigt und mich angesehen, als wäre ich ein Invalide. Er hat mich sogar gefragt, wie ich hier überhaupt irgendwas machen kann." Brighton schäumte bei dem bloßen Gedanken daran.

Tanner zog sich wieder zurück und schloss die Autotür. Brighton dachte, er würde gehen, aber dann hörte er ein Klopfen hinter sich. Er rutschte zur Seite und Tanner öffnete die Fahrertür hinter ihm. Er kletterte in den Lastwagen und stützte Brighton. „A-Also hast du dich entschieden, B-B-Bäume zu pflanzen, oder was? Um zu beweisen, dass du nicht hilflos bist?"

„Nein. Das hat es ja nur bestätigt. Ich kann nicht ein bisschen hier alleine schaffen." Brighton drehte sich um und schaute nach draußen. „Wo ist dein Freund überhaupt?"

Tanner schlang seine Arme um Brightons Brust. „Genau hier. Obwohl ich l-l-langsam glaube, dass er nicht so k-k-klug ist, wie ich dachte. B-B-Bäume pflanzen, also wirklich." Brighton schloss die Augen und lehnte sich an Tanner. Er fühlte sich wie ein vollkommener Idiot, der unbedingt irgendjemandem etwas beweisen musste. Vielleicht hatte er auch nur sich selbst etwas beweisen wollen. Er war sich nicht sicher, aber immerhin hatte er allen bewiesen, dass er ein Riesentrottel war.

„Aber er sagte … Royce sagte, dass er … dass du …"

Tanner hielt ihn noch fester. „Na, wer stottert jetzt? Als ich d-d-dich nicht im Haus fand, hab' ich nach dir gesucht." Seine Stimme klang belegt. „Du hast mir Angst gemacht. Ich d-dachte, du wärest vielleicht im St-Stall, aber dann sah ich, dass der L-L-Lastwagen bewegt worden war. Wie lange sitzt du schon hier?"

„Zwei Stunden, denke ich. Ich muss ins Haus", sagte Brighton. „Dann können wir reden, wenn du möchtest."

„Nein, ich muss einen Krankenwagen rufen. Du brauchst Hilfe." Tanner ließ ihn nicht los, und Brighton spürte, wie er zitterte.

„Bitte trag mich einfach ins Haus", flüsterte er.

„Nein." Tanner rutschte zur Seite und drückte ihm ein Handy in die Hand. „Ruf Hilfe oder ich rufe deine Sch-Sch-Schwester an." Er zeigte auf das Telefon. Brighton drehte sich zu ihm um und schnappte leise nach Luft, als er Tanners strenge und ernste Miene sah.

„Das würdest du nicht", sagte Brighton und Tanner nickte nachdrücklich. „Fiesling", murmelte Brighton und wählte die 911. Nachdem er aufgelegt hatte, lehnte er sich wieder an Tanner. Sein Bein schmerzte schlimmer und schlimmer, pochte bei jedem Herzschlag. Er wusste, dass er in schlimmer Verfassung war. „Was soll ich machen, wenn sie mein Bein abnehmen müssen?"

„Dir ein n-neues besorgen", schlug Tanner vor.

„Du bist eine große Hilfe." Brighton drehte sich um und zischte vor Schmerz. Das war nicht gut, überhaupt nicht gut. Er wusste es und begann zu zittern. Tanner hielt ihn weiter fest im Arm, als die Sonne wieder herauskam und es im Lastwagen immer heißer und stickiger wurde. Tanner bewegte sich nicht und Brighton atmete schwer in der stickigen Luft, wie verrückt schwitzend.

In der Ferne erklangen Sirenen, die näher und näher kamen, bis Brighton Blaulicht durch die beschlagene Windschutzscheibe sah. Er hoffte zutiefst, dass sie ihm etwas gegen die Schmerzen geben würden – selbst seine Zähne taten weh, so heftig presste er sie zusammen. „Sorg dafür, dass sie mein Bein nicht abnehmen", sagte er zu Tanner, dann übermannte ihn der Schmerz und er fiel in Ohnmacht.

Brighton erinnerte sich später an das Gedränge und daran, wie er aus dem Lastwagen gezogen wurde. Das alles spielte sich am Rand seines Bewusstseins ab. Der Schmerz ließ nach und Brighton vermutete, dass man ihm ein Schmerzmittel gegeben hatte. Gott sei Dank.

Dann wurde er wieder bewegt und Lichter gingen über ihm an. Er hielt die Augen geschlossen und dann lag er wieder still. Leute sprachen mit ihm, und er gab sein Bestes, um ihnen zu antworten, aber es ging ihm gut, der Schmerz ließ nach und er wollte die Augen nicht öffnen. Nach einer Weile wurde er wieder herumgeschoben. Sein Bein schmerzte, als seine Trage wackelte. Nachdem er wieder durch einige Flure geschoben worden war, war er wieder ganz da und blieb für eine Weile an demselben Ort.

„Mr. McKenzie, können Sie mich hören?"

„Ja", antwortete Brighton. Seine Augenlider waren noch immer schwer, aber er zwang sich, die Augen zu öffnen – und schloss sie sofort wieder. Das Licht wurde gedimmt und er versuchte es erneut, dieses Mal erfolgreich. „Ich kann Sie hören."

„Ich bin Dr. Patel, der Chirurg. Wir müssen Ihr Knie operieren, so schnell es geht, bevor die Schwellung die Blutzufuhr in ihren Unterschenkel blockiert. Die Krankenschwester wird Ihnen einige Formulare bringen, und wenn Sie die unterschrieben haben, bereiten wir Sie zur Operation vor. Sind Sie einverstanden?"

„Ja." Brighton drehte seinen Kopf zur Seite, wo Tanner auf einem Stuhl saß.

„Wir haben Ihre Schwester benachrichtigt."

„Sie können auch Tanner über alles informieren", sagte Brighton.

„Sehr gut. Die Krankenschwester wird sich gleich um alles Weitere kümmern. Ich möchte mit der Operation beginnen, so schnell es geht."

„Verstehe", lallte Brighton. Das war alles seine Schuld, und er wusste es. „Bitte retten Sie nur mein Bein."

„Ich werde alles tun, was in meiner Macht steht, das verspreche ich." Der Arzt berührte ihn leicht an der Schulter und ließ ihn dann allein. Brighton wusste, dass das im Medizinerjargon hieß: „Wir versuchen, Ihr Bein zu retten, können aber nichts versprechen." Ein paar Minuten später kam eine Krankenschwester mit den Formularen und dann wurde es emsig um ihn herum. Brighton verabschiedete sich von Tanner, der seine Hand drückte und versprach, da zu sein, wenn er wieder aufwachte.

Irgendwann tauchte auch Brianne auf, aber da war Brighton bereits nicht mehr ganz bei Sinnen. Er wurde zum Operationssaal gefahren und das Letzte, woran er sich noch erinnerte, war Tanners besorgter Blick. Alles danach verschwamm. Leute bewegten sich um ihn herum, und dann war er bereits im Aufwachraum.

„Das haben Sie sehr gut gemacht", sagte die Krankenschwester. „Entspannen Sie sich einfach und versuchen Sie, sich nicht zu bewegen. Wir bringen Ihnen gleich etwas zu trinken. Haben Sie Schmerzen?"

Das hatte Brighton nicht, aber er ahnte, dass das nur ein vorübergehender Umstand war. Tatsächlich kehrte der Schmerz zurück, als die Narkose nachließ. Die Krankenschwester tat irgendetwas in seine Infusion und er fühlte sich schnell besser. Als der Schmerz nachließ, schloss Brighton die Augen.

„Es ist alles in Ordnung. Sie machen das gut. Haben Sie Durst?"

Brighton gab einen zustimmenden Laut von sich und die Krankenschwester steckte ihm einen Eiswürfel zwischen die Lippen. Er war kalt und es fühlte sich gut an, als das schmelzende Wasser durch seine ausgedörrte Kehle lief. Die Krankenschwester trat zur Seite und Brighton öffnete mühsam die Augen. Brianne saß neben ihm und nahm sanft seine Hand.

„Du bist so dämlich", begann Brianne.

„Ich hab' Schmerzen. Du kannst mich später ausschimpfen", murmelte Brighton. Immerhin war zwischen ihm und seiner Schwester alles wie gewohnt.

„Okay, aber das werde ich noch ausgiebig tun. Was hast du dir nur dabei gedacht?" Noch immer hielt sie seine Hand. „Du hast uns beide zu Tode erschreckt." Sie sah auf und Brighton folgte ihrem Blick hinüber zu Tanner, der in einiger Entfernung auf einem Stuhl saß. „Bäume pflanzen. Vielleicht sollte ich vorschlagen, dass sie deinen Kopf untersuchen, solange du hier bist."

„Danke für dein Mitgefühl", sagte Brighton.

„Als ob du das nach dieser Aktion verdienst." Sie ließ seine Hand nicht los und beugte sich über ihn. „Er ist also zurückgekommen."

„Er hat mich gerettet", flüsterte Brighton ihr zu, nicht sicher, wie leise seine Stimme wirklich war. Alles war so durcheinander und seine Augenlider wurden wieder schwer. „Ist mein Bein noch dran?"

„Ja. Sie haben es gerettet. Du hast jetzt mehr Metall im Knie als biologisches Material." Sie tätschelte seine Hand. „Es wird dir gut gehen, solange du so etwas nicht wieder anstellst."

„Okay, schimpf mich aus, wenn ich mich unter Schmerzen von einer Operation erhole." Brightons Blick wanderte durch den Raum und Brianne steckte ihm einen Eiswürfel zwischen die Lippen. Brighton beschloss, dass er fürs Erste genug geredet hatte, und schloss die Augen. Es würde ihm wieder gut gehen, und Tanner war zurückgekehrt. Das reichte ihm erst einmal. Alles andere würde er angehen, wenn die Zeit kam.

6

TANNER SASS neben Brightons Krankenhausbett. Er verbrachte so viel Zeit bei ihm, wie er konnte. Brianne hatte ihn am Vorabend nach Hause gefahren und ihn auf der Farm abgesetzt, damit er sich um die Tiere kümmern und sein Motorrad holen konnte. Dann war er nach Hause gefahren und am Morgen nach dem Füttern wieder ins Krankenhaus zurückgekehrt. Brighton hatte immer noch geschlafen, als er den Raum betreten hatte. Seitdem saß Tanner auf einem Stuhl, so wenig Lärm machend, wie er konnte.

Er seufzte leise, als er daran dachte, dass es auch seine Schuld war, dass Brighton jetzt im Krankenhaus lag. Natürlich brauchte der Mann Hilfe und Unterstützung, egal, wie unabhängig er sein wollte. Aber Tanner hätte mit ihm reden sollen, bevor er ging. Er war nicht so überstürzt geflohen, weil er zu Royce zurückwollte. Er brauchte Zeit zum Nachdenken, und wenn Brighton in der Nähe war, fiel ihm das überaus schwer, denn Brighton zog seine ganze Aufmerksamkeit auf sich – sein Geruch, sein Anblick, selbst, wie er sich auf seinen Stock stützte, ihn beobachtete, wenn er glaubte, dass es Tanner nicht auffiel, war aufregend. Er konnte sich nicht daran erinnern, dass ihn jemals jemand so angesehen hätte wie Brighton. Das allein war schon etwas Besonderes.

„Warst du die ganze Nacht hier?", flüsterte Brighton vom Bett her.

„Nein. Ich hab' mich gestern und heute um die Tiere gekümmert. Ich g-glaube, sie vermissen dich. Sogar Napoleon, der sich sonst auf das Futter stürzt, als würde er verhungern, war so zurückhaltend und still. Ich bin erst vor ein paar Minuten gekommen." Tanner nahm seine Hand und malte kleine Kreise auf seine Finger. „Ich h-hätte mit dir reden sollen, bevor ich wegging."

„Also ist Royce nicht …?"

„Nur in seiner Vorstellung", sagte Tanner.

Brighton drehte sich zu ihm um. „Willst du darüber reden?"

Tanner schaute sich um. „Hier?"

„Ich laufe nicht weg." Brighton drückte seine Hand und schloss die Augen. „Du kannst ruhig reden. Ich entspanne nur meine Augen."

„Wie wäre es, wenn ich dir alles erzähle, wenn du nach Hause kommst?", schlug Tanner vor.

„Klingt, als wärest du nicht sicher, wie ich aufnehme, was du mir zu sagen hast."

Wenn er ehrlich war, wusste Tanner nicht genau, was er denken sollte. „Royce ist der Sohn des Besitzers der Ranch, auf der ich gearbeitet habe. Außerdem ist er stockschwul, aber sein Vater weiß nichts davon – oder er wusste es nicht. Ich schätze, mittlerweile weiß er es." Er sprach monoton und versuchte, nicht zu nervös zu sein. Es war Brighton, mit dem er sprach, und wenn er ihm nah sein wollte, dann musste er ihm die Wahrheit erzählen. „Du weißt, dass das R-R-Reden mir schwer fällt."

Brighton schlug die Augen auf und wandte seinen Kopf zu Tanner. Er streckte die Hand aus und legte sie sanft an seine Wange. „Du musst dich bei mir für nichts schämen." Brighton schaute auf sein verbundenes Bein. „Du nimmst mich so, wie ich bin. Ich schätze, das war es, was mich am meisten getroffen hat, als ich dachte, du wärest fort. Es gibt nicht viele Menschen, die andere nehmen, wie sie sind. Also wenn du mich so akzeptierst, warum glaubst du, dass ich dich nicht so akzeptiere, wie du bist?"

„Die Leute nennen mich ständig Dummkopf oder Blödmann. Seit ich ein Kind bin, hat sich nichts geändert. Niemand will jemanden lieben, der dumm ist oder für dumm gehalten wird."

„Du bist nicht dumm, und du musst dir keine Gedanken darüber machen, wie du klingst. Ich möchte nämlich hören, was du zu sagen hast."

Tanner ließ es zu, dass Brighton ihn zu sich herabzog und küsste. Als sich jemand hinter ihnen räusperte, richtete er sich wieder auf.

„Okay, meine Lieben. Dafür haben Sie viel Zeit, wenn Sie wieder nach Hause kommen." Die Krankenschwester lächelte und zog den Vorhang zur Seite. „Ich muss Ihre Vitalfunktionen kontrollieren und schauen, dass Sie es bequem haben. Der Arzt sollte später vorbeischauen." Sie begann, erst seine Temperatur und dann seinen Blutdruck zu messen. „Haben Sie Schmerzen?"

„Ein wenig. Weniger, als ich erwartet hatte", sagte Brighton und gab sein Bestes, nicht zur erröten.

Tanner setzte sich zurück, ließ aber Brightons Hand nicht los.

„Das ist gut." Sie hantierte an den Geräten herum und checkte Brighton von Kopf bis Fuß durch.

Tanner versuchte, nicht im Weg herumzusitzen, ohne Brightons Hand loszulassen. Er wollte die Verbindung nicht abreißen lassen. Nach ihrem

Missverständnis war es ihm wichtig, dass Brighton wusste, dass er bei ihm war und nicht wegging.

„Also, wie haben Sie sich das hier zugezogen?", fragte die Krankenschwester.

„Er hat Bäume gepflanzt", sagte Tanner. „Er wusste, d-d-dass er das nicht sollte, aber er ha-ha-hat es trotzdem gemacht."

„Erzählst du jetzt jedem von meiner Blödheit?"

„So lange, bis du versprichst, so etwas nicht noch einmal zu tun." Ihre Blicke kreuzten sich. Er hatte unbedingt vor, Brighton davon abzuhalten, sich wieder in Gefahr zu begeben. Nicht, wenn Tanner es verhindern konnte. Das war seine neue Aufgabe: sicherzustellen, dass Brighton gesund, glücklich und an einem Stück blieb. Eigentlich wäre es auch vorher schon seine Aufgabe gewesen, als ihm bewusst geworden war, was er für diesen Mann im Krankenhausbett empfand.

„Dir ist schon klar, dass du heute schon mehr gesagt hast, als sonst an einem ganzen Tag." Brighton wandte sich an die Krankenschwester. „Er ist kein Mann großer Worte."

Die Krankenschwester machte eine Pause und schaute Tanner an. „Mein Sohn ist etwas jünger als Sie, und er stottert auch. Er sagt auch nicht viel, aber ich glaube, das ist falsch. Sie haben eine Stimme wie alle anderen auch, und was Sie denken und zu sagen haben, ist ebenso wichtig. Ich kann es Ihnen versichern. Ich weiß, dass Sie mich nicht kennen, aber wenn Sie nicht für sich sprechen, dann werden es andere tun, und die sagen vielleicht nicht das, was Ihnen gefällt." Sie drehte sich um und schaute, als hätte sie womöglich zu viel gesagt. „Es tut mir leid. Ich sage ihm immer das Gleiche, und manchmal läuft meine Zunge mir davon."

Tanner nickte.

„Ich habe ihm so was auch gesagt", meinte Brighton. „Ich mag den Klang seiner Stimme. Sie ist sexy."

Tanner errötete. Er wollte es nicht, konnte es aber nicht verhindern. Niemand hatte ihm je so etwas gesagt.

„Sie werden bald das Frühstück bringen, deswegen mache ich Sie jetzt fertig." Die Krankenschwester fuhr das Kopfende seines Betts hoch und schüttelte Brightons Kissen auf. Dann lächelte sie Tanner zu und er erwiderte das Lächeln, bevor sie den Raum verließ.

„Ruh dich aus", sagte Tanner und schaute Brighton zu, wie er die Augen schloss. „Dann fühlst du dich bald besser." Das hoffte er.

„Ich werde nicht vergessen, dass du mir noch eine Erklärung schuldest", sagte Brighton.

„Ich fühle mich so dumm", meinte Tanner.

Brighton zog seine Hand zu sich heran. „Nichts ist dumm daran, sich um jemanden zu kümmern, der einem dann das Herz zerreißt."

Tanner hielt den Atem an. „So einfach ist das nicht."

„Das ist es nie. Aber fühl dich nicht mies. Royce ist weg, oder?"

Tanner nickte. „Ich habe ihm gesagt, wir würden nie wieder z-zusammenkommen, und d-d-dass er nach Hause fahren soll. Er war nicht glücklich, immerhin war er einige Tage unterwegs. Das *behauptet* er zumindest, aber das Auto war nicht seins, und es hatte Plaketten aus Georgia. Ich schätze, es war ein M-Mietwagen."

„Und was ist mit dem ganzen Dreck?"

Tanner schüttelte den Kopf. „Weiß nicht. Aber so würde ein Auto wohl aussehen, wenn man von Montana bis hierher gefahren ist. Allerdings habe ich Royce nie etwas anderes als einen Truck fahren sehen. Deswegen habe ich genauer hingesehen."

„Hast du Royce das gesagt?"

Tanner seufzte. „Ich habe ihm nur gesagt, dass er nach Hause fahren soll. Das zwischen uns kann nicht repariert werden." Die Worte kamen ihm jetzt leicht und ohne hörbares Stottern über die Lippen. „Ich bin glücklich und weiß, dass ich es damals nicht war, selbst als die Dinge noch in Ordnung waren. Ich verspreche dir, dass ich dir davon erzähle. Aber nicht jetzt." Er schluckte hart. „Wenn du nach Hause kommst, erzähle ich dir alles, was du wissen willst." Tanner lehnte sich über das Bett, damit Brighton ihn sehen konnte. „Ich möchte, dass du verstehst, warum ich dachte, dass ich Royce etwas bedeute. Was ich nicht tat, zumindest nicht genug."

Brighton drehte sich zu ihm. „Verstehe ich nicht."

„Lass mich einfach s-sagen, dass Royce es gern hat, wenn alles nach seiner Vorstellung läuft, und ich nicht so leben will. Er ist nicht wie du, er ist nicht bereit, zuzuhören oder sich die Zeit dafür zu nehmen. Royce funktioniert nur nach einem Schema: seinem eigenen." Tanner fühlte, wie sich seine Kehle zuschnürte. „Als er auftauchte, musste ich einfach weg, und es tut mir leid, dass ich vorher nicht mit dir gesprochen habe."

Ein Pfleger kam mit Brightons Frühstück herein. Er stellte es auf Brightons Nachttisch und drehte ihn so, dass dieser sein Essen einfach erreichen konnte.

„Du musst nicht aufhören", sagte Brighton.

„Doch, t-tue ich jetzt. Du bist wichtiger, und ich muss mich jetzt darauf konzentrieren, dass es dir gut geht. Ich will nicht mehr über Royce sprechen." Tanner hatte wirklich geglaubt, dass er alles hinter sich gelassen hatte, und so sollte es auch bleiben. Für immer. Der Schmerz und die Enttäuschung waren am besten in der Vergangenheit aufgehoben. „Iss jetzt dein F-Frühstück, und danach kannst du weiterschlafen."

Brighton schnaubte leise und begann zu essen. Tanner musste zugeben, dass das Frühstück fade aussah. Brighton stocherte nur darin herum und lehnte sich dann zurück. „Ich mag nichts mehr."

„Okay." Tanner schob das Tablett zur Seite und Brighton schloss die Augen. Tanner beugte sich über sein Bett. „Ich fahre jetzt wieder zurück zur Farm. Habe einiges zu tun, aber ich komme zurück. Versprochen." Er küsste Brighton innig. „Du ruhst dich aus."

„In Ordnung", stimmte Brighton zu. Er erzählte Tanner von seinem mehr oder weniger erfolgreichen Baumpflanzen und Tanner drückte seine Hand, bevor er ihn fürsorglich zudeckte. Er wandte sich zum Gehen, blieb aber an der Tür stehen und beobachtete Brighton ein paar Augenblicke, bevor er den langen Krankenhausgang entlanglief. Auf dem Parkplatz stieg er in den Lieferwagen und fuhr zurück zur Farm. Er parkte in der Nähe des Hauses, wo er am Morgen die Bäume abgeladen hatte, lud sie wieder auf die Ladefläche und fuhr zum Obstgarten hinaus.

Es wurde bereits jetzt heiß. Tanner hielt sich an die Reihen, mit denen Brighton begonnen hatte, und folgte dem Plan, den Brighton ihm im Krankenhaus erklärt hatte.

„Ich dachte mir, dass ich dich hier finde", sagte Royce, der über das Feld auf ihn zuging.

Tanner war fast fertig, und er wollte lediglich die letzten drei Bäume pflanzen und gießen. In dieser Hitze würden sie in ihren Töpfen nicht lange überleben, weshalb er sie auch so günstig hatte erstehen können. Dann wollte er Fotos für Brighton machen, um ihm alles zu zeigen, wenn er ihn wiedersah. „Was tust du hier?"

„Ich bin gekommen, um dir eine letzte Chance zu geben, deine Meinung zu ändern", sagte Royce mit einem für ihn typischen Lächeln. Es war dasselbe Lächeln gewesen, in das sich Tanner verliebt hatte, oder was er für Liebe gehalten hatte. Jetzt aber sah es falsch aus, und Tanner fragte sich, was Royce vor ihm verbergen wollte.

„Das werde ich nicht." Tanner stieß die Schaufel in den Boden. „Es ist vorbei, Royce. Als ich h-herkam, hab ich so gehofft, d-d-dass du auftauchen würdest."

„Jetzt bin ich hier." Royce trat näher an ihn heran.

Tanner schluckte. „Es ist zu spät", flüsterte er. „Schau, ich habe jemanden gefunden, der sich so um mich sorgt, wie ich mich um ihn." Tanner ließ die Schaufel im Boden stecken und nahm seinen Hut ab. Er wischte mit seinem Handrücken über seine Stirn und setzte dann seinen Hut wieder auf.

Royce war ein attraktiver Mann, das konnte Tanner nicht leugnen. Er hatte Muskeln an den richtigen Stellen, ein strahlendes Lächeln und funkelnde Augen. Aber das war alles. „Es ist nie zu spät, das weißt du." Royce wanderte um ihn herum. „Du würdest lieber hier auf einer heruntergewirtschafteten Farm mitten in der Stadt arbeiten, die wahrscheinlich irgendwann von diesen Dingern", er zeigte auf die Wohnkomplexe, „plattgemacht wird?" Royce trat noch näher an ihn heran und Tanner fühlte dieselbe Anziehungskraft wie bei ihrem ersten Aufeinandertreffen.

Er blieb standhaft. „Dieses Land gehört schon seit Ewigkeiten Brightons Familie, und er wird es niemandem kampflos überlassen."

„Und das ist eure Munition? Diese paar Obstbäume, an denen erst in zehn Jahren mal ein Pfirsich wachsen wird? Bitte." Er schnaubte dramatisch. „Du kannst alles haben. Du weißt, dass ich die Ranch erben werde – alles. Wenn Daddy weg ist, wird alles mir gehören. Na ja, uns."

Tanner starrte ihn an. „Du bist so ein v-v-verdammter Lügner. Du weißt, was dein Dad von mir hält. Er hat das sehr deutlich gemacht, und ich weiß, dass du sagst, du hättest die Dinge bereinigt, aber hast du auch mit deinem Dad gesprochen?" Tanner schaute ihn durchdringend an und nach ein paar Sekunden schaute Royce weg. „Siehst du? Du erzählst doch von vorn bis hinten nur Scheiße."

„Mein Vater muss nicht alles wissen. Ein Freund von mir würde dich auf seiner Ranch aufnehmen. Sie brauchen einen guten Gehilfen, und ich habe ihnen alles erklärt bezüglich des Missverständnisses. Sie wären begeistert, dich bei sich zu haben, und sie verstehen mich, also können wir uns sehen." Royce setzte diesen verletzter-Welpe-Blick auf, der Tanner sonst immer berührt hatte. Nicht so dieses Mal. Er würde es nicht zulassen. Diese Blicke waren nur ein Trick, um zu bekommen, was er wollte. Royce war ein Profi darin. Verdammt, Tanner wurde klar, dass es vielleicht gar keinen Job gab. Das war nur eine Finte, und sobald Tanner in Montana war, würde er sagen, dass es doch nichts mit ihnen würde, und er wäre wieder völlig aufgeschmissen.

Tanner schüttelte den Kopf. „Ich weiß, dass du mich für dumm hältst. Du musst denken, dass ich dir jeden Scheiß abkaufe. Versteh es doch endlich; hier habe ich Leute, die sich dafür interessieren, was ich zu sagen habe, und die nicht irgendwelche Jobs für mich finden müssen, oder glauben, d-d-dass ich hilflos genug bin, d-d-dein schmutziges kleines Geheimnis zu werden. Aber das bin ich nicht." Er hielt inne. „Jeder hier weiß, wer ich bin. Arthur, Alicia … Brighton liebt mich genug, um mich als der zu nehmen, der ich bin – ein Cowboy, der zu einem Landarbeiter wurde, und der nicht viel redet."

„Du bist mehr als das, du bist heiß und sexy und …"

„Ja, ich sehe gut neben dir aus. Das ist alles, was dich interessiert und jemals interessiert hat. Wie die Dinge aussehen." Tanner trat vor und schnappte sich Royce' Hut. „Das hier kostet mehr als ich in einem Monat verdiene, und es ist nur dein verdammter Hut." Er warf ihn auf den Boden. „Es ist nur ein Hut und sollte kein Monatsgehalt kosten. Ich habe nie verstanden, warum du dich nicht gegen deinen Vater aufgelehnt hast, als er auf mich losging. Warum hast du zugelassen, dass er mir all das antut? Jetzt weiß ich's. Es war dieser verdammte Hut." Tanner kickte eine Ladung Dreck auf den Hut und Royce hob ihn auf, bürstete ihn ab und setzte ihn wieder auf seinen perfekten Haarschnitt.

„So ist das also. Du stellst das hier über mich und die gute Zeit, die wir haben könnten?" Der Unglaube in Royce' Blick sagte Tanner, dass er es immer noch nicht verstand und vielleicht nie verstehen würde. „Ich könnte jeden haben, den ich haben will – Männer, Frauen, jeden – und ich will dich."

„Nun, dann schlage ich vor, dass du dieses Mietauto zurückbringst, nachdem du den Scheiß abgewaschen hast, in ein Flugzeug steigst und deinen Daddy bittest, dir heiratswilliges Frischfleisch zu besorgen, wenn du nach Hause kommst. Kannst ja jeden haben, also suche dir einfach jemanden aus. D-D-Denn ich stehe nicht länger zur Auswahl. Ich habe mich für jemanden entschieden, dem ich etwas bedeute, jemanden, für den ich immer an erster St-St-…" Das Wort blieb ihm in der Kehle stecken.

„Stelle", sagte Royce.

„Ich weiß, Arschloch", fauchte Tanner. „An erster Stelle stehe, und der sich nicht wie ein herablassender Arsch verhält. Ich stottere. Und? Wenn ich stottere, schaust du mich immer an, als wäre ich Dreck an deinem

Schuh. Das hat Brighton nie getan. Er ist nett und geduldig und er sorgt sich um mich." Tanner fasste sich an die Brust. „Ich weiß, dass er es tut." Er trat einen Schritt vor und verpasste Royce einen Faustschlag gegen den Kiefer. Royce hatte das nicht erwartet und landete auf seinem Hinterteil. Tanner rieb sich die Knöchel. Er hatte nur ein einziges Mal in seinem Leben jemanden geschlagen, und das war in der zehnten Klasse gewesen, als einer der Schulrüpel ein anderes Kind fertiggemacht hatte. „Am besten bleibst du da für eine Weile, oder ich breche dir beim nächsten Mal die Nase."

„Dieser Brighton klingt ja wie ein richtiger Mann, so gefühlsduselig." Royce' künstlich hoher Tonfall ließ Tanner rot sehen.

„Ein richtiger Mann braucht diesen ganzen Scheiß nicht, und lass mich dir etwas sagen, Royce Weston. Brighton ist hundertmal männlicher, als du es jemals sein wirst – auf welche Art auch immer." Tanner starrte ihn an. „Er ist stark auf eine Art, die wirklich zählt, und glaub' es oder nicht, er wird etwas aus dieser Farm machen. Ich will lieber mit ihm hier sein, als mit dir auf der riesigen, noblen Farm deines Vaters. Also geh nach Hause zu deiner riesigen Farm und deinem protzigen Truck und riesigem Pferd. Aber hör auf, den Leuten etwas vorzumachen." Tanner winkte mit seinem kleinen Finger. „Du solltest jetzt gehen. Du hast gesagt, was du sagen wolltest, aber ich kaufe dir deine Lügen nicht länger ab. Du und dein Vater, ihr wollt doch nur die Illusion eines perfekten Lebens leben, und du willst mich oder irgendeinen anderen Arsch an deiner Seite. Tja, dann geh und finde jemand anderen, der in deinen Plan passt." Tanner zeigte auf Royce' Auto, das er neben dem Haus geparkt hatte. „Es tut mir leid, dass du den ganzen Weg hergekommen bist, nur um einen Korb zu kriegen. Du hättest anrufen können und wir hätten die Angelegenheit einfach über das Telefon geregelt. Aber jetzt weißt du, wie mies du mich behandelt hast."

„Ich komme nicht zurück. Mein Angebot gilt nur einmal."

„Ich bin kein Gebrauchtwagen", rief Tanner. „Und das hier ist nicht *Deal or No Deal*. Du solltest dich um mich sorgen, und mich nicht behandeln, als wäre ich dein Spielzeug." Tanner stand fest auf dem Boden und fühlte sich mit jeder Sekunde sicherer in seiner Entscheidung.

„Ich warne dich …"

„Geh einfach, bevor du dich noch mehr zum Narren machst", sagte Tanner zu ihm. „Du klingst wie eine Figur aus einer schlechten Teenagerkomödie." Er zeigte auf Royce. „Das wird dir noch leidtun. Das ist noch nicht vorbei", höhnte er und grinste. „Ich krieg dich schon noch. Und deinen kleinen Hund auch." Er gab seine beste Interpretation der

Bösen Hexe des Westens aus *Der Zauberer von Oz*. Dann lachte er lauthals. „Geh nach Hause zu Daddy, lass dir von ihm dein Leben vorschreiben und wen du zu heiraten hast. Ich bin fertig damit, mir von dem jämmerlichen, verbitterten alten Arschloch vorschreiben zu lassen, wie ich mein Leben zu leben habe, und wenn du dessen auch müde wirst, wird aus dir vielleicht noch ein besserer Mann, ein Mann, den jemand verdient. Aber ich brauche dich nicht …" Tanner schaute zu, wie Royce endlich seine Botschaft verstand und zu seinem Auto zurückstolzierte. Er sah, wie er einstieg und davonfuhr. Tanner lächelte und seufzte erleichtert auf.

Er stützte sich auf die Schaufel. Dieses Band hatte er durchschnitten. Es war ein Band, das durchschnitten werden musste. Er hatte nie vorgehabt, nach Montana zurückzukehren – mit Royce oder sonst jemandem. Er hatte angefangen, sich hier zu Hause zu fühlen, und vielleicht, wenn er Brighton fragte, könnten sie ein Pferd anschaffen, auf dem er reiten konnte. Das wäre toll. Vielleicht konnten sie eine Pferdekoppel bauen. Er könnte bis in die entferntesten Ecken des Anwesens reiten und unter den Stromleitungen hindurch, die die Wohnkomplexe weit hinten teilten.

Er wischte all diese Tagträume beiseite und machte sich wieder an die Arbeit. Die letzten Bäume mussten noch in die Erde. Dann zog er einen der Säcke mit Kalksteinpellets aus dem Lieferwagen und verteilte sie um die frischgepflanzten Bäume. Er hatte recherchiert und herausgefunden, dass Brighton richtig gelegen hatte – Obstbäume brauchten kalkhaltigen Boden. Der Kalkdünger würde mit dem Regen langsam in die Erde einziehen und die Bodenqualität verbessern. Tanner verteilte zwei Säcke voll und trat dann einen Schritt zurück, um seine Arbeit zu begutachten. Es sah gut aus. Er zog sein Handy aus der Tasche und machte ein paar Bilder, bevor er die Ladeklappe verschloss und wieder zum Haus fuhr.

Dankbar für den Schlüssel, den Brighton ihm gegeben hatte, holte Tanner sich etwas Wasser und versicherte sich, dass alles in Ordnung war. Er fragte sich, ob Brighton vielleicht gern seinen Computer hätte, entschied sich dann aber dafür, ihn zu lassen, wo er war. Er brauchte jetzt Ruhe, keine Arbeit.

Er versicherte sich, dass im Haus alles in Ordnung war, dann schloss Tanner ab und fuhr mit seinem Motorrad zum Haus seines Cousins.

Marky und Josh rasten nach draußen, als sie hörten, wie er in die Einfahrt fuhr. „Kann ich mitfahren?", fragte Marky hoffnungsvoll. Er war ein niedliches Kind, aber fürchterlich altklug.

„Jungs", rief Alicia von der Haustür aus, aber sie ließen sich nicht ablenken.

„Ich muss Onkel Brighton im Krankenhaus besuchen. Er hat sich verletzt und ist dort ganz allein. Aber ich nehme euch bald mal mit."

„Verspochen?", fragte Josh, und Tanner hätte niemals nein zu diesem niedlichen Jungen sagen können.

„Versprochen."

„Jungs, kommt jetzt zum Essen", rief Alicia. „Hast du heute überhaupt gegessen?", fügte sie an Tanner gewandt hinzu, mit demselben Ton, den sie den Jungs gegenüber anschlug.

„Hatte keine Gelegenheit", sagte Tanner. Er war in Eile und schätzte, dass er im Krankenhaus etwas kriegen konnte.

„Dann komm rein. Ich hab' etwas mehr gekocht. Sind nur Makkaroni mit Käse, aber dann kriegst du wenigstens etwas in den Magen." Sie scheuchte die Jungs ins Haus und ermahnte sie, die Hände zu waschen. „Sieht aus, als würdest du die halbe Farm mit dir herumschleppen."

Tanner schaute an sich hinunter. „Sieht so aus, ja. Ich geh d-d-duschen und komm dann rüber."

„Klar", sagte sie sanft. „Aber beeil dich. Marky und Josh haben die letzte Zeit nicht viel von dir gesehen, und sie sind sehr aufgeregt." Sie ging ins Haus und Tanner eilte in sein Zimmer. Er zog sich aus, sprang unter die Dusche und wusch und trocknete sich in Rekordzeit ab. Dann zog er sich wieder an und stellte sicher, dass er alles aufgehängt hatte, bevor er sein Zimmer verließ und ins Haupthaus hinüberging.

Marky und Josh saßen auf Stühlen am Tresen. Sie warteten offensichtlich auf ihn. Tanner setzte sich auf den dritten Stuhl, und Alicia gluckste bei dem Anblick der drei, wie sie auf ihr Essen warteten. Wenigstens bekam Tanner einen normalen Teller, während Marky und Josh Plastikgeschirr bekamen, aber trotzdem fühlte er sich wie einer ihrer Jungs, umso mehr noch, als sie ihm ebenfalls ein Glas Milch vor die Nase stellte.

„Daddy trinkt Bier", stellte Marky fest und machte ein Gesicht, das Tanner sagte, dass er es offenbar probiert hatte und es für das schlimmste Gesöff der Welt hielt.

„Streck deine Zunge nicht raus", tadelte Alicia ihn sanft. „Iss auf und dann gehen wir in den Park, solange Onkel Tanner im Krankenhaus ist."

„Geht es Onkel Brighton wieder gut?", fragte Josh. „Ich mag seine Schafe."

„Ja, geht es. Er hat sich verletzt, aber es wird schon b-b-besser." Die Antwort schien Josh zu genügen, denn er widmete sich wieder seinem Essen.

„Können wir die Ziegen und das Pony sehen, wenn wir mit deinem Motorrad fahren?", fragte Marky.

„Das ist ein b-b-bisschen zu weit. Aber ich d-denke, dass ihr die T-T-Tiere wiedersehen könnt, wenn eure Mom euch fährt." Tanner schaute zu Alicia. „Ihr k-könntet uns vielleicht sogar helfen."

Ihm war eine Idee durch den Kopf geschossen.

„Wie?", fragte Alicia.

Er berichtete ihr von der geplanten Nutzungsänderung und was das für Brighton bedeutete. „Arthur ist dran, aber vielleicht brauchen wir auch etwas unkonventionellere Hilfe." Tanner wollte seine Idee mit Brighton besprechen, bevor er mehr unternahm.

„Wir tun, was wir können, das weißt du." Alicia lächelte und die Jungs nickten begeistert.

TANNER Aß auf und verabschiedete sich dann mit einer liebevollen Umarmung von den beiden Jungs. Josh hing an ihm, bis sein Onkel ihn endlich herumschwang. Er kicherte, als Tanner ihn hoch unter die Decke warf und dann wieder auf dem Boden absetzte. Als die Jungs zufrieden waren, ging Tanner und fuhr zum Krankenhaus.

Aus Brightons Zimmer drangen Stimmen an sein Ohr. Arthur saß im Stuhl neben Brightons Bett. Er stand auf und umarmte Tanner flüchtig.

„B-B-Besprecht ihr eure St-Strategie für die Anhörung?", fragte Tanner. Ihm fiel auf, dass sowohl die Infusion als auch die anderen Maschinen entfernt worden waren. Brighton sah auch weniger blass aus als noch vor ein paar Stunden.

„Ja", sagte Brighton. „Sie ist in ein paar Tagen."

„Soll ich gehen?" Tanner wandte sich wieder zur Tür. Wenn Brighton Privatsphäre brauchte, dann …

„Nein." Brighton streckte seine Hand aus. „Wir überlegen gerade, was wir tun können."

Tanner ergriff seine Hand und stellte sich zu ihm ans Bett.

„Tatsächlich kann die Stadt tun und lassen, was sie will, wenn es um Grundstücksnutzungen geht", erklärte Arthur. „Trotzdem müssen gewisse Regeln eingehalten werden. Die Stadt muss den Gesetzen ebenso folgen wie wir. Eine dieser Regeln haben sie im Brief selbst erklärt. Es gibt in der Stadt nicht mehr viel Farmland. Vielleicht ist es sogar das letzte Stück. Es gab viele Fälle von Privatpersonen, die beantragt haben, Grundstücke für Gewerbenutzung oder Bebauung neu auszuzeichnen, aber nur selten ging diese Initiative von der Stadt aus. Meistens wird die Grundstücksnutzung geändert, wenn der Besitzer es beantragt, und ohne triftigen Grund geht das auch nicht so einfach. Die Stadt kann ihren eigenen Gesetzen zufolge auch nicht einfach so die Grundstücksnutzung ändern. Verstehen Sie?" Arthur schaute zu Brighton, dessen Blick von einem zum anderen wanderte.

„Ich denke, das müssen Sie mir noch einmal ganz langsam erklären", meinte Brighton.

Tanner dachte das Gleiche bei sich, hielt aber den Mund.

„Sie begründen die Nutzungsänderung mit ihrer Vermutung, dass die Farm seit zehn Jahren nicht mehr aktiv bewirtschaftet wurde. Sie sind sich dessen vermutlich recht sicher, weil das Grundstück nicht groß genug für einen kommerziell erfolgreichen Landschaftsbetrieb ist."

„Also was können wir tun?", fragte Brighton.

„Wir gehen zur Anhörung und liefern ihnen Beweise, dass das Land bestellt wird. Aktuelle Fotos der Farm wären hilfreich. Vielleicht kommen sie dann wieder in der Gegenwart an. Auch die Tiere, die Sie mit der Farm geerbt haben, können als Beweis durchgehen. Aber das Problem dieser Ausschüsse ist, dass sie meistens politisch motiviert sind, und Kleinstadtpolitik kann einen normalen Menschen in den Wahnsinn treiben. Jeder einzelne hat da seine eigenen Hintergedanken, und ich habe noch nicht herausgefunden, wer überhaupt hinter der ganzen Sache steckt."

„Ich denke, es war meine Tante", sagte Brighton.

„Vera?"

„Ja. Hatte ich erzählt, was auf der Beerdigung alles gesagt wurde?"

„Ich glaube schon. Aber sie kann nicht einfach eine Petition zur Nutzungsänderung starten. Dafür braucht sie gute Gründe, und die hat sie nicht." Arthur öffnete seine Tasche und zog ein paar Papiere heraus.

„Aber", begann Tanner. „Wenn Sie einen K-K-Komplizen bei der Stadt hat?" Er hasste es, seine Gedanken laut auszusprechen und fürchtete, dumm zu klingen. „Einen Grund hat sie ja …"

„Glaubt ihr wirklich, sie würde so weit gehen, um den Verkauf zu erzwingen?" Arthur kramte noch mehr Papiere aus seiner Tasche.

„Ich schätze, sie würde alles tun, um ihren Willen durchzusetzen." Brighton wandte sich an den Anwalt. „Es tut mir nur leid für Onkel

Raymond. Seit Jahren schon walzt sie ihn völlig platt." Brightons Augen fielen zu, und er ließ sich wieder in seine Kissen sinken. Er sah müde aus. „Was genau sollen wir tun?"

„Bilder von der Farm machen. Beweisen, dass die Gebäude in gutem Zustand sind und die Farm nicht verfällt. Fotografiert eure Arbeit und alles, was schon im Erbe enthalten war. Wenn Sie Rechnungen von Anschaffungen oder besser noch Verkäufen von Farmprodukten finden können, wäre das eine große Hilfe. Wie ich schon sagte, diese Ausschüsse sind manchmal ein wenig willkürlich, deswegen werden wir sie überrumpeln und ihnen jegliche Argumentationsgrundlage rauben."

„Was passiert, wenn wir verlieren?"

„Wir können uns an den gesamten Stadtrat wenden und im Zweifelsfall vor Gericht ziehen. Aber das würde ein langwieriger, unangenehmer Prozess, und in der Zwischenzeit können sie die Steuern erhöhen." Arthur ging seine Papiere durch. „Wir wollen es jetzt und hier beenden. Ich denke, wir haben gute Chancen."

„Wirst du mit dabei sein?", fragte Tanner, der sich Sorgen um Brightons Verfassung machte.

„Ja, ich werde ihm beistehen."

„Denkst du, er ist fit genug dafür?" Tanner blickte wieder zu Brighton, der schon halb schlief und in den nächsten Minuten vermutlich keine Pläne mehr schmieden würde.

„Ich weiß es nicht."

„Ich komm schon irgendwie hin", flüsterte Brighton und schlug die Augen auf. „Ich werde da sein, egal was passiert. Denk mal drüber nach, vielleicht werde ich im Rollstuhl sitzen, das muss ja auch für irgendetwas gut sein."

„Vielleicht aber auch gerade nicht. Der Ausschuss könnte das als Beweis dafür sehen, dass das Land nicht mehr bestellt wird, weil Sie in der nächsten Zeit beeinträchtigt sind, und davon ausgehen, dass Sie diesen Kampf nur aus steuerlichen Gründen betreiben. Farmland wird günstiger besteuert, und die Stadt will natürlich so viel aus ihrem Grund herausschlagen, wie möglich."

„Das ist doch …" Brighton setzte sich auf. „Ich will das Erbe meiner Familie erhalten. Das ist alles, was ich von meinem Großvater noch habe, und die wollen es mir nehmen."

Tanner drückte ihn sanft zurück ins Kissen.

„Ich sage nicht, dass ich deren Meinung bin, nur, was der Ausschuss vielleicht denken könnte", sagte Arthur ruhig. „Wir müssen auf alles vorbereitet und uns unserer Sache nicht zu sicher sein." Arthurs Blick sagte Tanner, dass er Brighton nicht hatte verärgern wollen. „Entspannen Sie sich und gönnen Sie sich ein wenig Ruhe. Wir haben noch ein paar Tage und müssen all unsere Kräfte aufbringen und klar denken, wenn wir die Sache jetzt gewinnen wollen."

„Aber was, wenn wir verlieren?", fragte Brighton noch einmal.

„Dann werden wir Revision einlegen."

Brighton seufzte. „Vielleicht sollte ich einfach verkaufen." Er schloss die Augen, als würde er sich von allem zurückziehen. Tanner schaute zu Arthur und lächelte verkrampft.

„Bis später", sagte Arthur, als er seine Unterlagen wieder verstaut hatte. „Wie ich schon sagte, versuchen Sie, sich keine Sorgen zu machen. Ich weiß, es ist schwer, aber wir werden unser Bestes geben. Das wird eine harte Nuss." Er lächelte, als sich Brighton zu ihm drehte. „Ich kann keinen Erfolg versprechen, aber wir werden dem Ausschuss die Hölle heiß machen."

Brighton nickte. Arthur schaute zu Tanner und wandte sich zum Gehen. „Danke sehr", sagte Brighton.

„Bis bald." Arthur verließ den Raum und Tanner ging ums Bett, um sich auf Arthurs Stuhl zu setzen.

„Er versucht nur, dir zu helfen, wie wir alle." Tanner seufzte. „D-Du musst aufhören, s-s-so zu reden. Ich weiß, dass du nicht verkaufen willst, aber jedes Mal, wenn es problematisch wird, fängst du wieder so an."

„Und?", fauchte Brighton.

„Und, hör auf damit!", gab Tanner zurück. „Es ist harte Arbeit, das Land wieder in Schwung zu bringen. Dein Grandpa wusste es, aber er muss sich etwas dabei gedacht haben, ausgerechnet dich mit der Aufgabe zu betreuen, sonst hätte er dir die Farm nicht vererbt. Er hätte einfach verkauft. Hat er aber nicht. Also hör auf zu jammern, erhol dich und zieh die Sache durch."

„Hast du das auch gemacht? In Montana?"

Tanner schluckte. „Nein. Ich wurde herumgeschubst und habe es zugelassen." Er lehnte sich zurück. „Royce' Vater gehört die Farm, auf der ich gearbeitet habe." Jetzt, wo er angefangen hatte, brachte er das Ganze besser schnell hinter sich. „Ich mochte Royce. Er war attraktiv, und er sch-schien mich zu mögen." Brighton drehte seinen Kopf, bis er Tanner anschauen konnte. Er streckte seine Hand aus und Tanner nahm sie in seine. „Wir sind eine Weile umeinander herumgetänzelt, und irgendwann hat Royce den ersten Sch-Sch-Schritt gemacht."

„Hast du ihn geliebt?"

„Ich habe es zumindest geglaubt." Tanner lächelte nicht. Es war komisch, aber dieses warme Gefühl von damals erschien ihm heute nur noch kalt und mechanisch. „Er und ich, wir kamen zusammen und wir hatten … na ja, wir hatten Sex … ziemlich oft. Er sagte mir, er würde mich lieben, aber da bin ich mir nicht mehr sicher. Nicht aufrichtig." Tanner versuchte, sich zu erklären. „Schau, sein Vater hat das mit uns herausgefunden und mich auf der Stelle gefeuert und mir alles an den K-K-Kopf geworfen, was du dir vorstellen kannst." Die Worte klangen noch immer in seinen Ohren. „So boshaft …"

„Das tut mir leid", flüsterte Brighton.

„Ich bin gegangen und fand eine Unterkunft in der Stadt. Ich hatte gehofft, einen anderen Job zu finden oder einfach zu gehen, denn es wurde mir schnell klar, dass keiner der Rancher eine Schw-Schw-Schwuchtel einstellen wollte. Ich machte mich gerade zur Abreise bereit, als ich B-Besuch vom Sh-Sheriff bekam. Royce' Vater hatte behauptet, ich hätte Royce übers Ohr gehauen und ihn vergewaltigt." Tanner konnte kaum atmen und wandte sich ab.

„Mein Gott. Haben sie dich verhaftet?"

„Nein. Ich glaube nicht, dass der Sheriff ihm glaubte, aber als ich alles leugnete …" Tanner schnappte nach Luft. „Er war nicht sehr nett und meinte praktisch, dass ich aus der Stadt verschwinden sollte, bevor jemand die Sache selbst in die Hand nehmen würde." Tanner versuchte, nicht an die Verachtung im Blick des Sheriffs zu denken. Fetter, stinkender alter Mistkerl.

„Gott. So etwas passiert immer noch?"

„Jep. Er meinte auch, dass es eine Schande wäre, wenn so ein Matthew-Shepard-Fall sich in seiner Stadt abspielen würde." Tanner war das Blut in den Adern gefroren. „Ich wartete noch einen Tag, in dem schäbigen Motel, mein Motorrad war draußen unter einer alten Plane geparkt, damit es niemand bemerkte. Ich hoffte, dass Royce kommen würde, aber er k-k-kam n-n-nicht. N-N-Niemand kam. Also packte ich meine Sachen und wollte die Stadt verlassen."

Brighton drückte seine Hand. „Ich schätze, das war noch nicht alles?"

„Nein. Ich sah Royce, als ich die Stadt verließ. Er kam mir im Auto entgegen. Ich hielt an, um zu sehen, was er mir zu sagen hatte. Aber er fuhr einfach weiter. Er hatte mich gesehen – das hat er hier dann zugegeben – aber … er wandte sich von mir ab." Tanner atmete tief durch. Der Schmerz über den Verrat, der ihn so aufgezehrt hatte, flackerte wieder auf. Brighton hielt weiter seine Hand und strich sanft über seinen Arm.

„Du musst nicht weiterreden, wenn du nicht willst."

Tanner schüttelte den Kopf. Er musste jetzt alles loswerden, damit er mit der Sache abschließen konnte. Er war fertig mit Royce, und es wurde Zeit, dass er auch mit dem Rest fertig wurde. „Da wusste ich, dass es vorbei war und ich wegmusste. Ich war etwa eine Meile weit gekommen, als mir ein Lastwagen entgegenkam. Er war voll besetzt mit Arbeitern von der Ranch. Ein zweiter Truck tauchte hinter mir auf. Der andere Wagen fuhr langsamer und stellte sich dann quer auf die Straße, um meinen Weg zu blockieren. Das war es, was der Sheriff prophezeit hatte. Ich bin mir nicht sicher, ob Royce ihnen gesteckt hat, wo ich war, aber ich gab Gas und raste am Heck des Trucks vorbei. Ich stürzte beinahe, konnte mich aber fangen und schaffte es irgendwie vorbei. Einer der Männer holte mit einem Schlagholz aus, aber ich duckte mich und floh." Sein Herz raste und Tanner schnappte nach Luft, als ihn die Angst und die Aufregung wieder übermannten. „Ich fuhr so weit ich konnte und versuchte, einen Job zu finden, aber Royce' Vater hat großen Einfluss. Irgendwann habe ich Arthur verzweifelt angerufen, und er sagte, ich sollte herkommen. Ich glaube, er wusste nicht, was er von der ganzen Sache halten sollte, aber er hat mir seine Hilfe angeboten." Tanner war überrascht, wie er es schaffte, all das loszuwerden, ohne ständig über seine Worte zu stolpern.

Brighton rutschte herum und Tanner half ihm, sich aufzusetzen. „Was wollte das Arschloch dann, als er wieder hier aufgetaucht ist? Das kleine Stück Scheiße sagte, er wäre dein Freund." Brighton sprach ruhig, aber seine Wut war dennoch spürbar. „Toller Freund."

„Er sagte, er hätte die Dinge mit den Leuten auf der Ranch und dem Sheriff bereinigt und einen Job für mich auf einer anderen Ranch gefunden. Ich glaube, das hatte ich dir erzählt. Vielleicht aber auch nicht." Tanner konnte sich nicht erinnern. Er fühlte sich ganz durcheinander. „Natürlich hat er sich nicht gegen seinen Vater gewehrt. Ich sollte bis zu dessen Tod sein kleines Geheimnis sein. Wenn er die Farm erst geerbt hätte, sollten uns Herzen und Blümchen aus dem Arsch fliegen."

Brighton lachte, stöhnte und lachte wieder. „Siehst du, du kannst doch alles sagen, was du willst." Er hob Tanners Hand an seine Lippen und küsste sie. „Bissigkeit steht dir."

Tanner war sich da nicht so sicher, aber es war schön, zu hören, dass er alles sagen konnte. „Ich denke, das heißt …"

Brighton zog ihn näher heran. „Ich weiß genau, was das heißt." Er küsste ihn. „Und du solltest immer sagen, was du denkst."

„Das habe ich. Bin gestern auf Royce losgegangen und habe ihn nach Hause geschickt. Ich glaube, ich weiß jetzt, was Liebe ist, aber der Blödsinn, den Royce von sich gab, ist es nicht." Er behielt all die gehässigen Dinge, die Royce über die Farm und Brighton vom Stapel gelassen hatte, für sich. Royce war ein verwöhntes Kleinkind und ein Riesenarsch, wenn er nicht bekam, was er wollte. „Ich war für ihn nicht mehr als ein Spielzeug. Er hat viel davon, er bekommt alles von seinem Vater in den Arsch geschoben und wäre nie bereit gewesen, für mich oder sonst jemanden darauf zu verzichten."

„Also ist er fort?", fragte Brighton.

„Das denke ich doch. Er kommt nicht zurück. Egal, was Royce denken mag oder dem Sheriff und allen anderen Männern in der Stadt erzählt, ich bin mir sicher, dass sein Vater jede Frau in Reichweite antanzen lassen wird. Er weiß genau, dass Royce nicht so hetero ist, wie er gerne vorgibt." Tanner hielt inne und ihm fiel auf, dass er nicht ein einziges Mal über seine Worte gestolpert war. Das war das erste Mal seit einer sehr langen Zeit.

„Warum hast du mir das nicht früher erzählt?", fragte Brighton. „Ich wusste, dass etwas vorgefallen war, das hat man an deinem Verhalten gemerkt."

„Zuerst war ich mir nicht sicher, wie du reagieren würdest, und d-d-dann …" Tanner fühlte, wie sich seine Kehle zuschnürte und die Worte stecken blieben. „Ich habe mich geschämt. Royce hat mir viel bedeutet. Ich dachte, ich hätte ihn geliebt, und er hat mich wie Scheiße behandelt. Also war ich vielleicht nicht mehr als das, und …" Tanner verfiel in Schweigen und atmete tief durch, um sich zu beruhigen. Er würde sich jetzt nicht wie ein pubertierendes Mädchen verhalten.

„Jetzt verfall nicht wieder in dein stoisches Schweigen. Nicht jetzt." Brighton tätschelte seine Hand und lehnte sich dann mit geschlossenen Augen im Bett zurück. „Oder vielleicht doch."

„Tag", sagte die Frau, die gerade in den Raum fegte. Brighton bewegte sich nicht, und Tanner wurde das Gefühl nicht los, dass er sich schlafend stellte. Er war sich dessen ziemlich sicher, als er Brightons unterdrücktes Stöhnen hörte. „Zeit für unseren Spaziergang."

„Spaziergang?", fragte Tanner erschrocken. „Er ist doch gerade erst operiert worden." Er schaute sich nach einem Rollstuhl um.

„Ja, und jetzt wird es Zeit, dass er aufsteht und sich bewegt." Sie war jung, ziemlich hübsch und energiegeladen, schwarzes Haar und dunkle Augen. Sie war bestimmt sehr beliebt, schätzte Tanner.

„Der Arzt hat mein Knie mit Titan ersetzt und diese … Frau quält mich ständig, aus dem Bett zu steigen und zu laufen." Brighton schlug die Decke zurück. „Das Mindeste, was sie mir dafür zugestehen könnten, sind normale Klamotten, damit ich nicht jedem meinen blanken Arsch entgegenstrecke."

„Ist aber ein toller Arsch", sagte Tanner leise.

„Wir mussten gestern alle mit einem Stock auf Abstand halten", grinste die Therapeutin. „Keine Sorge, ich habe Ihnen eine OP-Hose mitgebracht und helfe Ihnen beim Anziehen. Dann können wir los. Ich bringe Sie nach unten zur Therapie, damit wir Sie wieder in Bewegung bringen, Ihnen zeigen, wie Sie auf Ihren Gehstützen laufen und das neue Knie bewegen. Es wird etwas dauern, bis Sie wieder Ihr ganzes Gewicht halten können, aber wir müssen das Bein bewegen, damit die Muskeln nicht verkümmern. Ich werde Ihnen außerdem eine Schiene anpassen, die die Heilung beschleunigt und sie vor weiteren Verletzungen schützt. Sie wollen bestimmt bald nach Hause, nicht wahr?"

„Gott, ja", sagte Brighton. „Übrigens, Tanner, dieser sadistische Flummi hier ist Amanda. Sie war heute Morgen schon einmal hier und hat mich gepeinigt." Brighton setzte sich auf die Bettkante und Tanner nahm die Hose und half Brighton hinein. Er war nicht scharf darauf, dass jemand das tat. Das war sein Job.

„Soll er erst einmal in den Rollstuhl?", fragte Tanner an Amanda gewandt. Sie nickte und Tanner hob Brighton vorsichtig vom Bett und setzte ihn in den Rollstuhl. „Soll ich hier warten?"

„Wir werden etwa eine Stunde brauchen. Falls Sie noch nichts gegessen haben, würde ich Ihnen vorschlagen, das in der Zeit zu tun." Amanda schob Brighton aus dem Raum und Tanner setzte sich wieder in den Stuhl neben dem Bett. Nach ein paar Minuten überlegte er, dass er zwar keinen Hunger hatte, etwas zu trinken aber nicht schlecht wäre. Er sprang auf und machte sich auf die Suche nach einem Kaffeeautomaten.

Schließlich fand er einen. Das Zeug war scheußlich, aber er trank es trotzdem und kehrte in Brightons Zimmer zurück. Brighton war noch nicht wieder da, also machte er es sich erneut auf dem Stuhl bequem, um zu warten.

Er hörte Brighton herummeckern, noch bevor Amanda ihn in den Raum schob, also ging er davon aus, dass es nicht allzu schlecht gelaufen war.

„Sie sagt, dass es meinem Bein viel besser gehen sollte als vorher, und dass ich, wenn das Knie verheilt ist, vielleicht wieder ganz normal werde laufen können." Brighton klang wirklich aufgekratzt. Amanda half ihm, sich auf seine Krücke gestützt wieder zum Bett zu hieven.

„Ist das wahr?", fragte Tanner.

Ein Mann klopfte an den Türrahmen und trat ins Zimmer.

„Fragen wir doch ihn", sagte Brighton. „Danke für Ihre Hilfe, Amanda."

„Gern geschehen", sagte sie und winkte ihnen zu, während sie den Rollstuhl aus dem Raum schob.

„Mich was fragen?", meinte der Arzt, während er seinen fahrbaren Monitor konsultierte.

„Sie s-s-sagte, sein Knie könnte wieder so gut oder besser werden als vorher", erklärte ihm Tanner.

„Auf jeden Fall besser. Ich bin mir nicht sicher, warum Ihr Knie nicht direkt nach dem Unfall ausgetauscht wurde. Sie hätten sich dann viel schneller erholt."

„Sie meinten, ich wäre zu jung", erklärte Brighton.

„Für eine gewöhnliche Prothese, ja. Diese hier ist besonders strapazierfähig und sollte dreißig Jahre lang halten. Dann brauchen Sie vielleicht wieder eine neue, aber manchmal halten diese Ersatzteile auch ewig. Das Wichtigste ist, dass Ihr Bein wieder voll funktionstüchtig werden dürfte und Sie wesentlich weniger Schmerzen leiden werden." Er kontrollierte Brightons Verbände und den Sitz der Schiene. „Wenn Sie jemanden haben, der zu Hause auf Sie acht gibt, können wir Sie wohl morgen entlassen. Keine Treppen in den nächsten Tagen, bis Sie sicher auf Ihren Stützen gehen können. Ich möchte, dass Sie vorher noch eine Physiotherapiestunde hier im Krankenhaus wahrnehmen und definitiv bis zum nächsten Frühjahr keine Bäume pflanzen."

Dem konnte Tanner nur zustimmen. „Ich habe sie schon gepflanzt, f-f-falls er auf dumme Gedanken kommt."

„Das ist mein Freund Tanner", sagte Brighton. „Eigentlich ist er in erster Linie für die Bäume verantwortlich."

„Ich habe dir nicht gesagt, dass du versuchen sollst, sie zu pflanzen", gab Tanner kopfschüttelnd zurück. Brighton streckte ihm die Hand entgegen und Tanner nahm sie in seine.

„Ich sehe keinen Grund, warum Sie sich nicht völlig erholen sollten. Der Heilungsprozess wird etwas länger dauern als sonst üblich, was an dem Zustand Ihres Beins liegt, aber die Kollegen und ich waren imstande, einige ältere Schäden zu reparieren, und haben Ihnen hoffentlich eine Endoprothese gegeben, mit der Sie noch jahrzehntelang laufen können."

„Vielen Dank", sagte Brighton. „Wer hätte gedacht, dass sich die ganze Sache mit den Bäumen doch noch als praktisch erweist?"

Tanner knurrte, sagte aber nichts.

„Sie hatten Glück, Mr. McKenzie. Sehr großes Glück." Der Arzt schüttelte ihnen beiden die Hand und verließ den Raum.

Wenn er daran dachte, in welchem Zustand er Brighton im Lastwagen gefunden hatte, wusste Tanner, dass das die bestmögliche Neuigkeit war. Er hatte eine viel schlimmere Prognose erwartet. „Ich muss jetzt gehen", sagte er. Es gab noch viel Arbeit auf der Farm. „Heute Abend nach dem Füttern komme ich wieder." Er lächelte und beugte sich über das Bett.

„Ich kann es gar nicht erwarten, hier rauszukommen", flüsterte Brighton und Tanner folgte seinem Blick zu einer wohlbekannten Beule unter der Bettdecke.

„S-Sei artig", sagte Tanner lächelnd und küsste Brighton zum Abschied. „Morgen kommst du nach Hause." Es war aufregend, dass Brighton ihn wirklich wollte, auch wenn Tanner sich fragte, wie lange das so bleiben würde.

7

BRIGHTON WAR fertig und wartete am nächsten Tag bereits auf Brianne und Tanner, die ihn nach Hause bringen sollten. Seine Schwester hatte ihm angeboten, die ersten Tage bei ihr zu wohnen, aber Brighton wollte nach Hause. Die Farm war zu seinem Zuhause geworden, das fühlte er tief in seinem Inneren, und als Brianne gefolgt von Tanner im Lastwagen die Auffahrt hinauffuhr, überkam ihn ein warmes Gefühl des Friedens. Als das Auto hielt, öffnete er seine Tür und wartete darauf, dass man ihm seine Stützen reichte.

„Wohin gehst du?", fragte Brianne.

„Du entwickelst dich gerade zu einer herrschsüchtigen Nervensäge, weißt du das?"

„Das habe ich mir von dem Besten abgeguckt." Sie schlug die Tür zu. „Und du hast nicht auf meine Frage geantwortet." Sie eilte ihm hinterher. Brighton hörte, wie die Tür des Lieferwagens zugeschlagen wurde. Dann lief Tanner an ihnen vorbei und öffnete die Stalltür. Mithilfe seiner Stützen humpelte Brighton hinein.

„Ich will nach den Tieren sehen", antwortete er schließlich, als er sich Napoleons Box näherte. Das Pony streckte seinen Kopf aus der Box und beschnüffelte Brightons Bauch. „Ich weiß. Ich hab' dich auch vermisst." Wenn jemand ihm vor ein paar Wochen gesagt hätte, dass er glücklich über ein Pony sein würde, das ihn von oben bis unten vollsabberte, hätte er es bestimmt nicht geglaubt. Nachdem er das Pony begrüßt hatte, schaute er nach den anderen Tieren. „Wird sie fett?", fragte er, als er eines der Schafe musterte. „Füttern wir sie zu viel?"

„Nein, sie ist trächtig", sagte Tanner lächelnd. „Ich denke, dein Großvater hat sie kurz vor seinem Tod erst decken lassen. Ein paar der Ziegen erwarten auch Nachwuchs. Sieht aus, als würde der Frühling dieses Jahr ein wenig spät kommen, aber wir, ich meine du ... wirst wohl ein wenig Zuwachs bekommen."

Brighton war seine Korrektur nicht entgangen, und er fragte sich, was sie zu bedeuten hatte. Wenn es Tanner nicht gäbe, würde sich niemand um die Tiere kümmern. Er fragte sich, ob das noch mit der ganzen Geschichte um Royce zu tun hatte, und wünschte sich, dem Arschloch einen mit seinem Stock verpasst zu haben, als er die Gelegenheit dazu hatte.

„Du solltest ins Haus gehen, bevor du zu müde wirst. Du bist erst vor ein paar Tagen operiert worden, und ich bin mir sicher, dass der Arzt dir nicht geraten hat, gleich im Stall herumzulatschen, kaum dass du wieder zu Hause bist", schimpfte Brianne. „Er sagte auch, du solltest dir das Treppensteigen sparen, bis du sicher genug auf deinen Stützen bist."

„Um Himmels willen, hör mit dem Gemotze auf", neckte Brighton sie nur halb im Spaß. „Ich habe gehört, was er gesagt hat, und du musst dich nicht plötzlich in meine Mutter verwandeln." Er ging zur Tür, schwankte aber auf den Verandastufen. Tanner fing ihn auf und hob ihn mit Leichtigkeit hoch. Brighton lehnte sich an seine starke Brust und atmete seinen Geruch ein, den schönsten auf der Welt. Tanner trug ihn durch die Tür und Brianne folgte mit den Krücken.

Brighton schlang seine Arme um Tanners Hals. Er wollte nicht loslassen. Brianne zwängte sich an ihnen vorbei und schloss die Tür mit dem Ersatzschlüssel auf, den Brighton ihr gegeben hatte. Tanner trug ihn ins Haus und setzte ihn sanft auf dem Sofa ab.

Es war heiß und stickig im Haus. Brianne schaltete die Klimaanlage an, die kühle Luft in den Raum blies. Es würde eine Weile dauern, bis die Temperatur erträglicher wurde, aber Brighton war glücklich, wieder zu Hause zu sein.

„Ich geh dann mal und hol ein paar Sachen für die nächsten Tage von zu Hause", sagte Brianne.

Brighton schaute Tanner an, der für ihn sprach. „Ich bleibe bei ihm."

Brianne blieb stehen. „Seid ihr sicher? Keiner von euch bringt in der Küche mehr als Sandwiches zustande."

„Ich kann grillen", konterte Tanner und Brianne trat einen kleinen Schritt zurück.

„Wenn ihr sicher seid … ich weiß ja, dass er lieber dich als mich hier hat." Sie lächelte. „Wenn ihr mir eine Einkaufsliste schreibt, fahre ich schnell zum Laden, denn ich vermute, dass Brighton nichts als Mayonnaise, Ketchup und Aufschnitt im Kühlschrank hat."

„Kein Grund, so gemein zu sein. Ich hab' auch Senf."

„Alles klar." Brianne verdrehte die Augen. „Macht einfach eine Liste, dann gehe ich einkaufen und lass euch allein … was auch immer machen. Verratet es mir nicht. Aber wenn du noch benebelter aus der Wäsche guckst, wenn ich wiederkomme …" Sie beugte sich über das Sofa und küsste

Brighton auf die Wange. „Ich gebe euch ein paar Minuten für die Liste." Brianne ging aus dem Raum und Brighton hörte, wie sie den Staubsauger nach oben zerrte.

Tanner starrte ratlos in Richtung Treppe. „Sie kann nicht für fünf Minuten still sitzen, deswegen arbeitet sie wohl in einem der Schlafzimmer. Wer weiß?" Eigentlich war es ihm egal. Brighton zog Tanner zu sich herunter, bis sich ihre Lippen trafen. Augenblicklich war er erregt und stöhnte leise. Wie er das vermisst hatte – zuerst ihr dummes Missverständnis und dann seine Verletzung. Aber jetzt war Tanner hier bei ihm.

Das Brummen des Staubsaugers hörte auf und Tanner zuckte zurück. „Die Liste."

Brighton angelte sich den Schreibblock vom Tisch und begann zu schreiben. „Steaks, Kartoffeln, Eiscreme, Mais, Koteletts, Zeug für Salat …"

„Warum das Ganze?", fragte Tanner.

„Du hast gesagt, du könntest grillen, also brauchen wir auch Zeug, das zu Gegrilltem passt", erklärte Brighton, während er Sandwichzutaten und einige Fertiggerichte auflistete, die sie in der Mikrowelle aufwärmen konnten. „Sonst noch was?"

„Makkaroni und Käse?", schlug Tanner vor und Brighton setzte alles auf die Liste. Er dachte weiter nach, und als Brianne zurückkam, reichte er ihr den Einkaufszettel und etwas Geld.

„Bin froh, dass da wenigstens ein paar gesunde Sachen draufstehen", meinte Brianne und wandte sich zum Gehen. „Bin in einer Stunde zurück." Sie ging nach draußen und Brighton schaute zu Tanner, während er darauf wartete, dass sich das Brummen von Briannes Auto entfernte. Tanner stand auf und schaute erst zur Eingangstür, dann mit feurigem Blick zu Brighton. Er setzte sich auf die Sofakante und Brighton rückte vorsichtig seine Beine zur Seite. Der Raum kühlte sich endlich ab und Tanner lehnte sich zu ihm herüber. Brighton schlang seine Arme um Tanners Nacken, zog ihn zu sich heran und küsste ihn innig.

Tanner zitterte vor Erregung. „Versprich mir, dass du stillhältst und dich nicht bewegst."

Brighton rückte ein Stück von ihm ab und schaute ihm in die Augen. „Okay."

Tanner stand auf und ließ seine Hand unter Brightons Hemd gleiten. Dessen Magen kribbelte bei dieser sanften Berührung. Er atmete tief ein und hielt den Atem an. Als Tanner nach seinem Gürtel griff, schnappte er nach Luft und schloss die Augen, betend und hoffend. Tanner schien ihn zu hören, denn schon zerrte er an Brightons Hose.

„Wir müssen dir ein paar vernünftige Shorts besorgen", stellte Tanner fest. Er quetschte seine Hand in Brightons Unterwäsche und schloss seine Finger um dessen Glied, sobald er es befreit hatte.

Brighton stöhnte und schob seine Hüften vor, um mehr von ihm zu bekommen. Er wollte es so sehr. „Tanner."

Worte waren nicht weiter wichtig. Stattdessen lehnte Tanner sich vor und nahm ihn tief in den Mund. Oh Gott, war das heiß und besonders. Genau das, was er jetzt brauchte. Brighton hatte sich so lange nach Tanners Berührungen gesehnt. Er brauchte ihn, und verflucht, sollte er jetzt nicht bekommen, was er wollte …

Subtil war Tanner nicht gerade. Er steckte Energie und Eifer in jede einzelne seiner Bewegungen. Er nahm Brighton tief in sich auf und hielt still, dessen Glied tief in der Kehle.

„Oh Gott", stöhnte Brighton immer und immer wieder und schrie fast, als Tanner ihm schier den Verstand aussaugte. Er legte seine Hände auf Tanners Kopf und gab sein Bestes, sich nicht wie ein Verrückter festzukrallen, auch wenn jede Zelle seines Körpers ihn dazu zwingen wollte. Es war so lange her und Tanner bereitete ihm den absoluten Himmel auf Erden. Nach allem, was er durchgemacht hatte, war Tanners warmer Mund um ihn herum fast mehr, als er ertragen konnte. „Ich kann nicht mehr."

Tanner murmelte irgendetwas, das Brighton nicht verstand, aber was auch immer es war, es vibrierte in seinem Glied und zog ihm bis ins Mark. Brighton schaffte es, seine Atmung zu kontrollieren, und lehnte seinen Kopf gegen die Armlehne des Sofas, während Tanner die Hand ausstreckte, unter sein Shirt langte und sanft seine Brustwarzen massierte. Brighton hatte das Gefühl, dass Tanner ihm das ganze Hirn aussaugte, und um ehrlich zu sein, er war verdammt nah dran. Vielleicht hätte er es geschafft, wenn Brighton nicht schon am ganzen Körper gezittert hätte. Sein Knie war ihm völlig egal – als sich der Druck in ihm fast unerträglich steigerte, konnte er seine Beine ohnehin nicht mehr spüren. Er versuchte, Tanner zu warnen, aber sein Höhepunkt erwischte ihn wie ein vorbeirauschender Güterzug und alles, was er tun konnte, war stillzuhalten. Brighton schnappte nach Luft, als er sich wieder und wieder in Tanners süßen, verführerischen Mund ergoss. Verdammt, das war all die Schmerzen und die stundenlangen Sorgen vor Tanners Rückkehr wert.

Er fiel auf das Sofa zurück, erschöpft und ausgelaugt. Er konnte kaum geradeaus sehen. Tanner saß auf dem Sofa neben seinen Beinen und Brighton zog ihn näher zu sich heran. Er musste ihn spüren und wissen, dass Tanner echt war. Die letzten drei Tage waren so hart gewesen, dass Brighton seufzte und die Augen schloss, weil es zu anstrengend war, sie offenzuhalten. „Gib mir eine Minute", flüsterte er.

Tanner streichelte sanft und fürsorglich Brightons Wange. „Schlaf du", sagte er leise und stand auf.

„Aber ... was ist mit dir?"

„Mir geht's gut." Tanner lehnte sich nach unten und küsste ihn.

„Ich liebe dich, Tanner", flüsterte Brighton so leise, als wäre es nicht richtig, das zu sagen. „Das wurde mir klar, als ich durch die Vorhänge schaute, um zu sehen, ob du zurückgekommen bist. Ich hatte Angst, dich verloren zu haben." Das elende Gefühl stellte sich wieder ein. Er öffnete die Augen und sah Tanner an, um sich davon zu überzeugen, dass er immer noch da war.

Tanner erwiderte seinen Blick und hob Brighton dann vom Sofa. Brighton rollte sich an seiner Brust zusammen und schloss die Augen. „Wohin gehen wir?" Verflucht, seine Hose stand immer noch offen und er fühlte sich komplett verdorben. Wen kümmerte es denn, wohin sie gingen, solange Tanner ihn dorthin brachte?

„Hoch ins Bett", antwortete Tanner, drehte sich um und trug ihn die Treppen hinauf.

„Du musst mich nicht überall hintragen." Brighton gluckste. „Ich habe Beine und kann mit den Krücken laufen." Tanner antwortete nicht, also gab Brighton fürs Erste auf. Sie hatten das obere Ende der Treppe erreicht und Tanner brachte ihn in sein Schlafzimmer und schloss die Tür. Er legte ihn auf dem Bett ab und schaltete die Klimaanlage ein. Der Raum war brütend heiß, da die Hitze im Laufe des Tages immer nach oben zog. Brighton schloss die Augen und wartete darauf, dass sich die Luft abkühlte. Es dauerte eine Weile, aber bald hatte die Klimaanlage die Hitze vertrieben.

Als Brighton die Augen wieder aufschlug, wurde er mit dem Anblick von Tanners Bauch und Brust belohnt, die dieser gerade von seinem Shirt befreite. Nur wenige Männer konnten Stoff so ausdehnen wie Tanner. „Manchmal glaube ich, du bist der unglaubliche Hulk in Verkleidung." Er sah wirklich ein wenig so aus – aber mit goldener, gebräunter Haut, die Brighton immer berühren wollte. Tanner drehte sich um und präsentierte Brighton sein jeansverhülltes Hinterteil. Seine Gürtelschnalle klirrte leise und dann beugte Tanner sich nach vorn, ließ den Denimstoff an seinen Beinen heruntergleiten und gab sein blankes Hinterteil preis, nur ein Stückchen von Brighton entfernt. Am liebsten hätte Brighton sein Gesicht zwischen diesen perfekten, festen Backen vergraben, aber dafür war Tanner ein kleines bisschen zu weit entfernt, und er musste sich – vorerst – mit dem Anblick zufriedengeben.

Tanner hatte vergessen, seine Schuhe auszuziehen, und Brighton lächelte, sagte aber nichts, als Tanner auf und ab hopste, um sie zusammen mit den Socken loszuwerden und dann seine Jeans abzustreifen. Wie Gott ihn geschaffen hatte, drehte er sich zu Brighton um. „Hulk wuschig", sagte Tanner und Brighton gab auf. Er lachte so heftig, dass ihm die Tränen die Wangen hinunterliefen.

Tanner trat zu ihm, ebenfalls lachend. Es fühlte sich gut an, aber das Lachen erstarb, als Tanner sich zu ihm aufs Bett legte. Sofort hatten sie beide anderes im Sinn, und Brighton, der zu beschäftigt mit Tanners Striptease gewesen war, beeilte sich, mit Tanners Hilfe aus seinen Klamotten raus zu kommen.

Die Schiene verkomplizierte die ganze Sache, und es war schwer, sich bequem hinzulegen, aber Tanner nahm es locker, und als Brighton an Tanner geschmiegt dalag, schien sich alles von allein zu fügen. Seine Hände streichelten die Sorgen über die Anhörung fort, und seine Lippen küssten alle anderen Bedenken weg. „Ich liebe dich", flüsterte Tanner ihm ins Ohr.

„Hast du Royce geliebt?"

„Das dachte ich, aber es war nicht so wie das hier." Tanner zog ihn fest an sich. „Ich d-d-dachte, ich würde ihn lieben, weil ich mich gut mit ihm gefühlt habe. Aber mit dir schaffe ich es sogar, mich selbst zu lieben." Tanner bewegte seinen Oberkörper und Brighton legte sich zurück auf die Matratze. Tanner küsste ihn, zuerst sanft, aber ihre Leidenschaft wurde immer stärker, bis Brighton willig und von seiner Erregung verzehrt wurde. „Du liebst mich so wie ich bin."

„Und du liebst mich so wie ich bin", sagte Brighton. Tanner nickte. „Mit dem lahmen Bein und allem."

„Dein Bein gehört zu dir wie mein Stottern zu mir. Dein Bein wird heilen und mein St-Stottern besser werden."

„Mir macht es nichts aus, wenn sich dein Stottern nicht bessert, solange du mit mir sprichst und ich die Stimme hören darf, die mich zum Schmelzen bringt."

„Deswegen wird es besser werden", sagte Tanner überzeugt.

Brighton ließ seine Hände über Tanners kräftige, nackte Schultern gleiten, über seinen Trapezmuskel zum Nacken, und verschränkte seine Hände hinter seinem Kopf. „Fürs Erste finde ich, ist das hier zu viel Gerede und zu wenig Stöhnen, Ächzen und Küssen."

Das korrigierte Tanner natürlich umgehend.

ES FÜHLTE sich ein wenig seltsam an, aber das bremste ihre Lust aufeinander nicht im Geringsten. Tanners Haut schmeckte himmlisch, nach Moschus, und vielleicht noch ein wenig besser, da Brighton jetzt wusste, dass er ihm gehörte. Die Abwesenheit von Zweifel und Sorgen machte alles noch viel angenehmer, und Tanner bildete da keine Ausnahme. Brightons steifes Bein war eine Herausforderung, aber das tat ihrer Leidenschaft keinen Abbruch. Tanner drehte ihn sanft auf den Bauch und Brighton stützte sich auf den Ellbogen ab und schaute zu, wie Tanner ihn leicht vom Bett anhob, mit der Zunge über sein gesundes Bein fuhr und dann zwischen seinen Beinen verschwand. Brighton bog seinen Rücken durch und heulte wie ein Wolf. Tanner schlang seine Arme um Brightons Hüfte und hielt ihn fest und erforschte seine Öffnung, bis Brighton kaum noch klar denken konnte.

Als Brightons Hirn sich fast verabschiedet hatte, rückte Tanner zur Seite, vorsichtig, um Brighton nicht mit seinem Gewicht zu belasten. „Ich kann es nicht erwarten, dir beim Liebemachen ins Gesicht schauen zu können", flüsterte Tanner in sein Ohr, während Brighton keuchend nach Luft schnappte.

„Ich weiß", japste er. Tanner schlang seine Arme um Brightons Brust und presste ihn an sich. Unbeholfen küssten sie sich.

Dann versicherte sich Tanner, dass Brighton bequem lag, bevor er in der Schublade neben dem Bett herumkramte. Er fand das Gleitgel und Brighton schloss die Augen. Er wartete so geduldig, wie es ihm sein bebender Körper erlaubte. Das Geräusch von reißender Folie drang an Brightons Ohren, und nach ein wenig Gefummel, das er geflissentlich ignorierte, beugte sich Tanner über ihn und er fühlte, wie sein Glied sich gegen ihn presste und Einlass verlangte.

Sie verschmolzen langsam und zärtlich miteinander. Tanner erfüllte Brightons Herz ebenso wie seinen Körper. Brighton schnappte nach Luft und wimmerte leise. Davon hatte er so oft während seiner einsamen Nächte im Krankenhaus geträumt. Er hatte sich nicht erlaubt, zu glauben, dass

Tanner ihn wirklich auserwählt hatte. Aber es war wahr – hier waren sie, zusammen.

Tanner drehte ihn vorsichtig auf die Seite und sie bewegten sich im Einklang. Ohne Hast, kein hektischer Sex, der das Bett wackeln und die Decke beben ließ. Stattdessen waren sie ruhig, zärtlich und fürsorglich. Jede Berührung bekam ihre ganz besondere Bedeutung. Brightons leises Stöhnen wurde von Tanner erwidert, ein Frage-und-Antwort-Spiel, bis ihr gemeinsamer Höhepunkt sie still und friedlich zurückließ, unfähig, sich zu bewegen. Gott sei Dank brauchte Brianne länger beim Einkaufen, als sie angekündigt hatte.

8

TANNER GAB sein Bestes, um Brighton zu beruhigen. Wäre der nicht auf seine Krücken angewiesen gewesen, er hätte wohl einen Graben in den Boden gelaufen. „Es wird alles gut", sagte Tanner überraschend sicher. Brightons Nervosität steckte ihn kein bisschen an.

„Woher weißt du das?", fragte Brighton herausfordernd.

Ein Auto fuhr in die Auffahrt. „Arthur ist da." Gott sei Dank. Arthur würde Brighton zur Anhörung fahren und Tanner wollte ihnen folgen, sobald er die Tiere gefüttert hatte.

„Du kommst nach, oder?", fragte Brighton.

„Ja. Keine Sorge, ich brauche nicht lang." Die Anhörung, andererseits, könnte sich in die Länge ziehen. Arthur hatte sie beide vor einem langwierigen Prozess gewarnt. Tanner umarmte Brighton und rieb ihm sanft über den Rücken. „Ich werde bei dir sein, versprochen." Tanner küsste ihn und half ihm dann nach draußen zum Auto. Als Arthur und Brighton weg waren, eilte er zum Stall und vergewisserte sich, dass es den Tieren gut ging. Die Hitze machte ihnen zu dieser Jahreszeit zu schaffen. Tanner gab ihnen ausreichend Wasser und öffnete das kleine Stallfenster, um ihnen wenigstens ein bisschen der kühlen Abendbrise zukommen zu lassen.

Als er fertig war, ging er zum Haus, um sich umzuziehen. Er war gerade fertig, als Alicia und die Jungs auftauchten. Eine der Ziegen war besonders zutraulich zu den beiden. Tanner hatte ein Halsband und eine Leine besorgt, und so führte er die Ziege in einen Käfig, den er beim Farmhandel ausgeliehen hatte, und verlud sie auf die Ladefläche des Lieferwagens.

„Bist du dir sicher, dass du das versuchen willst?", fragte Alicia.

„S-S-Sie glauben nicht, dass wir eine richtige Farm haben. Also zeigen wir es ihnen", erklärte Tanner.

Alicia gluckste. „Der Ausschuss wird den eigenen Augen nicht trauen."

„Hoffen wir's", meinte Tanner. Er stieg in den Lastwagen und folgte Alicia, die entlang der Neubauten und Einkaufszentren fuhr, bis sie einen der älteren Stadtteile erreichten. Tanner fuhr auf den Parkplatz des Rathauses. Er öffnete den Käfig und leinte die Ziege an. Glücklicherweise schien ihr das nichts auszumachen. Tanner hob das Tier hoch.

„Wir gehen mit Onkel Tanner", ordnete Alicia an und die beiden Jungs hefteten sich an seine Fersen. Die Leute schauten ihnen neugierig hinterher, als sie sahen, was Tanner in seinen Armen trug, aber niemand hielt ihn auf, als er die Stufen hinaufstieg und das Gebäude betrat. „Ich schau mal nach, wo sie sind. Ihr beide wartet hier", sagte Alicia zu Marky und Josh, die beide nickten. Alicia verschwand und kehrte kurz darauf zurück. „Sie haben gerade euren Fall aufgerufen."

Tanner setzte die Ziege ab und reichte Marky die Leine. „Lauf langsam den Gang runter. Deine Mom, Josh und ich sind direkt hinter dir. Wenn wir die T-T-Tür geöffnet haben, geht ihr zwei mit der Ziege hinein." Er grinste die Jungs an.

Alicia führte sie durch den Gang und Tanner öffnete die Tür zum Anhörungsraum. Er trat zur Seite, während Marky und Josh die neugierig von links nach rechts hopsende Ziege nach vorn führten.

„Hi, Daddy", rief Josh, als er Arthur vorn neben Brighton sitzen sah.

„Haben Sie eine Erklärung dafür?", fragte eine unbekannte, durch die Lautsprecher verstärkte Stimme.

„Die Hauptfrage bezüglich der baulichen Nutzung des Grundstücks ist doch, ob das Land bewirtschaftet wurde und immer noch als Farm genutzt wird." Alicia trat ein und schloss zu den Jungs auf, die den vorderen Bereich des Raumes unter einem Chor aus Ohs und Ahs erreicht hatten. Sie stellte sich zu ihnen, während Tanner den Raum betrat und die Tür hinter sich schloss. Gott sei Dank galt alle Aufmerksamkeit gerade der Ziege, stellte er fest, als er sich umschaute. „Wir können Ihnen beweisen, dass es sich um eine Farm handelt, und wir können Ihnen Bildbeweise liefern, aber eine Demonstration hat sicher mehr Gewicht. Das hier ist eine der Ziegen, die momentan die Farm ihr Zuhause nennen." Arthur schien langsam heiß zu laufen. „Es gibt noch weitere, neben Schafen und einem Pony. Alle Teil von Mr. McKenzies Erbe."

Josh ließ die Leine los und lief auf Arthur zu, aber Alicia schnappte ihn und hob ihn hoch. Tanner trat zu ihr und nahm ihr den Jungen ab. Dann deutete er auf eine Stuhlreihe, und alle, außer der Ziege, setzten sich.

„Es tut mir leid, aber Farmtiere sind im Rathaus nicht erlaubt", stellte der Mann in der Mitte des Gremiums, vermutlich der Ausschussvorsitzende, durch sein Mikrofon fest.

„Tatsächlich habe ich das rechtlich überprüft und es gibt kein Gesetz über Nutztiere im Rathaus", erklärte Arthur. „Haustiere sind nicht erlaubt. Aber diese Ziege ist kein Haustier. Sie geht an der Leine, um sie zu kontrollieren, aber sie ist ein Nutztier, ein Farmtier. Also, wenn ich fortfahren darf?"

„Also gut." Der Ausschussvorsitzende schaute sich um. „Legen wir also fest, dass es gegenwärtig Nutzvieh auf dem Anwesen gibt." Die Ausschussmitglieder nickten zustimmend.

„Wenn wir im weiteren Sinne und dem Brief zufolge, der an Mr. McKenzie geschickt wurde, annehmen, dass das Land eine Farm war und weiterhin als Farm genutzt wird, und die Nutzungsänderung auf der Annahme beruht, dass das Land in den letzten zehn Jahren nicht aktiv bewirtschaftet wurde, müssen wir feststellen, dass die Nutzungsänderung Ihrer eigenen Feststellung zufolge nicht legitim ist."

Brighton begann zu lächeln, und die Mitglieder des Ausschusses begannen, nervös auf ihren Stühlen herumzurutschen.

„Aber Mr. McKenzie ist durchaus frei, auch unter den neuen Nutzungsbedingungen weiter Landwirtschaft zu betreiben", wandte der Vorsitzende ein.

„Natürlich, aber die Grundlage für die Änderung basiert auf einer widerlegten Annahme." Arthur wandte sich an den Anwalt des Ausschusses, der auf der anderen Seite neben den Ausschussmitgliedern saß.

„Das ist korrekt. Dieser Ausschuss hat nicht die Berechtigung, unbegründet Grundstücksnutzungen zu ändern. Da die Annahme, auf der die Änderung beruht hätte, sich als falsch herausgestellt hat, haben Sie keine andere Wahl, als den Antrag auf Nutzungsänderung zurückzuziehen."

Der Vorsitzende schaute seine Ausschussmitglieder an. „Dann stimmen wir offiziell ab. Höre ich einen Antrag?"

„Ich beantrage, die Nutzungsänderung nicht durchzuführen, da die Anfrage sich als unzulässig herausgestellt hat", sagte eine Frau zur Rechten des Vorsitzenden.

„Ich unterstütze den Antrag", vermeldete der Herr neben ihr.

„Bitte um Handzeichen für Zustimmung", bat der Vorsitzende, und alle hoben die Hände. „Halten wir fest, dass die Entscheidung einstimmig gefällt wurde und die Nutzungsänderung abgelehnt wurde." Der Vorsitzende wandte sich an Arthur. „Würden Sie jetzt bitte diese Ziege aus dem Anhörungssaal entfernen, bevor noch ein Unglück geschieht?"

Alicia stand auf und Marky führte die Ziege aus dem Raum. Seine Mutter und Tanner, Josh auf dem Arm, folgten ihm. Auf dem Weg nach draußen blieb Tanner kurz stehen, als er an einer Frau mit giftigem Blick vorbeiging. Brightons Tante. Er zuckte mit den Achseln, bevor er den Raum verließ. Als sie vor dem Rathaus standen, führte Tanner Marky und die Ziege zu einem kleinen Stückchen Wiese.

„Das war eine brillante Idee", sagte Arthur, als er aus dem Rathaus trat und Brighton die Treppe hinunterhalf. „Mit einem Tier vor der Nase sind ihnen schlagartig die Argumente ausgegangen."

„Brauchen wir noch eine Nutzungsänderung, um den Streichelzoo zu eröffnen?", fragte Brighton. „Wenn dem so ist, werden sie vielleicht nicht sehr entgegenkommend sein."

„Nein. Die Nutzung sieht Agrarwirtschaft vor, und was ihr vorhabt, entspricht dem genau. Alles ist gut." Arthur lächelte. Die Rathaustür öffnete sich und die finster dreinblickende Tante Vera trat heraus. Ihr Gesichtsausdruck hatte sich nicht geändert. Brighton folgte Tanners Blick und seufzte.

„Jetzt hast du ja, was du wolltest", fauchte sie.

„Es ist genug, Vera", sagte ihr Mann, der hinter ihr aufgetaucht war. „Das Land gehört Brighton und er kann damit tun und lassen, was er will. Ich jedenfalls wünsche ihm Glück. Er hat bereits mehr geschafft, als dein Vater zum Schluss noch konnte. Was er alles erreicht hat, zeigt, dass er große Pläne für die Farm hat. Und wir haben schon genug Wohnblöcke und Einkaufsmeilen. Jetzt lass uns nach Hause gehen. Du hast genug Zeit in dieser Angelegenheit verschwendet." Er stieg die Treppen hinunter. „Ich bin dieses verwöhnte Benehmen leid. Das wird sich ändern, oder ich werde einige Änderungen durchführen, die dir nicht gefallen werden." Brightons Tante folgte ihm, ohne einen weiteren Ton von sich zu geben.

Tanner wandte sich ab und sah, wie Brighton das Gleiche tat. Es schien ihm, als versuchte Brighton angestrengt, nicht zu lachen, aber er war sich nicht ganz sicher.

„Mein Gott, ich hätte nie gedacht, dass er sich einmal gegen sie auflehnt." Brighton wandte sich an Arthur. Sie tauschten einen Händedruck und dann bedankte Brighton sich bei den Jungs und Alicia. „Ihr wart großartig."

„Können wir auf dem Pony reiten, wenn wir zurück sind?"

„Wie wäre es, wenn ihr morgen mit eurer Mom vorbeikommt, wenn sie einverstanden ist? Ihr könnt beim Füttern der Tiere helfen und auf dem

Pony reiten." Marky sprang vor Freude in die Luft und Josh nickte. Alicia schien dankbar.

„Lass uns die beiden jetzt nach Hause und ins Bett schaffen", sagte Arthur, als er Josh aus Tanners Arm nahm. Sie verabschiedeten sich und fuhren davon. Tanner führte die Ziege zum Lastwagen und verfrachtete sie wieder in ihren Käfig. Sie legte sich hin und dann half Tanner auch Brighton beim Einsteigen und setzte sich selbst hinters Steuer. Er schloss die Tür, startete den Motor aber noch nicht.

„Du hast gewonnen", flüsterte er.

„Das habe ich." Brighton drehte sich zu ihm um und biss sich auf die Unterlippe. „Jetzt haben wir viel zu tun." Er wandte sich wieder ab und ließ den Kopf hängen. Tanner brauchte nicht lange, um zu bemerken, dass er auf sein langsam abheilendes Bein schaute. „Wir müssen detaillierte Pläne ausarbeiten und alles gut durchdenken, um keine Fehler zu machen. Dann können wir anfangen, die neuen Gebäude zu bauen und Tiere zu kaufen."

Tanner startete den Motor und lenkte den Wagen vom Parkplatz. „Wir werden viel zu tun haben. Aber wir können es schaffen." Er fuhr zurück zur Farm und hielt neben dem Haus. Dann stieg er aus und führte die Ziege vorsichtig zum Stall. Als sie wieder in ihrer Box stand, setzte er sich auf einen Ballen Stroh und schaute den Tieren zu, wie sie es sich für die Nacht bequem machten.

„Tanner, was machst du hier?", fragte Brighton, als er auf seinen Krücken hereingehumpelt kam.

„Nur nachdenken."

„Ich auch", sagte Brighton. Tanner rutschte zur Seite und Brighton setzte sich neben ihn. „Ich habe darüber nachgedacht, dass es mir sehr gefiel, dass du die letzten Tage hier warst, und ich würde es toll finden, wenn du hier wohnen würdest."

Tanner wandte seinen Blick ab. „Aber …?", fragte er, denn ihm war das Zögern in Brightons Stimme nicht entgangen.

„Ich möchte nicht, dass du denkst …"

„Dass es nur wegen der ganzen Arbeit ist?", fragte Tanner.

Brighton nickte. „Ja. Ich meine, du arbeitest hier, und dann fangen wir etwas miteinander an, und jetzt liebe ich dich und möchte nicht, dass du denkst, ich würde dich nur ausnutzen." Brighton schnaubte leise. „Das ist das Letzte, was ich will."

Tanner verdrehte die Augen. „Ich bin der Stille und du bist der … Schwarzseher." Er lehnte sich zu Brighton und tätschelte zärtlich sein

165

gesundes Bein. „Willst du, dass ich zu dir ins Haus ziehe, weil ich hier die ganze Arbeit mache?"

„Natürlich nicht", antwortete Brighton. „Ich möchte, dass du bei mir einziehst, weil sich das Haus und die Farm ohne dich leer anfühlen. Ich vermisse dich, wenn du nicht bei mir bist. Das Bett ist viel zu groß, wenn du nicht den ganzen Platz einnimmst." Er lächelte. „Aber ich mag es, weil du mich dabei im Arm hältst."

„Ich liebe dich", flüsterte Tanner. Er wusste, dass es stimmte. Das hier fühlte sich so anders an als bei Royce. Es war richtig und schön. „Also ja. Ich ziehe bei dir ein, aber nicht sofort. Ich habe immer noch mein Zimmer bei Arthur und kann es noch eine Weile behalten. Gehen wir es langsam an und schauen, wo das alles hinführt."

„Also hast du einen Plan B", stellte Brighton ein wenig schnippisch fest.

„Nein. Ich sage nur, lass es uns langsam angehen. Ich habe nicht zu viele Nächte in meinem Apartment verbracht, seit wir uns kennen, aber …" Tanner suchte nach den richtigen Worten. „Wir kennen uns erst ein paar Wochen. Mit Royce habe ich die Dinge überstürzt, und dann wurde es die Hölle."

„Okay", sagte Brighton. „Ich glaube, ich verstehe dich, und nichts zu überstürzen, ist bestimmt eine gute Idee."

Tanner legte seinen Arm um Brightons Schultern und rückte etwas zur Seite, bis Brighton sich an ihn lehnte. „Es ist so friedlich hier." Er schloss die Augen. Er wusste, dass er nicht in Montana war, dafür fuhren zu viele Autos auf der Straße herum, aber im Stall, mit dem Rascheln der Tiere in ihren Boxen und dem gelegentlichen Blök oder Mäh, war es friedlich und sicher. Das Leben war hier so viel gemächlicher als nur einen Steinwurf entfernt auf der Straße.

„Wer hätte gedacht, dass wir unser eigenes kleines Stück Land in der Mitte der Stadt haben können?", fragte Brighton. Tanner brummte zur Antwort und hielt Brighton etwas fester. So saßen sie für eine Weile, einfach nur nachdenkend, während die Dunkelheit hereinbrach. Das letzte bisschen Tageslicht, das durch die Fenster fiel, verschwand, als Tanner aufstand und Brighton in seine Arme hob.

„Ich kann zurücklaufen", sagte Brighton und wedelte mit seinen Krücken.

Tanner nickte und trug ihn aus dem Stall. Er schloss die Tür und ging dann über den Hof zum Haus, hielt nur an, um die Tür aufzutreten und dann die Treppe hinaufzugehen. Er wartete, bis Brighton die Schlafzimmertür geöffnet hatte und trug ihn hinein, legte ihn aufs Bett, schob die Krücken zu Seite und begann, Brighton zu entkleiden.

„Ich dachte, wir lassen es langsam angehen", gluckste Brighton, als Tanner dabei beinahe sein Hemd zerriss.

„Wir können es auch später noch langsam angehen lassen." Tanner hatte Brighton erfolgreich seiner Hose und Schuhe entledigt und fing jetzt bei seinen eigenen Kleidern an.

„Damit kann ich gut leben", sagte Brighton und Tanner küsste ihn. Fürs Erste hatten sie mehr als genug geredet ... Stöhnen, Ächzen und gelegentliche Schreie sollten erst einmal reichen. Aber Reden? Nein.

EPILOG

„ICH LIEBE den Frühling", hörte Tanner die Frau sagen, als sie mit den Schafen fertig war. „All die kleinen Babys." Er hob eines der Lämmer hoch und trat an den Zaun heran, wo eine Gruppe Schulkinder, ihr Lehrer und ihre Begleitpersonen warteten.

„Das hier ist Peep", sagte Tanner. Es machte ihn immer noch nervös, vor einer Gruppe von Leuten zu sprechen, aber Kinder störten ihn nie. Sie waren so offen und immer neugierig auf das, was er zu erzählen hatte. „Er ist acht Wochen alt."

„Kann ich ihn halten?", fragte eines der Kinder.

„Nein, aber ihr könnt ihn alle streicheln, solange ihr vorsichtig seid", sagte Tanner und die Kinder bildeten augenblicklich eine Schlange. Eines nach dem anderen trat zu ihm und Tanner ließ sie Peep streicheln, der sich in der ganzen Aufmerksamkeit sonnte.

„Er ist so weich", sagte eines der Kinder, als es an der Reihe war. Als jeder die Gelegenheit wahrgenommen hatte, Peep zu streicheln, setzte Tanner ihn wieder ab und das Lamm raste durch das Gehege, bevor es zurück zu seiner Mutter huschte. Die Frau hatte recht – auch Tanner liebte den Frühling, und dieser entwickelte sich zu einem ganz besonderen Frühling.

„Wir gehen jetzt zu den Ziegen, und dann teilen wir uns in Gruppen auf und ihr habt ein paar Minuten, um euch umzusehen."

Der eigentliche Plan war gewesen, die Ziegen und Schafe im alten Stall zu halten, aber nachdem die Schafherde um einige Tiere angewachsen war, von denen eines sich als trächtig erwies, wurde die kleine Herde schnell größer, also hatten sie an den alten Stall angebaut und einen eigenen Eingang hinzugefügt. Es hatte wunderbar funktioniert. Tanner führte die Klasse zum Ziegenstall und hielt seine kleine Rede über die Ziegen, ihre Milch und wie er sich um sie kümmerte. Er ließ sie in die separate Box schauen, wo sie die Kitze hielten, aber die Muttertiere waren nicht bereit, jemanden an ihren Nachwuchs heranzulassen. Die Kleinen waren zu jung und der Beschützerinstinkt der Mütter noch zu ausgeprägt. „Wenn ihr zu mir kommt, könnt ihr sie füttern."

Brighton und Tanner hatten eine Art Kaugummiautomaten angebracht, aus dem man für einen Vierteldollar eine Handvoll Futter ziehen konnte. Das finanzierte einerseits das Futter und sie konnten darauf achten, dass jedes Mal eine angemessene Menge Futter ausgegeben wurde. Tanner verließ den Stall, als sich die Kinder in Gruppen einteilten. Alicia war beim Ponyreiten beschäftigt. Als sie vor ein paar Wochen eröffnet hatten, hatte sie ihnen gesagt, dass sie ein bisschen Zeit außerhalb des Hauses brauchte, und da sie als Teenager geritten war, arbeitete sie samstags und sonntags und an Tagen wie diesem, wenn sie Schulklassen zu Besuch hatten, beim Ponyreiten.

„Es läuft gut", sagte Brighton, als er zu Tanner trat.

„Das tut es. Der Lehrer sagte, er wäre sehr beeindruckt, wie gut es hier aussieht, und würde uns an andere Schulen weiterempfehlen." Er stotterte immer seltener. Tanner hatte festgestellt, dass es nur noch auftrat, wenn er nervös oder sich seiner selbst nicht sicher war. „Ich glaube, wir sollten über ein paar Pfade durch den Obstgarten und das Kürbisfeld nachdenken. Die Kinder können durch den alten Obstgarten laufen und dann zu den neugepflanzten Bäumen. Mit Wegen könnten wir auch im Herbst den Ansturm auf das Kürbisbeet etwas kontrollieren, wenn die Kürbisse anfangen zu reifen."

Sie hatten schon so viel geschafft – Ställe gebaut, Pfade angelegt und bepflanzt. Sie hatten Blumen ausgesät, um die Farm ansprechend zu gestalten. Das Kürbisfeld war bestellt und bepflanzt. Der alte Obstgarten war wieder ausgetrieben und die neuen Bäume wuchsen gut. Es gab immer noch einen Bereich, für den sie noch keinen Plan ausgeheckt hatten, aber sie hatten alle Zeit der Welt und mussten zuerst herausfinden, was funktionieren könnte und was nicht. Die Tiere kamen wunderbar an – die Kinder liebten sie, zumindest dem Gelächter und freudigem Kreischen nach zu urteilen, das über die Farm schallte.

„Ich denke, wir brauchen Schweine und ein paar Kühe", sagte Brighton.

„Das denke ich auch. Die kleineren Tiere sind gut, aber die Kinder fragen ständig, was sie noch streicheln können. Ich dachte auch an Hühner, der Lehrer hat eben danach gefragt." Tanner hasste Hühner. Jedes Mal, wenn er sie um sich hatte, pickten ihn diese Biester zu Tode. „Und vielleicht einen Truthahn."

„Alles klar. Lass uns die Kosten für ein Vogelgehege ausrechnen", stimmte Brighton zu. „Jetzt, wo endlich Geld reinkommt, können wir weiterdenken."

„Also läuft es gut?"

Brighton nickte. „Auch wenn wir dachten, es würde langsam losgehen, waren wir bis jetzt die ganze Zeit beschäftigt, und es wird immer mehr. Ich habe heute Morgen sogar einen Anruf von einem Typen in Frederick bekommen. Er macht Entrümplungen und ist letztens über ein paar Märchenfiguren aus einem Freizeitpark gestolpert. Er hätte Titania und Oberon, Rotkäppchen und den Wolf, Wilhelm Tell, Hans im Glück, Schneewittchen und was weiß ich noch alles. Er sagt, die Figuren seien gut in Schuss. Er hat auch noch einige andere Gegenstände und kommt auf seinem Heimweg nach Frederick hier vorbei, also hab' ich ihn eingeladen. Die Figuren sind erschwinglich und wir könnten sie auf der Farm aufstellen. Das wäre ein Extraspaß für die Kinder, und darum geht es schließlich."

Ein Auto fuhr auf den Hof und Brighton trat nach vorn, um die neuen Kunden zu begrüßen. Bis jetzt bauten sie anstatt auf ein Tickethäuschen auf eine persönliche Begrüßung, aber es war eine Frage der Zeit, wie lange sie das noch so handhaben konnten. Tanner blieb stehen und sah Brighton dabei zu. Er ging mittlerweile so leichtfüßig. In der letzten Zeit hatte er bei einem Großteil der Arbeit, die ihr neues Unternehmen erforderte, helfen können, und wenn es ihm zu viel wurde … nun, sie hatten ihre eigene Routine, die Massagen und viele Streicheleinheiten mit einschloss. Tanner war voll bei der Sache. Jetzt erwartete er, dass Brighton sein Begrüßungsritual durchführte, aber aus dem Auto stieg eine ihnen wohlbekannte Frau.

„Tante Vera", sagte Brighton und Tanner spannte sich augenblicklich an. Die Frau hatte Brighton seit der Anhörung bezüglich der Grundstücksnutzung genervt. „Was willst du?"

Tanner konnte ihre Antwort nicht verstehen, aber schnell kamen ihm Brighton und Vera wieder entgegen. „Ich will sehen, wie die Tiere behandelt werden", sagte sie.

Tanner drehte sich um. „Du kannst verschwinden", sagte er nachdrücklich.

„Ich habe ein Recht …"

Tanner schnitt ihr das Wort ab. „Du hast hier keine Rechte. Das ist Brightons Farm, nicht deine." Er wandte sich an Brighton. Die Frau tauchte zu den unmöglichsten Zeiten auf und hätte sie beinahe einen Vertragspartner gekostet, als sie ihre Nase in Dinge steckte, die sie nichts angingen.

„Muss ich mich erst um eine einstweilige Verfügung kümmern?“, fragte Brighton. „Du hast hier nichts zu sagen. Das ist unsere Farm, und wir erfüllen Grandpas Wunsch. Vielleicht hatte er keine Vorstellung von dem hier, aber er hätte es toll gefunden, dass Kinder seine Farm besuchen und hier Spaß haben. Also wo ist das Problem? Wenn es immer noch um das Testament geht, gib einfach auf. Tanner und ich haben uns hier etwas aufgebaut, und wir werden sehen, wie es wächst. Akzeptier das endlich.“

„Ich bin hier aufgewachsen, und jetzt …“

Brighton starrte sie mit offenem Mund an. „Du warst doch die, die sofort verkaufen wollte, und jetzt, wo sie immer noch da ist, aber anders aussieht, bist du verärgert?“ Brighton trat einen Schritt zurück und schüttelte den Kopf. „Du solltest jetzt nach Hause gehen und besser nicht mehr wiederkommen. Das ist mein Zuhause, meins und Tanners. Es ist unsere Farm. Wir werden darum kämpfen, sie verteidigen und unsere Privatsphäre und unser gemeinsames Leben schützen.“ Brighton stellte sich neben Tanner. „Er, und nur er, ist mir wichtig. Was in deinem Kopf vorgeht, ist mir herzlich egal, aber wir haben genug von dir. Mein nächster Anruf geht an meinen Anwalt, und dann setzt es eine einstweilige Verfügung. Ich hoffe, das verstehst du.“ Brighton hielt seine Stimme gesenkt und im Gegensatz zu der Botschaft, die er vermittelte, war sein Tonfall erstaunlich gut gelaunt. „Also bitte geh jetzt.“

„Aber wir …“, brabbelte Tante Vera.

„Was auch immer ihr für Brianne und mich getan habt, ist lange vergolten. Sie ist glücklich und ich bin hier glücklich mit Tanner. Ich schlage vor, dass du etwas findest, das dich glücklich macht, aber was auch immer es ist, hier findest du es nicht.“ Brighton starrte sie so lange und eindringlich an, bis sie sich umdrehte und zu ihrem Auto ging.

„Ich weiß, das war hart“, sagte Tanner.

„Ich verstehe nicht, warum sie immer so tut, als würden ihr alle etwas schulden.“ Tanner stand neben Brighton, während Vera wendete und losfuhr. „Wir haben das hier zusammen aufgebaut, du und ich, und ich bin stolz darauf. Sie denkt immer noch, dass ihr ein Teil gehört, aber so ist es nicht. Sie hat nicht Tage damit verbracht, Rasen zu sähen oder Mulch für die Wege zu schaufeln. Sie hat sich nicht kalte Nächte um die Ohren geschlagen, um sicherzugehen, dass es den Tieren – unseren Tieren – warm genug ist. Du und ich, wir haben das gemacht, und wir kümmern uns jeden Tag um die Tiere."

„Brighton", setzte Tanner an.

„Das hier ist unsere Farm und unser Geschäft, und sie kann ihren alten Zinken aus unseren Angelegenheiten heraushalten."

„Unsere Farm?", fragte Tanner.

„Natürlich. Unsere Farm." Brighton drehte sich zu ihm. „Du bist bei mir eingezogen und teilst jetzt schon seit Monaten mein Leben mit mir. Du hast neben mir gearbeitet, geholfen, neue Gebäude zu bauen ... verflucht, du hast mehr hier getan als ich. Natürlich ist das deine Farm, und wenn wir fertig sind und diese ganze Erbgeschichte geregelt ist, dann gehen wir zum Bezirksamt in Columbia, beantragen eine Heiratslizenz, und dann ist es auch rechtlich *unsere* Farm."

Tanner war geschockt. Irgendwie hatte er nicht erwartet, dass Brighton so dachte oder zumindest hatten sie noch nicht darüber gesprochen. Natürlich waren sie in den letzten Monaten so beschäftigt gewesen, dass sie kaum die Gelegenheit gehabt hatten, über etwas anderes als die Farm zu sprechen, und nachts, wenn sie allein waren, sprachen sie nicht viel, was genau so und nicht anders sein sollte, wie Tanner fand.

„Hast du mich gerade gefragt, ob ich dich h-h-heiraten will?" Da war es wieder, sein Stottern.

„Ja, ich schätze, das habe ich. Ich könnte auch auf mein Knie sinken, wenn du magst." Brighton grinste und Tanner wollte ihn in den Arm nehmen, aber sie waren draußen mit ihren Gästen, und das verlangte schon nach einem gewissen Maß an Etikette.

Tanner nickte zum Haus hinüber. Sie traten auf die Veranda und durch die Eingangstür. „Ja", sagte Tanner und zog Brighton in seine Arme. „Ich werde dich heiraten und den Rest meines Lebens mit dir verbringen, hier auf dieser Farm."

„Ich habe mich immer gefragt, ob du das weite Land vermisst", sagte Brighton.

„Was wir hier haben ist Land genug." Tanner ließ seine Lippen das Reden übernehmen, anstatt es mit Worten zu tun. Als Brighton sich gegen ihn presste und seelig-schwindelig kaum noch stehen konnte, zog sich Tanner zurück und nahm seine Hand. Sie hatten eine Farm zu führen und Gäste, nach denen sie sehen mussten. Ihr Versprechen konnten sie heute Abend besiegeln, wenn die Farm still und niemand außer ihnen mehr dort war.

„Ich liebe dich", flüsterte Brighton.

„Ich liebe dich auch", sagte Tanner und legte seine Hände um Brightons Gesicht. Er küsste ihn noch ein weiteres Mal und öffnete dann die Tür. Zusammen traten sie nach draußen in die Frühlingssonne.

EIN

weites Land-

MITEINANDER

ANDREW GREY

Buch 1 in der Serie – Geschichten aus der Ferne

Nach einem Jahr an der Universität gibt Dakota Holden sein Medizinstudium auf und kehrt nach Hause zurück, um die elterliche Ranch zu übernehmen und sich um seinen Vater zu kümmern, der an Multipler Sklerose erkrankt ist. Aus Pflichtgefühl erlaubt sich Dakota nur eine Woche Urlaub im Jahr. Diese verbringt er meist an exotischen Orten und gönnt sich soviel Spaß, wie er nur ertragen kann. Während seines letzten Urlaubs, einer Kreuzfahrt, schließt er mit Phillip Reardon eine Freundschaft, die bald eine wichtige Rolle in Dakotas Leben spielt.

Als Phillip beschließt, Dakotas Einladung zu einem Besuch auf der Ranch anzunehmen, ist Dakota glücklich, ihn wiederzusehen und auch seinen Freund, den Tierarzt Wally Schumacher kennenzulernen, Ungeachtet Wallys Bedürfnis, den Wölfen zu helfen, die von Dakotas Männern gejagt werden, um die Rinder zu schützen, verbindet die beiden bald viel mehr als ein starkes, beiderseitiges erotisches Interesse. Doch irgendwann wird sich entscheiden müssen, ob das Hochland von Wyoming weit genug ist für Dakotas Rinder, Wallys Wölfe und ihre Liebe.

www.dreamspinner-de.com

ERLÖSUNG
IM FEUER

ANDREW GREY

Buch 1 in der Serie – im Feuer

Dirk Krause ist ein Mistkerl wie er im Buche steht. Er macht sich selbst das Leben zur Hölle und jeden in seiner Umgebung unglücklich. Als er während eines Brandeinsatzes verletzt wird, ist er sogar zum Krankenhauspersonal unausstehlich, und natürlich ist er niemanden aus seiner Einheit wichtig genug, um ihn zu besuchen.

Lee Stockton ist das neueste Mitglied auf der Feuerwache, das den undankbaren Job aufgebrummt bekommt, Dirk einen Blumenstrauß von den Jungs vorbeizubringen. Zu Dirks Überraschung durchschaut Lee ihn sofort und lässt sich nicht vergraulen. Lee ist fest entschlossen, Dirk zu helfen, diese Arschloch-Attitüde aufzugeben und nicht alle von sich zu stoßen. Als ihre Streitereien schließlich im Bett enden, stellt sich die Frage, ob dieses Feuerwerk über einer möglichen Beziehung erstrahlt oder am Ende nur Asche zurückbleibt.

www.dreamspinner-de.com

FEUER UND *Wasser*

ANDREW GREY

Buch 1 in der Serie – Carlisle Cops

Officer Red Markham kennt die Schattenseiten des Lebens. Von einem Autounfall, der seinen Eltern das Leben kostete, hat er hässliche Narben davongetragen, die ihm den Umgang mit anderen Menschen schwer machen. Sein Job als Polizist auf den Straßen von Carlisle, Pennsylvania addiert noch dazu, da sich in letzter Zeit Drogenmissbrauch mit tödlichem Ausgang häuft. Eines Nachmittags wird Red wegen eines Kindes, das bei einem Unfall fast ertrunken wäre, zum örtlichen Schwimmbad gerufen. Am Unfallort stellt er fest, dass das Kind von dem Rettungsschwimmer Terry Baumgartner gerettet wurde. Red ist nicht überrascht, als der gut aussehende Terry ihn und sein hässliches Gesicht keines Blickes würdigt.

Mit anzuhören, dass einer der Rettungskräfte ihn für oberflächlich hält, öffnet Terry die Augen. Vielleicht ist er doch nicht so nett, wie er immer gedacht hat. Seine Freundin Julie schlägt vor, dass er Menschen unterstützt, denen es nicht so gut geht, indem er Essen an ältere Leute liefert. Auf seiner Tour trifft er die offenherzige Margie, eine Frau, die sagt, was sie denkt. Es stellt sich heraus, dass sie die Tante von Officer Red Markham ist.

Reds und Terrys Welten prallen aufeinander, als Red versucht, den Ursprung der Drogenwelle zu finden und Terry vor seinem Exfreund zu beschützen, der ein Nein nicht akzeptieren kann. Zusammen finden sie vielleicht mehr, als sie erwartet hatten – wenn sie es schaffen, hinter die Fassade des anderen zu blicken.

www.dreamspinner-de.com

LIEBE KOMMT AUF LEISEN Sohlen

ANDREW GREY

Sich um einen geliebten Menschen zu kümmern, der Krebs hat, ist hart. Dabei auf sich allein gestellt zu sein, ist noch härter – besonders wenn der geliebte Mensch ein Kind ist. Seit Ken Brightons Lebensgefährte ihn verlassen hat, hat Ken den Großteil seiner Zeit im Krankenhaus bei seiner Tochter Hanna verbracht und auf ein Wunder gehofft. Die mysteriösen Geschenke, die für Hanna wie aus dem Nichts auftauchen, waren zwar nicht die ersehnte Heilung, dafür bringen sie allerdings einen Funken Hoffnung in Hannas und sein schwieriges Leben – genauso wie Kens Nachbar, der ehemalige Sänger Patrick Flaherty.

In den letzten beiden Jahren konnte Patrick an nichts anderes denken als an das Leben, das er eigentlich führen sollte. Durch einen Unfall hat er seine Stimme verloren und seitdem fällt es ihm schwer, neue Menschen kennenzulernen. Doch in den letzten Monaten hat er viel Zeit damit verbracht, seinen Nachbarn dabei zu beobachten, wie er sich um sein krankes Kind kümmert. Als Patrick Ken kennenlernt, fängt er an, sich ein Leben mit ihm zu wünschen - ein Leben, von dem er sich nicht sicher ist, ob er es haben kann.

Ken erkennt erst, dass er sich verliebt hat, als es beim Kampf der Ärzte um Hannas Leben zu Rückschlägen kommt. Ken ist fest entschlossen, neu anzufangen – zusammen mit Patrick und Hanna. Die zurückhaltende Stille seines Nachbarn lässt Ken allerdings wundern, ob Patrick das Gleiche will.

www.dreamspinner-de.com

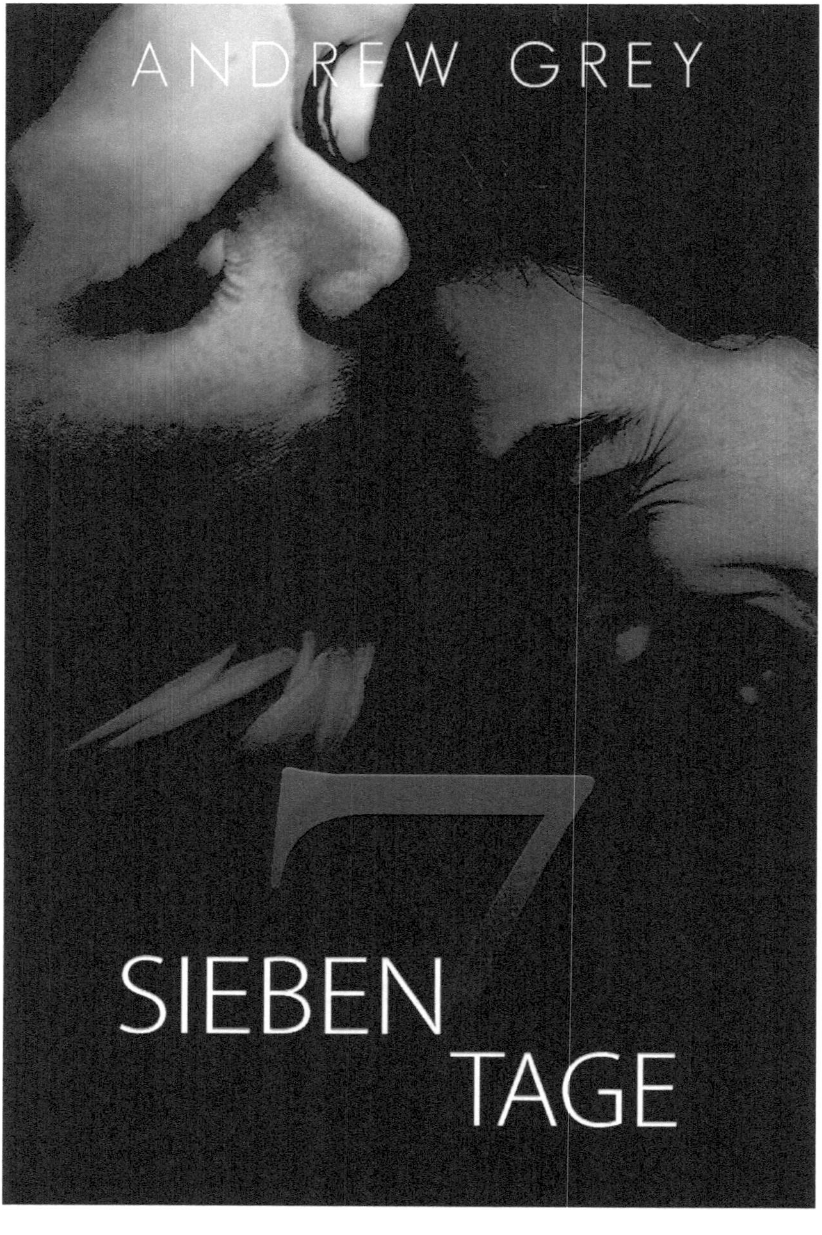
ANDREW GREY
7
SIEBEN
TAGE

Ein Titel der Sieben Tage Serie

Kann sich ein ganzes Leben an nur einem einzigen Tag völlig verändern? Was ist mit sieben Tagen?

Dies ist die Geschichte der sieben alles verändernden Tage in Evan Donaldsons Leben. Evan war ein Strichjunge, als Vater Valentin ihn dazu überredete, zur St. Bartholomäus Akademie zu kommen. Dieser Tag veränderte Evans gesamtes Leben. An diesem Tag traf er seinen Zimmergenossen, Clay Mueller, und an diesem Tag begann Evan, wieder zu leben. Aber Evans Leben sollte sich auch weiterhin immer wieder ändern – von Missbrauch über die erste Liebe, Trennung und gebrochene Herzen, bis hin zur Gründung seiner eigenen Familie. Und wann immer sich für Evan eine Tür schloss, öffnete sich gleichzeitig ein Fenster, und das Fenster war Clay.

Von jenem ersten Tag, an dem Evan wieder zu vertrauen lernte und sich zwischen ihm und Clay spontan ein tiefes Band knüpfte, folgt diese Geschichte den Drehungen und Wendungen ihrer Beziehung und blickt auf sieben, alles verändernde Tage und auf die wundersame Weise, wie sich in einem einzelnen, ausschlaggebenden Moment ein Schicksal ändern kann.

www.dreamspinner-de.com

ANDREW GREY wuchs in West-Michigan mit einem Vater auf, der es liebte, Geschichten zu erzählen, und einer Mutter, die es liebte, sie zu lesen. Seitdem hat er an vielen verschiedenen Orten gelebt und die Welt bereist. Er hat einen Master-Abschluss von der University of Wisconsin-Milwaukee und arbeitet als Informatiker für ein großes Unternehmen. In seiner Freizeit sammelt Andrew Antiquitäten, arbeitet im Garten und lässt immer wieder sein schmutziges Geschirr herumstehen – überall, außer in der Spüle (vor allem, wenn er schreibt). Er hält sich selbst für gesegnet mit einer toleranten Familie, fantastischen Freunden und dem liebevollsten Partner der Welt, der ihn in allen Lebenslagen unterstützt. Zurzeit lebt Andrew im wunderschönen, historischen Carlisle in Pennsylvania.

Besuch Andrews Homepage unter www.andrewgreybooks und seinen Blog unter andrewgreybooks.livejournal.com.

Von ANDREW GREY

Cowboys im zahmen Osten
Feuer und Wasser
Liebe kommt auf leisen Sohlen
Sieben Tage

GESCHICHTEN AUS DER FERNE
Ein weites Land – Miteinander
Ein weites Land – Dunkle Wolken
Ein weites Land – Unruhige Zeit

IM FEUER
Erlösung in Feuer
Gestählt im Feuer

Veröffentlicht von DREAMSPINNER PRESS
www.dreamspinner-de.com